LES EXTRAORDINAIRES

Du même auteur

La Chambre des merveilles,
Calmann-Lévy, 2018

La vie qui m'attendait,
Calmann-Lévy, 2019

Les Étincelles,
Calmann-Lévy, 2020

Vers le soleil,
Calmann-Lévy, 2021

Merci, Grazie, Thank you,
Calmann-Lévy, 2022

JULIEN SANDREL

LES EXTRAORDINAIRES

roman

CALMANN LEVY

CALMANN LÉVY
ÉDITEUR DEPUIS 1836

COUVERTURE
Conception graphique : Augustin Manaranche
Photographies : © plainpicture / Anja Weber-Decker

ISBN 978-2-7021-8354-0

À Mathilde.

« Nous sommes de l'étoffe dont les rêves sont faits. »

William Shakespeare

« Vers l'infini et au-delà ! »

Buzz l'Éclair

PROLOGUE

La cour de l'école maternelle est pleine à craquer. Le parterre de parents est impressionnant, du haut de ce modeste édifice que mon instituteur, M. Dubois appelle pompeusement *la grande scène*, mais qui n'est rien d'autre qu'une simple estrade assemblée à la va-vite pour l'occasion.

Les mains croisées, aussi sage qu'à mon habitude, je fredonne, entourée de mes camarades de classe, cette chanson que j'appréciais encore il y a quelques semaines, mais qui m'ennuie désormais profondément – M. Dubois étant peu friand d'improvisation, les longues répétitions ont eu raison de mon intérêt pour Gérard Lenorman.

« Je viens te chanter la ballade, la ballade des gens heureux… »

Les spectacles de M. Dubois sont toujours les plus réussis, tout le monde s'accorde à le dire. Alors en cette fin d'année scolaire 1978-1979, en cet instant où sa réputation est en jeu, son visage trahit inévitablement son anxiété : sourires forcés, mimiques désapprobatrices adressées à ses élèves les plus tête en l'air.

La bande-son terminée, nos voix s'interrompent, le public applaudit. Tout le monde pense que notre petit numéro est terminé, et c'est bien là le génie de M. Dubois : le spectacle ne fait que commencer. À l'issue de cette première acclamation, notre instituteur demande à la régie d'un jour – Mme Galibert, la gardienne de l'école – de remettre en route le tourne-disque. La version instrumentale de la fameuse « ballade » retentit, puis dans un ordre précis, chaque élève s'approche du micro pour réciter quelques lignes apparemment spontanées, mais en réalité dictées, apprises par cœur, répétées, corrigées.

Les parents, émus de voir leurs enfants s'exprimer pour la première fois devant un parterre d'adultes, sont heureux que M. Dubois les invite à se projeter vers le futur, *puisqu'il n'est jamais trop tôt pour exprimer ses rêves.*

Déjà, Mathieu s'avance. Lorsqu'il énonce, avec le léger défaut de prononciation qui le caractérise, son souhait de devenir pompier *quand il sera plus grand*, des murmures d'admiration parcourent les rangées de spectateurs. Suivent Guillaume et son rêve militaire, Tristan et son projet de diriger une usine, puis Martin qui se verrait bien policier, quand Éloi opterait pour la chirurgie.

Je viens tout juste de fêter mes six ans, mais je perçois déjà que quelque chose cloche, dans la mise en scène, les couleurs des costumes et les textes écrits par M. Dubois pour chaque enfant. À l'époque, je ne comprends pas bien ce qui se joue, mais je sais que ce que je suis censée dire ne me convient pas.

Mon père est assis dans l'assistance. Il me regarde parfois, mais il semble occupé à discuter avec une mère d'élève – une jolie rousse récemment divorcée que je croiserai bientôt chez moi en tenue légère, à l'heure du petit déjeuner.

Ce jour de kermesse est un souvenir lointain, alors je ne sais plus identifier la cause de l'*incident*. Le déclencheur est-il l'inattention de mon père ? L'absence lancinante de ma mère ? Ou bien la censure opérée par M. Dubois ? Toujours est-il qu'après avoir entendu Béatrice déclamer son envie de devenir secrétaire et Marion sa volonté d'embrasser une carrière d'esthéticienne, je ne me souviens plus de ce que je dois dire.

Quand j'avais exprimé mon rêve à M. Dubois, il m'avait observée d'un air contrit.

— Voyons Anna, c'est impossible pour une petite fille. Trouvons autre chose, veux-tu ?

Lorsque la musique s'arrête, je n'ai pas encore dit mon texte. Je suis censée clore la séquence, mais je suis comme paralysée face au micro. L'agacement se lit sur le visage de M. Dubois, qui m'invite à m'exprimer à grand renfort de gestes saccadés et mâchoires crispées. Mme Galibert lui demande à voix basse si elle doit rejouer quelques mesures, mais il lui fait signe que non – Anna va dire son texte sans musique, et tout ira bien. M. Dubois me souffle même ma phrase, à deux reprises : « Quand je serai grande, je serai vendeuse en prêt-à-porter ».

Mais je ne veux pas être ce qu'il me souffle.

Ça n'est pas moi. Pas ce dont j'ai envie.

Le silence est total. Les spectateurs ont compris que mon mutisme est une effraction dans ce plan millimétré. Tous sont pendus à mes lèvres.

Mon père m'observe, lui aussi. Je vois d'abord passer une ombre dans son regard. Et puis ses yeux se mettent à briller, il hoche la tête et me sourit. Il m'encourage. Je me sens pousser des ailes.

Alors je prends une grande inspiration, et je décide de révéler cette ambition secrète, tapie au fond de moi. De lui donner corps, afin qu'elle se transforme, peut-être, un jour, en réalité.

— Quand je serai grande, je serai astronaute.

À l'époque, aucun Français n'a jamais effectué de vol spatial, et sur quatre-vingt-quatorze individus ayant obtenu ce privilège, une seule femme – une Russe. L'assistance pense assister à l'un de ces mots naïfs d'enfant, et puis cette note humoristique est une façon originale de conclure le spectacle. Alors le directeur de l'école émet un petit rire gêné, et tout le monde le suit, y compris un M. Dubois visiblement furieux, mais qui pense à cet instant avoir sauvé les apparences.

C'était compter sans la voix fluette de Béatrice, revenue au micro sans que je m'en aperçoive.

— En vrai… moi je voudrais être footballeuse.

Béatrice gratifie l'assemblée d'un sourire édenté, puis passe le micro à Marion, qui « n'aime pas tellement le métier qu'on lui a demandé de dire » et qui se verrait plutôt inventer toutes sortes de machines électroniques. Puis à Églantine qui se préférerait pilote d'avion, et enfin à Mélanie, future présidente de la République.

Tandis que le public hésite sur la conduite à tenir et qu'un brouhaha ajoute à la confusion de l'instant, je cherche mon père du regard. Il me fixe intensément, et ce que je vois dans ses yeux, c'est une lueur éclatante de fierté.

Alors, debout au milieu des spectateurs, mon père se met à applaudir.

Il sourit, frappe furieusement dans ses mains, lance un premier « bravo ! », puis un deuxième… et sa ferveur contagieuse finit par entraîner une bonne partie des rangs de parents. Ce moment, inoubliable, reste la seule et unique *standing ovation* de ma vie.

L'année suivante, le directeur décida de bannir tout micro de la grande scène.

Et M. Dubois opta pour un spectacle de mime, particulièrement apprécié.

I
L'ÉTOFFE DES HÉROS

1

Je sors de chez moi en évitant les regards, et m'engouffre dans ma bonne vieille Clio grise. Nous sommes le 14 avril, alors je m'étais dit que cet ensemble acheté vingt euros sur le web ferait l'affaire. Mais il fait une chaleur de bête dans le Vaucluse en ce soir du printemps 2021, et je sens déjà les gouttes de sueur dégouliner le long de ma colonne vertébrale.

Coup d'œil dans le rétroviseur, mon maquillage n'a pas encore coulé, c'est déjà ça. Je n'ai plus utilisé d'eye-liner depuis une éternité, j'espère aussi ne pas me choper une allergie et ne pas ressembler dans quelques minutes à un lapin myxomateux. J'enclenche la première vitesse, direction la fête-surprise-mais-en-fait-tout-le-monde-est-au-courant-y-compris-moi organisée par ma meilleure amie, Bintou, pour souffler mes quarante-huit bougies. Je n'avais pas envie de ça – pas du tout –, mais j'ai compris que Bintou ne me lâcherait pas cette année, alors j'ai fini par accepter. J'entends encore résonner sa douce voix : « *Anna, ça fait trois ans que tu ne sors plus, trois ans que tu te terres, tu mènes une vie de nonne dépressive. Faut que tu rencontres du monde, que tu remettes un jeton dans la machine… D'ailleurs tu veux vraiment pas que je te crée un profil Tinder ?* »

Non merci, Bintou. À défaut de Tinder, j'ai cédé pour cette soirée d'anniversaire. Ensuite… eh bien je reprendrai mon quotidien. Ma vie normale. L'extraordinaire, je l'ai vécu. Il est derrière moi, pas devant. Aujourd'hui je réclame le droit de ne plus avoir d'ambition, de ne plus avoir envie d'une relation avec un homme, de ne plus faire de projets, de vivre au jour le jour.

En attendant, j'ai cette soirée à subir. Me voilà donc dans ce déguisement étouffant, cherchant une place dans les rues de l'Isle-sur-la-Sorgue, au volant de ma bagnole décrépite. C'est ici que je vis et travaille : une sorte de petite Venise provençale avec canaux, ponts fleuris et vieilles pierres. Un charme fou, oui, mais un enfer pour se garer…

*

Tout a commencé il y a trois semaines par un simple échange de SMS – et la délicatesse légendaire de mes enfants.

Valentina : *Hello mum, jette un œil à cet article : apparemment ils cherchent des vieux pour partir dans l'espace... J'ai tout de suite pensé à toi ha ha !*

Neil : *T'exagères Val, maman n'est pas vieille, elle est juste vintage. Vas-y maman, montre-leur qui c'est la plus badass !!*

Si Valentina a « tout de suite pensé » à moi, c'est parce que la fameuse anecdote sur mon rêve de gamine et ma révolte féministe de kermesse leur a été racontée des dizaines de fois par mon père, toujours avec des trémolos dans la voix, et cet air outrancièrement solennel qui les faisait bien marrer. Cet épisode, devenu pilier de mythologie familiale, s'est-il vraiment déroulé tel que je me le représente aujourd'hui ? J'étais si petite, je ne peux pas en être certaine, et peu importe, au fond. Ce qui compte, c'est que cette séquence fasse désormais partie de notre héritage immatériel, cet ensemble d'histoires qui contribuent, à force de répétition, à façonner un socle commun et une vision de la vie.

Dans ma famille, nous cultivons l'idée que chaque individu est, d'une certaine façon, le fruit de ses rêves. Bien sûr, tous ne sont pas comparables, et tous ne nous construisent pas de la même manière. Mais tous nous poussent à oser, ou du moins à sortir de l'immobilité confortable de nos chambres. Il y a les rêves minuscules, les plus ambitieux, les « une fois dans sa vie », les infiniment grands. Il y a les avortés, les inaccessibles qui galvanisent ou qui nous empêchent d'avancer, les rêves de façade que l'on invente pour plaire à son entourage. Et puis il y a les autres. Les intimes. Les viscéraux. Ceux qui nous tiennent, donnent un sens à notre bref passage sur Terre. Ou qui nous lient à quelqu'un, de manière irrationnelle.

C'était le cas de ce rêve d'espace de ma jeunesse, qui me raccrochait inéluctablement à la grande absente de ma vie. Ma mère, que j'ai si peu connue, et dont le suicide alors que je n'avais pas deux ans a pris toute la place. Celle que mon père n'a jamais pu, jamais su remplacer. Celle qu'il a aimée d'un amour fou, implacable. Aussi fugace qu'éternel.

Ce qui me reste de ma mère, ce sont des sensations, quelques objets dérisoires – une brosse à cheveux, un bracelet brésilien rompu, un chemisier fleuri, un pantalon noir « pattes d'eph » aux coutures rouges, la passion des plantes et jardins, et puis ce *Grand Atlas des étoiles* découvert dans notre bibliothèque quelques semaines avant le spectacle de M. Dubois. À l'intérieur de l'ouvrage, une précieuse photo jaunie – l'une des seules nous représentant toutes les deux – faisait office de marque-page. Sur ce cliché pris sur le vif au cours d'une fraîche nuit de l'été 1974, ma mère et moi sommes étendues dans l'herbe, ma tête reposant dans le creux de son bras gauche. Un sourire énigmatique aux lèvres, elle pointe le doigt vers les étoiles tandis que j'observe le ciel, captivée.

Ma mère était une originale. Une passionnée d'astrologie qui connaissait le nom des constellations par cœur. Essayait-elle de me les raconter, de me transmettre cette poésie céleste qui l'habitait, cette fascination qui ne me quitterait bientôt plus ? Lorsque je regarde cette photo dont je ne me sépare jamais, je ne peux m'empêcher d'éprouver un mélange de sentiments contradictoires. Un amour fort, instinctif pour cette femme qui m'a donné la vie, pour l'être humain sublime et flamboyant qui se dessine dans les récits de mon père. De l'admiration pour sa beauté mélancolique si évidente. Mais de la haine, aussi. Pour celle qui m'a privée d'une enfance normale, et de ce mot si simple, si douloureux, que je n'ai jamais eu l'occasion de prononcer : maman. C'est sûrement absurde, mais quand mon père affirme que ma mère m'aimait plus que tout je ne peux m'empêcher de penser qu'il a tort. Dans mon esprit tournera toujours cette conclusion dont je ne peux me défaire : « Elle ne t'aimait pas suffisamment, sinon elle ne se serait pas donné la mort. »

Mon père m'a toujours poussée à rêver, et j'ai fait la même chose avec mes enfants. Mais je crois aussi qu'il y a un temps pour tout. Aujourd'hui, j'ai passé l'âge des rêves. La vie s'est chargée de me faire redescendre. Ça n'est ni du regret ni de l'amertume, c'est une forme de lucidité.

C'est là que Bintou se goure avec cette soirée à thématique spatiale, ce subterfuge grossier censé exploiter ce rêve passé d'astronaute pour me projeter vers le futur.

Ce qu'aucun de mes proches ne parvient à comprendre, c'est que je n'ai pas envie de passer à autre chose. Je préfère mes souvenirs à vif plutôt que dilués. Ça ne m'empêche pas d'être contente que les autres continuent leur chemin – notamment Valentina et Neil, mes jumeaux, mes merveilles.

Moi, j'ai le droit de stagner, je ne gêne personne.

*

Je suis au bord de la liquéfaction, dans ce foutu costume d'astronaute de pacotille qui me démange au niveau des cuisses. La climatisation de ma voiture ayant rendu l'âme il y a dix jours, je m'étais donné jusqu'à l'été pour effectuer la réparation, mais je n'avais pas prévu que l'été débarquerait mi-avril, et qu'il n'y aurait pas de place au parking de la gare. Mais bordel que font tous ces gens, personne n'a envie de rester chez soi, ma parole ? OK, il faut dire que depuis un an, entre les confinements et autres fermetures de lieux de vie, l'envie de fuir son intérieur aux premiers signes de l'été est bien compréhensible. Me voilà donc repartie pour un tour du quartier, et une nouvelle suée.

SMS de Bintou, que je ne peux pas lire puisque je conduis, mais qui me demande sûrement où j'en suis… Je crois qu'elle n'a pas renoncé à crier

« surpriiiise » ! Alors je ferai comme si, et tout le monde sera content. J'ai toujours fait passer le bien-être des autres avant le mien, et c'est très bien comme ça. Ce n'est pas maintenant que je vais changer.

Rien ne m'empêche d'avancer, d'après Bintou. D'après l'ensemble de mon entourage, en fait. J'ai une jolie maison, un quotidien confortable, un métier de médecin généraliste dans lequel je me sens utile, des associés fort sympathiques au cabinet, une passion pour les jardins et la nature en général – je m'occupe du jardin partagé de ma commune et j'en profite pour donner quelques cours aux enfants des écoles alentour, mes jours de repos. Il paraît même que je suis plutôt jolie. On me compare parfois à Julia Roberts… je ne suis pas dupe, je sais bien que l'air de famille est très subjectif : on ne peut nous confondre que de nuit, de dos, en étant bourré à la sortie d'une discothèque, mais enfin la comparaison est flatteuse, je ne boude pas mon plaisir lorsqu'elle surgit.

Pourtant je ne suis pas vraiment heureuse, je dois bien l'admettre. Je ne suis pas complètement malheureuse non plus. Mes enfants sont convaincus que je parviendrai un jour à sortir de cet immobilisme. Voilà pourquoi, quand ma fille est tombée sur l'annonce de l'Agence spatiale européenne ouvrant la possibilité de candidater jusqu'à l'âge de 50 ans – contre 40 ans pour la sélection 2008 –, elle a « pensé à moi ». C'est adorable, et je l'ai pris comme tel. Mais je n'ai pas envie de ça. Et quand bien même j'en aurais envie… je perçois bien la différence entre quelqu'un comme Thomas Pesquet et moi. Il est une sorte de Superman sans collant moulant – même si le collant moulant lui siérait sans doute –, tandis que moi… je suis juste moi : Anna, 48 ans, femme lambda à la vie lambda.

C'est donc au top de l'esprit festif que je sonne au domicile de Bintou – une petite maison de ville à la déco surchargée, mais agrémentée d'un coquet jardin. Bintou aussi a « pensé à moi »… jusqu'à avoir cette idée stupide : une soirée déguisée sobrement baptisée « I AM THE NEXT THOMAS PESQUET », avec déco et épreuves alcoolisées *ad hoc*, à ce que j'ai compris. Je m'attends au pire, d'autant qu'elle m'a clairement indiqué que pour moi, *l'heure de la défossilisation* était venue.

Lorsque la porte s'ouvre, je suis loin d'imaginer ce qui va suivre.

Je m'attendais à beaucoup de choses. Mais certainement pas à ça.

2

Dès que Bintou me voit, elle éclate de rire et se lance illico dans une tirade digne des émissions de relooking sur M6.

— Ma chériiiie, tou è souperbe ! Tou mé fê pensay à oun bonhomme Michelin croisé avec oun Playmobil…

Elle est très satisfaite de sa blague débile, et moi je remarque surtout qu'elle n'est pas déguisée, mis à part un vague dessin d'étoiles sur le visage. Tandis que nous traversons son salon, je ressens une pointe de déception en constatant qu'elle n'a pris la peine ni de le ranger ni de l'agrémenter d'une quelconque décoration. C'est parfaitement imbécile de ma part, puisque je n'attendais rien de cette soirée, mais je me dis que Bintou ne s'est pas trop foulée : pour la défossilisation annoncée, les moyens mis en œuvre sont un peu maigres. J'ai déjà envie de repartir, mais je ne dis rien. Je vais boire un grand verre d'eau bien fraîche, ensuite mes idées seront plus claires et je pourrai m'enfuir.

Trente secondes plus tard, Bintou me demande de fermer les yeux et m'entraîne dans son jardin. Debout sur la terrasse, je tends l'oreille, perçois quelques bruissements et chuchotements. C'est donc à l'extérieur que ça se passe.

— Quatre, trois, deux, un... ouvre les yeux !

Un peu éblouie par le soleil rasant du soir, je distingue dans le contre-jour orangé une fusée de papier mâché haute de plus de deux mètres. Magnifique bestiole, posée au milieu de cette pelouse impeccable – je n'ai jamais compris comment Bintou pouvait être aussi à cheval sur l'entretien de son jardin tout en laissant un tel désordre dans sa maison...

Soudain, je sursaute. La bande originale de *2001, l'odyssée de l'espace* retentit. Un bras dépasse, derrière la fusée. Puis une jambe. Quelques instants plus tard, une douzaine de personnes casquées et vêtues de l'uniforme de la Nasa sortent de nulle part pour entamer une chorégraphie digne d'un boys band. Chaque danseur tient dans sa main un panonceau, reconstituant – avec quelques erreurs de placement – la phrase suivante : « ANNA TOI C'EST LA THOMAS PROCHAINE PESQUET. »

Au moment où ils hurlent « Surpriiiiise ! », la tête de la fusée de papier mâché explose, libérant cotillons, chapeaux colorés et autres langues de belle-mère.

Je les regarde s'agiter pour remettre la phrase dans l'ordre, s'invectivant sous leurs déguisements aussi ridicules que le mien, et tandis qu'ils ouvrent la visière de leur casque, les larmes me montent aux yeux.

Valentina et Neil, qui devaient être absents car « trop occupés ce week-end », sont donc d'excellents menteurs. Mes collègues du cabinet sont là, eux aussi. Je reconnais mes compagnons de course à pied et, plus loin, mon père et sa nouvelle conquête – je m'abstiens de tout commentaire, mais celle-ci est plus idiote que belle, à mon avis. Et puis il y a Bintou, que j'imagine menant ce petit monde à la baguette, et qui va leur passer un savon d'ici quelques minutes pour leur manque de coordination chorégraphique. Alors, même si elle essaie de me caser une nouvelle fois avec ce coach sportif beau gosse que j'aperçois derrière mon père et qui n'a absolument rien à faire dans cette assemblée, je ne lui en veux pas. Au contraire. C'est probablement très con, mais les voir tous réunis ici, deviner les efforts conjugués… m'émeut profondément.

Je regarde Bintou, qui a maintenant revêtu le même casque que les autres. Elle aussi a les yeux qui brillent. Elle a compris que sa surprise m'avait touchée.

Valentina et Neil s'approchent, un sourire complice aux lèvres. Ils dégoulinent de sueur mais je m'en moque. Je les serre fort dans mes bras tout en faisant mine de leur reprocher leurs mensonges éhontés. Ils me souhaitent bon anniversaire à voix basse, et Neil ajoute ces quelques mots lourds de sens :

— Ça fait trois ans, maman. On sait que c'est dur, mais il est temps d'avancer.

Je le serre plus fort encore. Il a raison, mais je ne m'en sens pas capable. Je le lui dis, il me répond d'un énigmatique :

— C'est bien pour ça qu'on est tous là.

Valentina me tend une coupe de champagne et déclare :

— À ta nouvelle vie, maman !

Et tous reprennent en chœur :

— À ta nouvelle vie !

Je ne sais pas ce qu'ils s'imaginent, mais je vais devoir les détromper : non, je ne suis pas la prochaine Thomas Pesquet, il n'y a pas de nouvelle vie, d'ici quelques heures je rentrerai chez moi, avec mes bouquins, Netflix et mes plantes.

Heureusement, j'ai toujours adoré le champagne, alors je ne me fais pas prier pour boire une coupette. J'ai besoin de me réhydrater, mais surtout de me donner du courage et une contenance, parce qu'au vu des grands gestes de Bintou, qui tente de capter l'attention des invités, je sens venir le laïus dégoulinant de sentimentalisme qui m'obligera à me mordre l'intérieur de la joue pour éviter de pleurer toutes les larmes de mon corps. Le score est connu d'avance : leur discours : 1 – ma dignité : 0.

C'est Val qui commence :

— Chers amis, si nous sommes réunis aujourd'hui, c'est pour célébrer dignement les 48 ans de maman... et pour donner un petit coup de pouce au destin. Je ne vous ferai pas l'affront de vous raconter sa révolte féministe de maternelle – quiconque connaît mon grand-père l'a déjà forcément entendue.

Révérence satisfaite de mon père, petits rires entendus dans l'assistance, quelque chose a été fomenté contre moi, c'est évident. Ce que je ne vois pas bien en revanche, c'est de quel coup de pouce parle ma fille. Mais les œillades hilares de Bintou ne me disent rien qui vaille. C'est d'ailleurs elle qui prend la suite.

— Anna, ma chère, ma très chère amie... Ce job d'astronaute est pour toi, nous en sommes tous persuadés, sauf toi qui n'y crois pas. Alors ce soir, c'est décidé, on va t'aider. À la fin de la soirée, ton dossier de candidature pour devenir une astronaute de l'Agence spatiale européenne sera prêt à être envoyé.

OK, ils ont pété un câble. Je m'apprête à protester, mais déjà Neil enchaîne.

— Maman, nous avons prérempli tout ce à quoi il nous était possible de répondre. Tes diplômes, ton parcours professionnel. Nous avons fouillé le web, passé au crible les interviews des astronautes recrutés en 2008 – ce qui inclut notre ami Thomas Pesquet, dont voici une figurine grandeur nature pour te motiver.

Tout le monde rit, tandis que Bintou débarque avec une silhouette découpée de l'astronaute français… taille réelle. Le tout monté sur un socle. Elle le pose à côté de moi, et je commence à douter de sa santé mentale.

Au même moment, je vois entrer dans le jardin un inconnu qui me mange des yeux avec un sourire lubrique d'autant plus déplaisant qu'il ressemble un peu trop à Chucky, la poupée meurtrière. J'espère que Bintou ne va pas essayer de me caser avec lui, parce que le genre libidineux tueur en série ça n'est pas tellement mon truc.

Neil continue son discours.

— Avec tous les éléments récoltés, nous pensons avoir une bonne idée des critères sur lesquels insister dans le dossier de candidature, et nous avons même commencé à rédiger quelques arguments de ta lettre de motivation. Parce que oui, ne t'en déplaise, tu coches toutes les cases. Tes études collent, tu nous éclates tous au marathon, tu as pratiqué toutes sortes de sports extrêmes quand tu avais la vingtaine, et puis… tu sais aussi ce que c'est que de te battre, en toutes circonstances.

Cette phrase, ces hésitations dans la voix de mon fils, d'ordinaire si assurée. Je pourrais fondre en larmes à l'instant.

Mais il ne m'en laisse pas le temps. Il se tourne vers Chucky.

— Maman, je te présente le docteur Suarez, médecin spécialiste de l'aviation civile. Il a accepté de te faire passer les tests médicaux réclamés dans le dossier, qui sont identiques à ceux exigés pour les pilotes de ligne. Il est venu avec son matériel, que nous avons installé dans la chambre de Bintou.

Une vision. Moi, attachée sur le lit de Bintou, seule avec Chucky et son matériel. Je ravale ma salive et ma fierté. Bintou me connaît tellement bien, elle me glisse à l'oreille :

— Je sais qu'il fait un peu peur, mais il paraît qu'il est très compétent. Ne t'inquiète pas, je resterai avec toi.

Elle marque une pause, puis elle ajoute :

— Sauf s'il sort une tronçonneuse, bien sûr.

Je lui lance un regard noir, elle est de nouveau morte de rire.

Valentina reprend la parole, et conclut ce discours collectif.

— Maman, ton cadeau d'anniversaire, c'est une cagnotte dans laquelle tu pourras piocher pour ta préparation, et puis l'engagement de tes collègues de te remplacer au cabinet si tu dois t'absenter. Et si tout s'arrête au stade du dossier de candidature, tu pourras toujours partir en vacances avec la cagnotte. Pardon, tu *devras* partir en vacances. Ça fait bien trop longtemps que tu ne l'as pas fait. Maintenant, tu es obligée.

L'émotion affleure. Et merde, ça y est, je vais pleurer.

Je comprends leur démarche. Et je n'en mène pas large. Il suffirait d'un rien pour que tout revienne. Pour que tout déborde. Mais je ne peux pas perdre le contrôle. Pas ce soir, pas comme ça, pas devant eux. Je n'ai pas le droit de m'effondrer. Ils ont fait trop d'efforts.

À quoi cela rimerait-il, de tout refuser en bloc ? Je les décevrais, peut-être qu'ils se sentiraient humiliés, ce qui est la dernière de mes intentions. Autant jouer le jeu ce soir, cela ne m'engage pas à grand-chose. Il sera bien temps de mettre fin à cette mascarade dès demain.

Les regards sont braqués sur moi, tous attendent que je dise quelque chose, mais rien ne sort. Alors j'observe leurs visages, je prends une grande inspiration, et je murmure un merci inaudible. Ils se mettent à applaudir comme des déments, et moi je ris nerveusement. Ils en font trop, c'est certain, mais à cet instant, je prends conscience que tous sont là pour moi, que je peux compter sur eux. Et cette simple vérité agit comme un baume… qui s'associe au champagne pour m'adoucir l'esprit.

Je passe embrasser chacun, et tandis que mon père me chuchote quelques mots mon cœur se serre. Il me dit qu'il est fier de moi, que lui aussi aimerait me voir sourire plus souvent.

Valentina et Neil me tendent un large carton recouvert d'un papier cadeau bleu outremer parsemé d'étoiles sur lequel est inscrit *« À ouvrir demain, quand tu seras seule ♥. »*

Je les embrasse, les gronde encore pour leurs mensonges tout en pensant qu'ils sont formidables.

Bintou me pose une main sur l'épaule.

— Allez, au boulot ma vieille. C'est pas tout ça, mais t'as des planètes à explorer, faudrait pas traîner !

Elle s'approche de nouveau, et me glisse en ricanant :

— Chucky t'attend.

3

La nuit a été courte, le réveil tardif, et mon mal de crâne est intersidéral.

J'essaie de rassembler mes idées, tandis que j'avale un cachet de paracétamol et un café serré.

Hier soir, après avoir passé l'examen médical avec Chucky – qui s'est révélé posé et délicat, il faut toujours se méfier des apparences –, j'ai été contrainte de commencer ma lettre de motivation, entre deux « quiz de culture générale sur l'espace » clairement destinés à me faire boire de l'alcool à chaque mauvaise réponse. L'objectif initial était que je puisse poster la lettre à la fin de cette petite sauterie, mais c'était évidemment impossible. Vers minuit, plus personne n'avait l'esprit clair.

L'heure est venue d'appeler Bintou, mon père et mes enfants et de leur dire le fond de ma pensée : c'était une fête sympathique et c'est vrai que je me suis bien amusée, mais ça n'ira pas plus loin. Merci pour cette idée de candidature, merci de croire en moi… merci, mais non merci.

Mon Dieu, mon crâne. Je m'en veux d'avoir autant bu, j'ai maintenant l'impression d'avoir un pic-vert à la place du cerveau. Je m'assieds dans le canapé en velours du salon, bascule en arrière et m'assoupis une petite vingtaine de minutes, assez pour que le paracétamol entame son action.

Lorsque je redresse la tête, mes yeux se posent sur la table basse, et sur le cadeau si joliment emballé par Valentina et Neil.

Je tente de deviner la nature de cette petite attention supplémentaire : un bouquin sur l'espace ? un DVD du dernier *Star Wars* ? une invitation au théâtre ?

Je déchire le papier étoilé, puis j'ouvre le carton et découvre une petite boîte à bijoux dont je soulève délicatement le couvercle.

Ma respiration s'accélère, je me mets à trembler.

À l'intérieur de l'écrin, une clé USB en forme de panda. Une clé que je reconnaîtrais entre mille. Et qui vient de faire exploser mon cœur.

La première chose que je me dis, c'est que j'aurais préféré un bijou inoffensif. Ensuite, les questions se bousculent : qu'y a-t-il sur cette clé ? Et surtout pourquoi ? pourquoi mes enfants ont-ils placé là cet objet dont la seule vue me replonge trois ans en arrière ?

Il me faut cinq bonnes minutes avant de me sentir capable d'ouvrir la boîte de nouveau. Je me dis qu'il faut agir vite, arracher le pansement. Alors je prends une grande inspiration, puis je saisis la clé et l'insère dans mon ordinateur.

Il y a deux fichiers. Un document Word et un enregistrement audio.

Val, Neil, qu'est-ce que vous me faites ?

Je commence par le texte, que je parcours rapidement.

C'est une longue liste d'informations, sobrement intitulée « Espaaaace, ton univers impitoyaaaable ! » Je sais très bien qui en est l'auteur – je l'entends encore prononcer ces mots sur l'air du générique de la série *Dallas* – et mon cœur se met à battre plus vite encore. Comme si c'était possible.

Je clique sur l'icône de l'enregistrement audio, en mode automatique.

Puis je ferme les yeux.

Lorsque la voix de Michael retentit, je fonds en larmes.

★

— Maman…

— Oui, mon chéri ?

— Tu sais, ton rêve de partir dans l'espace… je voudrais que tu me promettes de tout faire pour le réaliser.

— J'ai plus de 40 ans, il y a peu de chances qu'ils recrutent des vieilleries comme moi pour partir explorer la planète Mars !

— Fausse excuse et argument claqué : John Glenn avait 77 ans pour son dernier vol, Peggy Whitson a rejoint la Station spatiale internationale à 56 ans, et il n'y a aucune limite d'âge pour entrer à la Nasa.

— Oui mais il y en a une, en Europe…

— Il y en avait pour le recrutement de 2008, oui. Mais je suis sûr que l'Europe aussi vivra avec son temps un de ces jours.

— Eh bien on verra au moment voulu, d'accord ?

— Je voudrais que tu promettes. C'est important pour moi. J'ai besoin de me dire que tu me rejoindras dans les étoiles.

— …

— Tu promets au moins d'essayer ? S'il te plaît, maman…

— Bon, voilà, OK tu as gagné, je promets. Mais tu es sur Terre que je sache, alors ça suffit les délires interstellaires…

— Maman ?

— Quoi encore, mon relou favori ?

— Merci. Merci pour tout.

— Je… t'en prie, mon petit cœur en sucre.

— M'appelle pas comme ça, j'ai plus trois ans !

— Mais c'est qu'il est susceptible, mon petit cœur en sucre…

— Je sais pas qui est le plus relou de nous deux… mais je t'aime, maman.

— Et moi tu n'as pas idée comme je t'aime. Je t'aime jusqu'à Vénus, jusqu'à Jupiter, jusqu'à Neptune…

— C'est bon je crois que j'ai compris l'idée…

— Allez, il faut dormir, maintenant. Bonne nuit, mon chéri.

— Bonne nuit, maman.

*

Lorsque l'enregistrement prend fin, je reste immobile de longues minutes. Incapable de réagir.

Et puis je me rends compte qu'il y a autre chose à l'intérieur de la boîte.

Un petit mot, que j'ouvre délicatement.

Je reconnais les écritures entremêlées de Valentina et Neil. Comme s'ils avaient eu besoin de rédiger ce message à deux, de manière indissociable. Je lis attentivement, et je prends conscience du complot dont je fais l'objet.

« Si Michael t'a enregistrée, c'est parce qu'il était sûr qu'il y aurait bientôt une nouvelle vague de recrutements d'astronautes, qu'elle te serait ouverte… et que tu te défilerais.

Notre petit visionnaire nous a demandé de te transmettre le fichier audio dès que l'occasion se présenterait : il voulait te rappeler ton engagement à poursuivre ton rêve de petite fille. T'envoyer une impulsion de vie, de là-haut.

On a hésité, bien sûr : entendre sa voix est toujours difficile, pour nous aussi. Mais une promesse est une promesse. À toi maintenant de tenir la tienne, maman.

Tes trois enfants qui croient très fort en toi. »

Un complot, donc.

Ma première réaction est épidermique. De quel droit Val et Neil ont-ils gardé ça pour eux ? De quel droit Michael m'a-t-il enregistrée sans me le dire ? Si je ne me porte pas candidate, alors quoi ? Je suis la plus mauvaise des mères ? C'est tellement injuste.

Et puis très vite, la colère laisse place à la tristesse. La tristesse épaisse et collante dans laquelle je baigne depuis la mort de mon fils.

Alors je me repasse le fichier audio une fois, deux fois, trois fois.

Je vide mon corps de toutes ses larmes. Espérant l'assèchement.

Il vient plus vite que prévu. Avec un autre sentiment. Plus j'écoute cet enregistrement, plus je pense au petit mot écrit par Valentina et Neil, plus je perçois l'amour qu'il y a dans tout cela.

Il faut que Michael m'ait aimée à l'infini pour anticiper ma chute, mon renoncement à toute forme de projection. Il faut qu'il m'ait aimée à l'infini pour organiser un plan aussi machiavélique. Je l'imagine en train d'enregistrer, couper, transférer sur clé, confier l'objet à son frère et sa sœur, dans un curieux mélange d'excitation et de peine entremêlées.

Il faut que Valentina et Neil aient aimé leur frère à l'infini pour avoir respecté sa dernière volonté.

Le message de mes enfants est clair : même Michael te demande d'avancer.

Alors avance.

« Espaaaace, ton univers impitoyaaaable ! »

— *Valentina Terechkova est la première femme*
à être partie dans l'espace.

— *Neil Armstrong, tout le monde le connaît, non ?*

— *Michael Collins, c'est le troisième homme,*
celui qui est resté à bord de la navette Apollo
tandis que ses deux collègues gambadaient
à la surface de la Lune. Mais c'est aussi le seul
à avoir pu admirer sa face cachée, et rien que pour ça
c'est mon préféré (même si je ne suis pas
très objectif... lol)

4

Deux mois plus tard.

Tous les matins depuis dix jours, lorsque je descends de ma chambre à la cuisine de cette maison bien trop vaste pour moi, j'ai une boule de stress logée au fond de la gorge. C'est idiot, je sais bien que mes chances d'être convoquée pour la suite du recrutement de l'Agence spatiale européenne sont aussi minces que ma ressemblance avec Julia Roberts. Il y a deux mois, rien de tout cela n'existait, et aujourd'hui cette histoire d'espace a pris beaucoup de place dans ma tête. Trop, sans doute. J'ai du mal à me reconnaître… ce qui me plonge dans le plus grand désarroi, mais satisfait Bintou.

— On le savait bien, que ça te flanquerait un bon coup de pied au derrière, cette ambition spatiale. Tu ne sais pas faire les choses à moitié… On t'a bien eue !

Le pire, c'est qu'elle a raison.

Il m'a fallu quelques jours après l'épisode de la clé USB pour me décider.

J'ai longuement discuté avec Val et Neil, je crois avoir trouvé les mots justes pour les remercier. Et j'ai promis de faire mon possible pour honorer la promesse faite à Michael.

J'ai commencé à réfléchir à la lettre de motivation, et très vite je me suis surprise à penser : « Quitte à envoyer un dossier, autant qu'il soit bon. Et surtout, qu'il soit vrai. » Alors je me suis lancée dans une sorte de bilan comptable de ma vie. Évidemment, je n'ai pas conservé mes réflexions les plus intimes. Mais dans la version écrite pour moi-même j'ai essayé d'être le plus honnête possible. Il a été question de mes choix, de mes enfants, de ma carrière, de mes blessures, de mes ambitions enfouies, de ma mère, de mon père.

★

Je n'ai jamais eu aucun doute sur l'amour que me portait mon père, il a été formidable, et je crois qu'il a mis dans mon éducation tout ce qu'il aurait aimé recevoir de ses parents, disparus bien avant ma naissance. Mais tout au long de mon enfance et de mon adolescence, j'ai éprouvé envers lui une sorte de culpabilité du survivant. Comme si je devais tout faire pour compenser la mort de ma mère. Je me suis efforcée de lui rendre la vie simple, d'éviter les zones de turbulences.

J'ai donc été une enfant exemplaire, une élève assidue, avec une année d'avance scolairement et des résultats toujours excellents. Mon père a fait de son mieux, et je n'ai jamais manqué de rien. Mais entre son bar et ses conquêtes féminines interchangeables – dont la valse incessante était sans doute le meilleur rempart contre le remplacement de ma mère dans son cœur –, j'étais souvent seule. Seule dans notre petit appartement, ou bien seule enfant au milieu du brouhaha du Bistro des copains, cet établissement que mon père a géré pendant plus de trente ans. Mon père me laissait des libertés parfois incongrues pour mon âge, mais je n'en profitais pas. J'étudiais et lisais beaucoup. Je rêvais, passionnément.

Et puis vers l'âge de 14 ans, j'ai découvert une série de films où tout semblait possible : *Indiana Jones*, bien sûr. Mais surtout *À la poursuite du diamant vert*, le plus marquant. Dans ce film de 1984 avec Kathleen Turner et Michael Douglas, une romancière se trouve embarquée à son corps défendant dans une chasse au trésor aussi périlleuse que jubilatoire, et se révèle une aventurière hors pair. Cette histoire a agi comme un détonateur, révélant en moi des désirs d'exploration. Mon père m'ayant toujours encouragée à oser, j'ai donc un beau matin décidé de m'y mettre… Il n'imaginait pas à quel point.

À 16 ans, bac en poche, la discrète jeune fille a décidé de se lancer dans des activités de plus en plus extrêmes : escalade, plongée, spéléologie, apnée, parachutisme… Je les finançais par des petits boulots, tout en poursuivant de brillantes études scientifiques. Ce qui m'attirait, c'était l'idée de défricher, d'être pionnière, de découvrir des univers inconnus jusqu'alors. Je me projetais dans toutes sortes de destins : plus tard, j'explorerais le cerveau humain, le génome, des sites archéologiques, des sommets montagneux jamais atteints, les profondeurs des océans, la biodiversité infinie des forêts tropicales, l'espace – le rêve ultime.

Si je suis généraliste aujourd'hui, j'ai à l'époque mené de front mon doctorat de médecine et une maîtrise d'astrophysique. Car oui, je rêvais de médecine *et* d'étoiles. Dans les années 1990, si la présence des femmes parmi les astronautes ne s'était développée que modestement, le vol de la première Française, Claudie Haigneré, m'avait confortée dans *la possibilité* de l'espace. Alors je m'y étais accrochée.

Mais un soir, lors d'une fête dans une école d'ingénieurs, je suis tombée dans les bras aimants, enveloppants, du très sérieux et terriblement rassurant François. Quelques mois plus tard, j'étais enceinte, ce qui n'était absolument pas prévu. Je ne voulais pas d'enfant – en tout cas pas tout de suite –, mais lorsque j'ai découvert que j'attendais des jumeaux, j'ai été bien plus ébranlée que je ne l'imaginais : moi qui avais une peur panique de reproduire le schéma de désertion de ma mère, voilà qu'un chemin radicalement différent s'offrait à moi. Puisqu'il y aurait deux enfants, puisque François serait à mes côtés, mon existence serait forcément différente de celle de ma mère.

Alors j'ai décidé de garder mes jumeaux. Je pensais parvenir à être une mère aimante et présente tout en poursuivant mes rêves d'espace. Mais astronaute n'est pas un métier comme les autres : le recrutement ne s'effectue qu'une fois tous les dix ou quinze ans. Lors de la sélection de l'Agence spatiale européenne en 1992, j'étais trop jeune pour me porter candidate. Et pour celle de 2008… c'était devenu tout bonnement impossible.

En 2002 je suis tombée enceinte de nouveau, malgré la pilule : à la loterie de la fertilité, j'avais encore gagné. J'étais épouvantée à l'idée qu'il s'agisse de jumeaux cette fois encore, et si tel avait été le cas j'aurais sans doute avorté : élever deux paires d'enfants à trois ans d'intervalle me paraissait insurmontable.

Michael est né le 6 juillet 2003.

Je l'ai tout de suite trouvé beau. C'est d'ailleurs la première chose que j'ai dite à François, qui pleurait d'émotion, sa tête contre la mienne.

La vie à cinq a commencé, exténuante. Mais lorsque je regardais mes trois enfants endormis, je ne pouvais m'empêcher de me répéter à quel point j'avais une chance insolente de les avoir. Une famille idéale. Ma famille.

Un jour d'octobre, Michael a attrapé un rhume, qui s'est transformé en bronchiolite. Rien de bien méchant, même si les séances de kiné respiratoire étaient une vraie douleur pour moi : j'avais sans cesse l'impression qu'on allait lui casser les côtes, qu'on allait me le briser. Et puis je me suis habituée. Il a bien fallu, parce qu'après trois semaines la bronchiolite n'est pas passée.

Avec le recul, je sais aujourd'hui que j'ai été dans le déni de diagnostic, tout au long de ces semaines. Je suis médecin, j'avais bien remarqué que quelque chose n'allait pas. Mais j'ai refusé de voir les signes. Il a fallu l'insistance du kiné et de François pour que je me décide enfin à aller consulter un pneumologue à l'hôpital de la Timone, à Marseille. Cet homme a ausculté Michael longuement, et j'ai vu monter dans son regard une lueur furtive, mélange de tristesse et de devoir. Une lueur qui signifiait : « Préparez-vous à un séisme. »

Il nous a prescrit une batterie d'examens complémentaires. Et au bout de quelques jours, le couperet est tombé sur mon petit ange.

Mucoviscidose.

J'ai observé le médecin, son air grave, ses traits tirés. J'ai regardé Michael qui babillait, insouciant, dans son landau. C'était impossible. Mon fils était en parfaite santé, il allait bien, il avait une simple bronchiolite, le pneumologue se trompait.

— Je ne me permettrais pas de vous annoncer cela sans en avoir la certitude absolue. Je suis désolé.

J'ai cherché le regard de François, j'aurais voulu qu'il hurle, qu'il gifle ce charlatan qui employait devant nous – et pire encore, devant notre fils – des mots terribles, des mots porteurs de désespoir et de mort. Mais François ne réagissait pas, il se contentait d'observer Michael sans rien dire.

Le médecin a répété :

— Je suis désolé.

Et mon monde s'est effondré.

J'ai pris Michael dans mes bras, je l'ai serré contre mon cœur. Il était si vivant ! Comment imaginer une seule seconde ce mal qui le rongeait déjà, à tout juste trois mois ?

Bien sûr, les questions se bousculaient dans ma tête. Des questions aussi inconcevables qu'ignobles. Est-ce ma faute ? Pourquoi lui ? Pourquoi nous ? Combien de temps va-t-il vivre ? Comment trouver la force d'élever un enfant condamné ?

Les réponses viendraient bien assez tôt, ou ne viendraient pas.

J'ai fermé les yeux, espérant que rien de tout ça n'ait jamais existé. Lorsque je les ai rouverts, Michael souriait. Mon cœur s'est brisé en mille morceaux.

Pendant quinze ans, mon quotidien a été dicté par les besoins de mon fils cadet. C'est à l'hôpital que j'ai rencontré celle qui ne se lasse pas de me secouer avec son humour et sa verve féroces. Bintou élevait seule un garçon, Assane, lui aussi atteint de mucoviscidose. Nous avons sympathisé au gré des pauses-café, et nos vies parallèles ont été rythmées par les rendez-vous qui regonflent d'espoir et les annonces qui plongent dans des abîmes de détresse. Bintou est devenue, au fil des années, ma plus proche amie. J'étais à ses côtés lorsque son fils est mort, quatre ans avant le mien.

Bien sûr il y a eu beaucoup de bas. Mais il était fort, mon fils. Il parlait d'avenir, même s'il en connaissait le caractère hypothétique. Et du haut de son jeune âge, il m'a appris une chose essentielle que j'ai trop tendance à oublier : puisqu'on ne peut savoir ce que demain nous réserve, il faut profiter de chaque instant qui nous est offert.

Un jour de juillet 2018, après des mois de lutte et l'attente d'une greffe qui ne viendrait pas, Michael, mon tout petit garçon, s'est éteint. Et une partie de moi avec. Je l'ai accompagné jusqu'au bout. Nous l'avons accompagné jusqu'au bout. Ensemble, tous les cinq. Quelques minutes avant qu'il parte, je lui caressais le front, et nous chantions, et nous souriions. Quand les machines se sont arrêtées, je l'ai embrassé, serré contre moi une dernière fois. Cette dernière fois qui me rappelait la première, lorsqu'on l'avait posé sur mon ventre, quinze ans auparavant.

Du jour au lendemain, ce qui m'avait tenue debout toutes ces années n'existait plus. Mon quotidien s'est allégé, mais l'absence de Michael m'a plongée dans une profonde dépression, aggravée par la solitude. Valentina et Neil venant d'obtenir leur bac, ils ont quitté le nid deux mois plus tard pour mener à bien leurs études. Quant à François, notre couple s'était progressivement transformé en une alliance raisonnée, sans même que nous en ayons parlé. Aucun de nous ne souhaitait disloquer la famille tant que Michael était là, mais notre séparation était une évidence. Après avoir été un amoureux, une épaule sur laquelle me reposer, un compagnon de lutte, de joies, de drames, un père admirable, François est parti se reconstruire, loin. Je ne dis pas que c'est facile pour lui, pas du tout. Mais il a sans doute compris bien avant moi qu'il allait lui falloir écrire un nouveau chapitre de sa vie.

Aujourd'hui mes jumeaux, mes oiseaux inattendus, ont 21 ans. Valentina est en école de commerce à Barcelone, Neil suit les traces de sa mère en étudiant la médecine à Lyon. Et moi dans tout ça… eh bien je ne vivais plus vraiment, jusqu'à cette soirée d'anniversaire qui a ouvert une sacrée brèche en moi. Une toute petite lueur. Une projection vers le futur – la première en trois ans.

Un « et si ? » minuscule.

Et si je passais à l'étape suivante ?

J'ai acheté les bouquins des astronautes Jean-François Clervoy et Samantha Cristoforetti, j'ai visionné *Gravity*, *Interstellar*, *Apollo 13*… de quoi se coller une peur bleue de partir dans l'espace, mais des paysages si grandioses qu'ils n'en demeurent pas moins fascinants.

L'Agence spatiale européenne avait reçu huit mille candidatures en 2008, près de vingt-trois mille ont été soumises cette année… tout ça pour recruter au final quatre astronautes.

Moins de 0,02 % de chances de réussite, donc. Autant jouer au loto.

Je ne prétends pas aller au bout. Mais j'espère passer au moins une étape. Ce serait déjà un succès, en soi. Il se murmure que pour la phase suivante, celle des tests à Hambourg, un petit millier de personnes pourraient être convoquées.

J'ai encore du mal à me l'avouer, mais je crois qu'au-delà de la promesse faite à mes trois enfants tout ça me fait terriblement envie.

Pas pour la réussite elle-même, non.

Pour l'exploration. Pour l'aventure.

Pour le rêve de gamine.

*

Il y a quelques jours, Neil m'a envoyé un lien vers un groupe de discussion sur lequel plusieurs centaines d'aspirants astronautes issus de toute l'Europe échangent des conseils, des doutes, des espoirs. Je ne sais pas si j'ai bien fait de cliquer, parce qu'en lisant le profil de certains candidats bardés de diplômes et surentraînés physiquement, il y a de quoi être démoralisée… Toujours est-il qu'en me baladant sur ce forum j'ai saisi une chose : dans l'espace personnel de chaque participant sur le site de l'ESA[1], la date mentionnée pour l'obtention des résultats est le 18 juin. Mais quand on est choisi pour poursuivre l'aventure, cette date change subitement.

Alors depuis que je sais ça, eh bien je fais comme tout le monde : je me connecte tous les jours. Chaque matin, je sens un frisson me parcourir le corps lorsque la page s'affiche. Et chaque matin, la date reste la même.

Le 26 juin, la date n'a toujours pas bougé. Neil me dit que certains ont vu la date changer *après*, mais moi je sens bien que c'est mort. *The end. Exit* la daronne qui voulait marcher sur Mars et qui est restée coincée au 18 juin. Je sais que je n'avais aucune chance, mais je ne peux m'empêcher de ressentir un pincement.

Le 27 juin, je décide d'arrêter de me connecter, après une dernière tentative qui signera mes adieux à ce site déprimant.

Lorsque la page s'affiche, je m'étouffe avec mon café.

La date mentionnée est le 8 octobre.

J'appelle Neil, paniquée, car aucune information ne m'est parvenue. Il me conseille de patienter encore quelques heures, mais il est certain que c'est bon signe.

---

1. European Space Agency (Agence spatiale européenne).

Au cabinet, la verrue plantaire de M. Guérin et le douzième Covid imaginaire de Mme Marino ne me passionnent guère. Je passe mon temps à rafraîchir mes mails frénétiquement, mais c'est seulement trois heures plus tard que je vois apparaître un « personnel et confidentiel ». Tandis que je rédige l'ordonnance pour soigner la crise hémorroïdaire de mon dernier patient de la matinée, je suis au bord de l'apoplexie.

Je me précipite sur mon ordinateur. J'ai l'impression que je ne peux pas consulter ce mail directement, que son contenu va me brûler la rétine, alors je plisse les yeux et je lis à travers mes paupières à demi closes.

Oh. My. God.

Je pousse un cri, qui résonne probablement dans tout l'immeuble.

Je relis le mail, encore et encore, mais les mots sont les mêmes.

Alors je me dirige vers le lavabo de mon cabinet, je bois une gorgée et me passe un coup d'eau sur le visage. Lorsque je me redresse, je reste un temps en arrêt devant le miroir. La femme qui me fait face me semble différente. Elle sourit, et son sourire balaie les ombres.

Cette femme-là, cette figure familière disparue depuis si longtemps, je la reconnais. J'aimerais tellement la retenir. Alors cette femme rassemble ses esprits puis rédige fébrilement un SMS commun à Bintou, Valentina et Neil :

« I fucking am the next Thomas Pesquet ! Direction Hambourg !!!!!!!!!!!!!!! »

Puis un autre, adressé à son père :

« Fais péter "La Ballade des gens heureux" !!!!! »

C'est cette femme-là qui se regarde de nouveau dans le miroir, et qui se met à rire nerveusement, comme si une digue venait de céder.

Comme si elle se sentait fière, un peu. Heureuse, peut-être.

« Espaaaace, ton univers impitoyaaaable ! »

— *La température sur Vénus est de quatre cent soixante degrés Celsius, chaude ambiance…*
— *Il faut cent soixante-cinq ans à Neptune pour tourner autour du Soleil.*
— *Une figurine Buzz l'Éclair a réellement passé quinze mois à bord de la Station spatiale internationale : bien joué, Buzz !*

II

DE LA TERRE À LA LUNE

5

Passé la phase d'euphorie et d'excitation, la panique me gagne.

Dans trois mois, je serai à Hambourg. Entourée d'un bon millier d'autres candidats venus des quatre coins de l'Europe pour réussir mieux que moi. Enfin, c'est comme ça que je le vois.

Dans le mail de convocation, l'ESA fournissait des détails sur l'étape suivante. Il s'agira d'une journée intensive de tests. Sept sessions de quarante minutes entrecoupées de pauses d'un quart d'heure. Le contenu des sessions n'est pas divulgué, mais il est question d'évaluer notre capacité à mémoriser et restituer efficacement, à traiter des informations multiples, à visualiser des figures dans l'espace, à raisonner de façon logique, à parler anglais, à résoudre des problèmes simples de physique, de chimie, de mathématiques… Tout un programme.

Le mail insiste sur le fait que toute personne ayant fait des études scientifiques du niveau minimum requis – bac+5 donc – est censée pouvoir répondre. Ensuite, c'est une question d'entraînement et de câblage de chaque cerveau.

Pour ce qui est du câblage, je ne vais pas pouvoir changer grand-chose, alors je compte bien miser sur l'entraînement. L'ESA fournit un lien vers une plateforme web permettant de préparer les tests, et répondant au doux nom de Pilotest.

Eh bien si l'enfer existe, il se situe à mi-chemin entre une soirée passée à écouter des reprises de « Voyage, voyage » à l'harmonica sur YouTube – déjà vécu ça, merci Bintou – et une heure passée sur Pilotest.

Sur Pilotest, tu peux t'entraîner, et ensuite constater à quel point tu es nul. Les concepteurs ont poussé le vice jusqu'à donner une échelle de comparaison avec tous les candidats qui ont tenté tel ou tel exercice.

Sur les cinq premières salves, je me classe dans les 40 % de candidats les moins bons. Pas du tout déprimant. Tremble, Claudie Haigneré.

Sur les cinq salves suivantes, mon score entre dans le top 40 %. Pas si mal, mais le jugement de Bintou est sans appel :

— À ce rythme-là, tu n'es pas près de toucher le moindre poil de cul d'un astronaute…

Je décide donc de faire une heure d'entraînement quotidien sur Pilotest.

La plupart des tests de logique, de mémorisation ou de physique-chimie ne posent pas de problème. Ce qui me demande le plus d'efforts, ce sont les maths. Les exercices ne sont pas difficiles, mais il faut en résoudre tellement en si peu de temps que mon esprit se perd dans des considérations qui n'ont rien à voir. Lorsque l'énoncé demande de calculer la monnaie qui sera rendue à une certaine Laëtitia commandant 7 cafés à 2,30 euros et 4 thés à 4,20 euros, je ne peux m'empêcher de penser 1/ que Laëtitia vit à Paris vu le niveau des prix pratiqués, 2/ qu'elle va beaucoup pisser, avec tout ce qu'elle boit et 3/ qu'elle ferait mieux de payer en carte plutôt qu'avec son billet de cinquante. Pas idéal pour répondre à vingt problèmes de ce genre en moins de cinq minutes. Cherchant à améliorer ma vitesse de calcul mental, je tombe sur un forum suggérant d'apprendre les tables de multiplication de 11 et de 12. Je le fais, et en l'espace de quelques jours je gagne de précieuses secondes. Plus l'été avance, mieux je réussis. Jusqu'à atteindre, courant septembre, les 5 % de meilleures réponses pour l'ensemble des tests. Je ne sais pas quel niveau il faut pour passer à l'étape suivante, mais je sais bien que tous les candidats ont reçu les mêmes consignes. Alors, même si ce n'est pas demandé, je me dis que je dois également exceller dans les connaissances.

Je décide donc de revoir tous mes cours de sciences de terminale.

Chaque soirée devient une soirée Pilotest ou révision du bac. Je continue de refuser toute forme d'invitation à la détente, tout en conservant une hygiène de vie irréprochable. Ce qui me vaut cette sentence :

— Avant tu étais chiante et dépressive, maintenant tu es chiante tout court.

Merci Bintou, trop sympa.

⋆

Un vendredi soir de septembre, je consulte distraitement mes mails personnels tout en me brossant les dents, et l'un d'entre eux – coincé entre une promo de rentrée d'Auchan et une vente exclusive de La Redoute – attire mon attention. Mon cœur s'emballe : un message intitulé « Hambourg » reçu à quelques semaines des tests, je ne peux pas m'empêcher de penser qu'il y a un problème. Tandis que je me rince la bouche, j'imagine en quelques secondes que l'Agence spatiale européenne s'est trompée : « Voilà, nous avons interverti votre dossier avec un autre, c'est fini pour vous, cette histoire d'espace, veuillez agréer nos sentiments, etc. »

Le contenu du mail est tout autre.

« Ne va pas à Hambourg, Anna. Tu te mets en danger. »

Lorsque je le découvre, j'ai l'impression d'être plongée dans un bain d'eau glacée. D'autant que l'adresse de l'expéditeur – *avertissement.anna@gmail.com* – accentue mon trouble. Alors je n'y peux rien, j'ai besoin de rallumer les lumières et de vérifier que les portes de chez moi sont bien verrouillées.

Je m'assieds sur mon lit, prends une grande inspiration, puis j'essaie de réfléchir calmement.

Qu'est-ce que c'est que ces conneries ?

L'hypothèse la plus probable, c'est le canular : la personne qui m'a envoyé ça me connaît, elle a mon adresse mail, elle me tutoie, m'appelle par mon prénom, sait que je m'apprête à partir pour Hambourg. Mais qui aurait intérêt à me faire peur ? Mes amis et ma famille m'ont poussée à candidater, il n'y a aucune raison qu'ils essaient de me décourager, ça ne colle pas.

La deuxième hypothèse, c'est une manœuvre d'intimidation de la part d'un autre candidat. Quelqu'un qui aurait récupéré les noms et adresses mail de concurrents et qui aurait décidé de les pré-éliminer en les effrayant. Est-ce crédible ? Il y a un sacré paquet de tarés sur cette Terre, alors pourquoi pas...

La dernière hypothèse, celle à laquelle l'expéditeur veut évidemment que je pense, c'est la possibilité d'un véritable danger pour moi à Hambourg. De quelle nature exactement, je ne vois pas bien... mais ce connard a réussi son coup : me voilà morte de trouille.

Il est plus de 23 heures. Je ne peux pas passer la nuit toute seule, le moindre bruit me fait sursauter. Alors je demande à Bintou de me rejoindre. Elle râle un peu pour la forme, mais vingt minutes plus tard elle est chez moi.

— OK, tu as reçu un message chelou. OK, tu ne sais pas d'où ça vient. Mais t'as pas l'impression d'être devenue James Bond ? Il y a deux mois, tu te morfondais sur ton canapé, et aujourd'hui tu es sélectionnée pour partir dans l'espace et tu reçois des messages anonymes. Tu es consciente que ta vie n'a jamais été aussi excitante ?

— Tu plaisantes, j'espère…

Elle est morte de rire.

— Je reçois un message de menace et toi tu rigoles ! tu ne penses pas que je devrais répondre, ou bien aller voir la police, plutôt ?

Bintou se rend compte que ma peur et mon agacement sont loin d'être feints, alors elle change de ton.

— Je suis d'accord, c'est un peu flippant. Répondre… à la limite pourquoi pas ? Tu peux demander de qui il s'agit, mais je ne suis pas sûre que tu obtiennes un quelconque retour. Quant à la police, tu sais comme moi qu'elle te dira : « Si vous avez peur, alors n'allez pas à Hambourg, et sinon on a d'autres chats à fouetter. » Techniquement ce n'est pas un message de menace, mais un mail d'avertissement. Un ami qui te veut du bien, comme dans le film…

— Tu te souviens que dans le film c'était un gros psychopathe, l'ami qui voulait du bien ?

— Ah non, je ne me souvenais pas. Bon, bref, tu m'as comprise. Tu ne vois vraiment personne qui voudrait te flanquer la frousse ? J'aurais bien penché pour l'un de tes patients, mais le mec aurait ciblé ta boîte mail pro... Le mec ou la nana d'ailleurs, on sait pas. T'as pas fait une crasse à quelqu'un dans ta jeunesse ? Un ex, peut-être ?

J'ai beau y réfléchir, je ne vois pas. Je secoue la tête, désemparée.

Bintou finit par me prendre dans ses bras, et me parle tout bas.

— Tu as parcouru un chemin génial ces dernières semaines. Je ne sais pas qui t'a envoyé ce message, mais je penche pour ta deuxième hypothèse : un candidat qui a récupéré les mails d'un certain nombre d'autres et qui essaie d'en décourager le plus possible. Alors je vais quand même te filer une bombe lacrymo de poche – on ne sait jamais – mais tu vas aller à Hambourg, tu vas passer ces putains d'épreuves et tu vas même les réussir, moi je te le dis !

J'ai besoin d'y réfléchir encore, mais Bintou n'a sans doute pas tort. Vers 3 heures du matin, épuisée mais rassurée par ses ronflements derrière le mur de ma chambre, je finis par m'endormir.

Lorsque je me réveille, je décide d'aller sur le forum de discussion des candidats, à la recherche d'un témoignage sur des e-mails similaires... il n'y a rien. J'hésite à appeler Val, Neil ou mon père, mais je ne veux pas les inquiéter inutilement, alors j'y renonce.

Bintou est dans le vrai, il n'y a pas de raison de changer quoi que ce soit. Et puis, je n'ai jamais été du genre à me laisser intimider : mes enfants ont raison, je peux être *badass*, si je veux.

★

Bintou se lève en fin de matinée, elle m'embrasse, me demande si je vais mieux, et puisque je réponds par l'affirmative, me lance avec sa délicatesse légendaire :

— Mis à part l'épisode d'hier soir, on ne peut pas dire que ta vie actuelle soit vraiment palpitante, tu es d'accord ?

Je ne dis rien, j'attends la suite, qui ne tarde pas.

— Ta défossilisation est en cours, c'est un fait. Mais il te reste une étape majeure à franchir : le décoinçage de string.

Elle s'approche et me glisse que j'ai rendez-vous ce soir avec son ami le coach beau gosse. Et qu'elle m'a réservé entre-temps un long créneau chez son coiffeur et son esthéticienne.

— Parce que question pilosité et coupe, y a du boulot.

Je proteste vigoureusement. Hors de question que je perde une soirée de révision à batifoler avec un inconnu. D'autant que je n'ai laissé aucun homme entrer dans mon cœur ni dans mon lit depuis trois ans. Mais Bintou a réponse à tout.

— Tu sais, les hommes, c'est comme le chocolat. Quand ça fait longtemps, tu perds le goût, tu t'habitues à vivre sans, mais, crois-moi, il suffit de croquer pour redevenir accro. Allez, je ne te demande pas de te marier avec lui, ni même de consommer. Juste de te laisser aller et de passer une bonne soirée avec un gars agréable à regarder, sympa et pas trop con. C'est pas la torture du siècle non plus…

— Mais je ne connais même pas son prénom ! Tu l'appelles toujours « coach » ou « le bogoss de la salle »…

— Alors il s'appelle Ali, il a 46 ans mais en paraît cinq de moins, il a de grandes mains délicieuses sur lesquelles il applique une crème hydratante qui sent l'amande, il n'aime pas les prises de tête mais il adore l'art contemporain. Pas mal non ?

Je reste dubitative… J'ouvre donc une porte de sortie :

— Et toi, pourquoi tu ne tentes pas ta chance ?

— C'est fait, qu'est-ce que tu crois ? Mais c'était il y a deux ans, on est passés à autre chose. Lui comme moi, on ne cherche pas à s'attacher, tu vois… c'est exactement ce qu'il te faut. Un mec qui n'attendra rien, qui a de l'expérience et qui ne te brusquera pas. Testé et approuvé, foi de Bintou !

Je ne sais pas si ça m'enchante tellement de sortir avec un homme déjà testé et approuvé par Bintou…

— Ça ne t'engage à rien d'autre qu'à une soirée, et tu as assez travaillé comme ça. Tu vas voir, ça fait un bien fou.

Elle accompagne cette dernière tirade d'un élan d'amitié – elle m'étouffe littéralement dans ses bras – qui offre peu de place à la protestation. Alors je la serre, moi aussi, et j'accepte de suivre sa méthode : me laisser chouchouter quelques heures, puis honorer le rendez-vous avec Ali-le-BG-de-la-salle-de-sport. Bintou acquiesce dans un sourire, puis me lance :

— En route pour le toilettage !

*

Résultat des courses, ou plutôt de la soirée : Ali s'est révélé conforme à la description de Bintou.

Je ne saurais pas vraiment dire ce qui s'est passé, à part que j'ai appliqué à la lettre les conseils de mon amie. J'ai bu un peu, j'ai ri beaucoup, et je crois avoir finalement réussi à lâcher prise.

Grâce au bel Ali, et sans rien lui promettre d'autre que cette nuit, j'ai redécouvert que j'avais un corps. Des seins. Un clitoris, aussi. Comment ai-je pu me passer de sexe tout ce temps ? Bien sûr, je n'avais pas la tête à ça, mais Bintou m'opposerait, avec sa classe habituelle, qu'il ne s'agissait pas de tête…

Je ne suis pas amoureuse – certainement pas – et lui non plus. Mais nous nous sommes quittés ce matin en n'excluant pas de nous revoir.

Lorsque Ali repart, je consulte mes mails, tremblant d'avoir reçu un deuxième message d'avertissement.

Pas de message. Je respire mieux.

Mais un malaise indéfinissable persiste.

6

Le 7 octobre à 18 heures, lorsque mon avion atterrit à Hambourg, je ne suis pas mécontente d'arriver enfin. J'ai quitté l'Isle-sur-la-Sorgue à 8 heures direction Marseille, puis enchaîné un premier vol, une escale de deux heures à l'aéroport de Paris-Charles-de-Gaulle et un dernier vol pour Hambourg, le tout avec passe sanitaire à présenter tous les trois mètres et ce foutu masque qui me file de l'acné au menton et me donne l'air d'une prépubère. Nous avons par ailleurs été prévenus : les épreuves de demain se feront avec masque, dans la chaleur d'un été indien allemand aussi inattendu que torride. Perspective hautement réjouissante, donc.

En attendant, j'ai prévu d'éviter tout contact avec d'autres candidats ce soir. En plus de ma crainte de tomber sur un psychopathe depuis la réception du mail d'avertissement – qui n'a été suivi d'aucun autre, à mon grand soulagement –, je sais que je vais passer mon temps à me dire qu'untel est plus brillant, que telle autre est bien plus jeune, bien plus intelligente, et je vais ruminer ça avant de m'endormir… Résultat, j'aurai des cernes de dix kilomètres au réveil et un cerveau inutilisable.

Manque de bol pour mon désir de solitude, dans le taxi qui m'a été envoyé à l'aéroport attend une autre candidate, une bimbo que j'ai déjà aperçue dans le premier vol en provenance de Marseille. Elle se présente donc également aux tests. Je sais bien qu'il ne faut pas juger sur l'apparence, mais avec ses seins siliconés et son maquillage outrancier, j'avoue l'avoir plutôt imaginée youtubeuse beauté, participant à une émission de téléréalité ou strip-teaseuse… Je me reproche intérieurement d'être traversée de tels clichés sexistes, et je lui tends la main en me présentant. Lorsqu'elle me répond, je crois défaillir.

— Bonjour Anna, je m'appelle Nabila, je viens de Marseille.

Le tout dit avec un accent digne d'un grand Pagnol. Je ne sais pas si elle plaisante, mais je ne pense pas. Devant mon silence, elle continue.

— Je sais, ça surprend toujours, mais c'est un prénom arabe très courant, qui signifie « noble, honorable ». Et il n'y a qu'un seul « l », pas comme pour la starlette fan de shampooing…

Elle sourit, alors je l'imite et l'atmosphère se détend quelque peu. Pour autant, je n'ai pas particulièrement l'intention de faire la conversation à cette jeune femme. Alors je me tourne vers le chauffeur, et le surprends le regard plongé dans le décolleté de mon hypothétique collègue. Je m'adresse à lui en anglais – mon allemand n'est pas à son meilleur niveau, il faut bien l'avouer.

— Excusez-moi, je suis assez fatiguée. Est-ce que nous attendons d'autres candidats ?

— Oui… encore une personne, qui ne devrait plus tarder. Le vol en provenance de Barcelone vient tout juste d'atterrir.

Le chauffeur tient toujours devant lui sa pancarte électronique arborant le logo de l'ESA. J'ai soudain l'impression incongrue d'être dans un rêve éveillé : est-ce bien moi qui vais passer les tests de l'Agence spatiale européenne ? J'observe Nabila du coin de l'œil : a-t-elle comme moi cette ambition chevillée au corps depuis l'enfance ? Sa famille la soutient-elle ? S'est-elle entraînée comme une dingue sur Pilotest ? Connaît-elle ses tables de 11 et 12 ? Je brûle d'envie de le lui demander, mais je me contente de renseignements sur son parcours académique. J'apprends donc que Nabila a 33 ans, qu'elle est diplômée de l'École normale supérieure de Lyon et chercheuse au CNRS, spécialiste de la chromatographie de masse. En plus d'être souriante et fort sympathique, Nabila a donc une tête bien faite. Et un corps… à rendre jalouses toutes les autres femmes.

— *Hi, I'm Diego Estrella. You must be my driver. Can we go please ? I'm tired.*

Le nouvel arrivant ôte son masque, mais pas ses lunettes de soleil. C'est un défilé de mode ici ou quoi ? Le mec a la trentaine, la taille mannequin, porte un ensemble sportswear bleu pétrole et des baskets immaculées. Il parle anglais avec un fort accent espagnol, affiche un sourire Ultra Brite pour Nabila, ne m'adresse aucun regard – un peu comme si je faisais partie du décor. J'ai déjà envie d'attaquer, mais je me retiens. La conversation continue en anglais. Ma voisine tend la main au jeune homme, qui ôte ses lunettes pour la gratifier d'un regard qui ne la laisse pas de marbre.

— *Hi Diego, my name is Nabila. I come from Marseille. Welcome to Hambourg !*

OK, elle s'est prise pour l'hôtesse d'accueil du coin. Elle continue, toujours en anglais, qui sera notre langue commune désormais.

— Je te présente Anna, qui vient de… ?

— De l'Isle-sur-la-Sorgue, une petite ville à côté d'Avignon.

Il me sourit vaguement, mais j'ai l'impression de lire du mépris dans son sourire. Il est bien trop sûr de lui. Alors je marque ma méfiance en me frottant ostensiblement les mains avec du gel hydroalcoolique juste après lui avoir serré la main – on a les mesquineries de son époque. Le temps que je trouve le précieux liquide dans mon sac à dos, il m'a prise de vitesse, ce goujat : c'est lui qui se désinfecte les paumes. En allant vers la voiture, je l'observe du coin de l'œil et remarque sa démarche particulière. Je n'en crois pas mes yeux, mais j'ai l'impression qu'il roule des fesses. Le mec se la joue Cindy Crawford. Et le voilà qui s'installe devant, à côté du chauffeur, sans rien demander à personne. Confirmant tout le bien que j'ai pensé de lui au premier coup d'œil.

L'hôtel est situé à cinq minutes à pied du centre de l'ESA. Lorsque nous arrivons, nous récupérons nos clés, et la réceptionniste nous explique que d'autres candidats sont présents – elle parle d'une quinzaine et d'un dîner collectif à caractère facultatif. Très bien, je demande donc un room-service et, tandis que je m'éclipse vers ma chambre, je comprends que Nabila et Diego vont se joindre au groupe d'ici quelques instants. Et puis passer la nuit ensemble probablement, à en juger par les regards qu'ils se lancent. Grand bien leur fasse…

⋆

Ma nuit à moi se révèle épouvantable.

Je mets des plombes à m'endormir, sursautant dès que quelqu'un passe dans le couloir – et ce malgré la chaise que j'ai placée de manière à bloquer la poignée de la porte. Puis mon sommeil est envahi de calculs, de triangles, de consignes absconses et de rêves consternants : je me vois passer les tests, et m'enfoncer à chaque mauvaise réponse dans un étang qui se remplit progressivement de candidats triomphants, au premier rang desquels mon ex-mari, François, déguisé en Claudie Haigneré, mais aussi Nabila et Diego batifolant avec le chauffeur de taxi de l'aéroport et la réceptionniste de l'hôtel.

Lorsque je retrouve Nabila et Diego au matin des tests, j'ai ces images grotesques devant ma rétine, quatre heures de sommeil au compteur, un jus d'orange qui pèse plus lourd sur mon estomac qu'une blague de Bintou, et l'humeur d'un vieux félin plongé dans l'eau froide. Nabila est radieuse, en revanche. Souriante, présentant les candidats les uns aux autres avec son accent anglo-marseillais chantant, lançant des œillades à Diego, qui semble pour sa part calme et serein.

Nous sommes quinze à pénétrer dans la salle d'examen. Chacun s'installe devant l'ordinateur sur lequel figure son nom. Nous sommes masqués et à bonne distance les uns des autres, mais mon voisin de gauche a dû vider sa bouteille d'eau de toilette sur lui, et je ne peux pas passer la journée avec cette odeur dans le nez. Le souci ne vient pas du parfum lui-même, mais des souvenirs associés à ces notes de réglisse et d'ambre portées par Michael lors de ses deux dernières années. Je demande à changer de place, prétextant un problème de reflet sur mon écran, mais l'examinateur tire le rideau orange de la salle, et le reflet disparaît. Les autres me fusillent du regard : déjà englués dans sept séries d'exercices nécessitant la concentration d'un maître yogi, nous voilà plongés par cette idiote dans une lumière tamisée digne d'un porno des années 1970… Voilà ce que je lis dans leurs yeux.

Alors que je me résigne à mâchouiller un chewing-gum à la menthe, je me souviens avoir emporté mon baume du tigre, ce remède traditionnel venu d'Asie qui sent fort l'animal blessé, la cannelle et la menthe poivrée. Je décide de m'en badigeonner sous le nez, à la manière d'un médecin légiste souhaitant camoufler le fumet d'un cadavre déliquescent – jolies images dans ma tête. Lorsque la crème fondante touche ma lèvre supérieure, je me rappelle soudain que ce baume est à éviter sur les muqueuses. C'est donc avec la lèvre en feu et les yeux qui picotent à cause des vapeurs d'huiles essentielles que je m'apprête à débuter la première série d'exercices. Au top.

La concentration de chacun est à son maximum. Je ne suis pas sûre que la mienne le soit, mais quand le test commence, une transformation s'impose d'elle-même. Je ramène ma chevelure blonde difficilement domptable en un chignon négligé mais solide afin de dégager ma nuque et d'éviter les coups de chaud, et puis je passe en mode guerrière. Plus rien d'autre ne compte que ces écrans qui défilent devant moi à une vitesse vertigineuse.

7

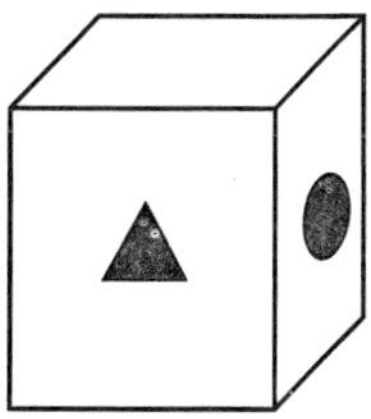

« Faites rouler mentalement ce cube vers l'arrière, à gauche, en avant, à droite, à gauche puis encore en avant.

Où se trouve maintenant le point noir ?

Où se trouve le triangle ? »

Voilà qui commence bien… Cette histoire de cube se répète une dizaine de fois, et le temps alloué pour répondre est de plus en plus court. Je passe les détails, mais les jeux de ce genre s'enchaînent pendant trente minutes, et c'est déjà l'heure de la première pause. L'examinateur nous gratifie d'un petit débrief :

— L'état d'apesanteur supprime les notions de haut et de bas, il est donc impératif de projeter très vite dans son cerveau toutes les étapes à accomplir afin de mener à bien une tâche donnée, comme le retournement d'un cube.

Lors des breaks, chacun adopte une stratégie différente. Certains – dont Nabila et Diego – se rechargent en café, quand d'autres comme moi restent à leur place, effectuant quelques mouvements respiratoires à visée relaxante.

Deuxième série, mémoire visuelle. Je suis surentraînée à ces exercices, alors je crois que je cartonne au jeu du « qu'y avait-il donc sur cette photo de plateau de cafétéria aperçue cinq secondes ? » et plus encore à celui du « dans la série de vingt chiffres que vous venez d'entendre, quel était le huitième en partant de la fin ? ». Ce genre de réjouissance me donne confiance pour la suite.

La troisième série concerne les mathématiques, les mesures et le calcul mental. J'utilise au moins trois fois les tables de multiplication de 11 et 12, et me félicite intérieurement de les avoir apprises.

La quatrième série ébranle ma confiance naissante. Il s'agit de questions et problèmes de base en ingénierie. Mes études de médecine étaient loin de cette discipline, et ma maîtrise d'astrophysique n'y change rien : je suis nulle en électricité et en moteurs, force est de le constater…

★

À l'heure du déjeuner, une surprise de taille nous attend : Ted Hansen, astronaute américain vieillissant mais ô combien célèbre, vient passer un moment à nos côtés. C'est adorable de sa part mais intimidant, d'autant que notre comportement avec lui fait peut-être partie de l'évaluation.

En tout cas, je crois bien m'être fait remarquer… Lorsqu'il s'est adressé à moi et que j'ai enlevé mon masque dans la queue pour le self, il a marqué un temps d'arrêt. C'est comme ça que j'ai pris conscience que je devais avoir l'air sacrément tarte, avec ma lèvre supérieure ultra brillante badigeonnée de baume du tigre. Peut-être même a-t-il cru que j'étais couverte de morve ? Cette idée me fait frémir. Je me suis essuyé la lèvre avec la serviette en papier de mon plateau, puis j'ai posé quelques questions un peu cruches, tandis que d'autres enchaînaient les remarques pertinentes.

Quasiment tous les individus de sexe féminin – et quelques hommes – étaient *in love* de ce mec. Nabila, quant à elle, était en pâmoison. Un petit air de Clint Eastwood qui n'est pas déplaisant, le prestige de l'uniforme, oui… mais tout de même. Enfin, chacun ses goûts.

Entre deux bouchées d'un infâme ragoût de cantine, Nabila explique qu'elle fait partie d'un groupe de candidats du sud de la France ayant décidé de se réunir « en vrai » pour s'entraîner ensemble aux épreuves, partager leurs expériences, leur stress, un verre de l'amitié, que sais-je. La plupart du temps, les réunions se passent chez une certaine Bérénice, une sorte de no life qui ne lâche jamais son fils – lui-même candidat – d'une semelle.

— On est en quelque sorte un groupe de bras cassés de l'espace qui ne se prennent pas au sérieux, alors on s'est autobaptisés « Les Extraordinaires »…

Elle me fait rire. Ce genre de collectif, ça n'est pas du tout mon truc. Je perçois bien les dimensions d'entraide et d'émulation que ces séances de groupe peuvent apporter à certains mais moi, je suis très bien toute seule chez moi – d'autant plus si vraiment un fou furieux est à mes trousses. En repensant au message d'avertissement, je sens un frisson parcourir mon corps… et je ne peux m'empêcher de jeter des regards suspicieux autour de moi.

— Anna ? Tu m'as entendue ?

— Pardon, j'étais ailleurs…

Nabila reprend donc là où elle en était :

— Je disais que le lieu où les Extraordinaires se sont retrouvés, c'est dans le Luberon. C'est hyper charmant comme endroit, et puis c'est pas loin de chez toi, non ? Tu devrais nous rejoindre pour préparer Cologne !

Cette Nabila est surprenante. Elle a le look et la manière de parler de son homonyme télévisuelle – l'accent en plus –, quelques tatouages aperçus à travers la chemise blanche légère qu'elle porte aujourd'hui… Elle semble superficielle oui, mais je décèle chez elle beaucoup plus – et pas seulement une intelligence hors norme. Je crois que je l'aime bien, finalement. Quant à Cologne, il s'agit de l'étape suivante du recrutement de l'ESA – à chaque étape sa riante ville allemande – et il me semble que Nabila s'emballe un peu.

— Il n'en restera plus que 400 pour Cologne, il y a très peu de chances que nous réussissions...

— Il ne faut pas partir défaitiste, Anna.

C'est Ted Hansen qui a pris la parole et m'a répondu, ce qui, il faut bien le dire, m'impressionne d'autant qu'il semble avoir retenu mon prénom. J'espère seulement qu'il a oublié mon nez luisant de baume du tigre. Il continue.

— Nabila a raison, il faut commencer à vous entraîner avant de connaître l'issue de cette étape : les résultats n'arriveront qu'en fin d'année, mais parmi les candidats qui recevront une convocation pour Cologne ceux qui se seront préparés à l'avance auront un avantage certain. Et puis ça semble très sympathique, cette démarche des Extraordinaires. Je ne sais pas quand sera la prochaine session, mais tenez-moi au courant : je donne des conférences un peu partout en Europe, je pourrais passer vous voir, si vous êtes intéressés.

OK, je comprends mieux sa sollicitude soudaine : le mec essaie l'air de rien de caser une conférence qu'il doit facturer une fortune...

★

Les tests reprennent avec la série d'anglais, et mon moral remonte : j'ai presque l'impression de me reposer. Tant mieux, car je ne m'attendais pas aux deux dernières épreuves.

La sixième est une série de questions psychologiques à choix multiple, où il faut cocher la case correspondant à ce que l'on ferait dans telle ou telle situation : conflit avec des personnes au sol, procédure qui semble inadaptée à l'urgence d'une prise de décision vitale, réaction face à l'erreur d'un coéquipier, gestion d'un membre d'équipage défaillant… Puisqu'il n'y a pas de bonne ou de mauvaise réponse, je fais comme je le sens, donc jusque-là tout va bien. Mais la fourberie des concepteurs de ces tests est sans limite : voilà qu'au beau milieu de ce QCM psy façon « *Femme Actuelle* de l'espace » apparaissent des questions de mémoire faisant appel à des éléments vus il y a plus de quatre heures : souvenez-vous, la banane était-elle sur le premier plateau de cafétéria ? Et la salière ? Autant dire que c'est assez déstabilisant…

Pour finir en beauté, le dernier exercice est pour le moins épuisant : à l'aide d'un joystick, il s'agit de garder le cap d'une trajectoire de fusée qui ne cesse de dévier de sa route. Évidemment, les commandes s'inversent sans cesse – sinon ce serait trop simple –, et nous suons tous sang et eau. Tant et si bien qu'à la fin de la journée nous décidons d'aller boire un verre tous ensemble, d'autant plus volontiers que nous serons accompagnés d'Hansen.

★

Trois bières plus tard, l'atmosphère s'est détendue. Un candidat irlandais essaie de me draguer, je lui fais très vite comprendre que ça ne va pas être possible.

Avec tout ce qui s'est passé dans la journée, je suis parvenue à tenir à bonne distance mes craintes concernant le mail d'avertissement. Mais ce soir, elles reviennent en force : si danger il doit y avoir, c'est en dehors de l'enceinte de l'ESA. Même si j'ai peine à imaginer qu'il puisse m'arriver quoi que ce soit, je me tiens sur mes gardes, ma bombe lacrymo de poche – qui a résisté au voyage en soute – bien planquée dans mon sac à main.

Diego se tient légèrement en retrait, tel un poète maudit, ce qui attire inéluctablement les regards – il m'agace, j'ai l'impression que son attitude est *fake*, calculée. C'est vrai qu'il est plutôt beau gosse. Si Bintou était là, elle me dirait qu'elle en ferait bien son quatre-heures. Mais qu'est-ce que je raconte ? Je dois commencer à être fatiguée, pour penser à la caser avec cet Espagnol qu'elle ne rencontrera jamais.

— Il est mignon, non ?

Je n'ai pas entendu Nabila s'approcher. A-t-elle lu dans mes pensées ? Je réponds en tentant de reprendre une contenance :

— Oui, si on veut... Il est un peu jeune quand même.

Elle éclate de rire, et me regarde avec des yeux ronds.

— Quoi, qu'est-ce que j'ai dit ?

— Bah, il a quand même plus de 70 ans !

J'éclate de rire à mon tour. J'aime décidément de plus en plus cette jeune femme.

— Je ne pensais pas à Hansen, je pensais à Diego… enfin, je veux dire… je ne pensais pas à lui, j'ai juste cru que tu parlais de lui quand tu as dit qu'il était mignon parce qu'il est pas mal oui, mais bien trop jeune, alors qu'Hansen… bon, OK, je m'enfonce.

— T'inquiète, on pense tous que Diego est mignon. Il y a chez lui comme un secret qu'on aimerait percer en caressant lentement son torse velu…

C'est à mon tour de la regarder avec des yeux ronds. Elle éclate de rire de nouveau, et me lance :

— T'es vraiment team premier degré toi, ma parole ! Bref, en tout cas je crois que tu as un ticket avec Hansen, il ne t'a pas lâchée du regard de toute la soirée. Alors si tu aimes les astronautes aguerris, à mon avis y a moyen que tu passes une trèèès bonne nuit à Hambourg !

Je n'ai pas le temps de me remettre de cette tirade, voilà que Ted Hansen s'approche. Il me dit avoir l'impression que nous sommes sur le départ – c'est faux – et propose de nous raccompagner à l'hôtel, Nabila et moi. Est-il le psychopathe dont il faut que je me méfie ? Je me raidis.

— Non merci, monsieur Hansen…

— Appelez-moi Ted, je vous en prie.

— Non merci… Ted. Nabila et moi allons rester encore un peu, et puis nous prendrons un taxi pour rentrer.

— Comme vous voudrez. Bonne soirée mesdames, j'ai été ravi de vous rencontrer.

Il me serre la main, et garde ma paume dans la sienne un peu plus longtemps que nécessaire. Je rougis instantanément, tandis qu'il tourne les talons.

Quelle conne de m'être raidie comme ça ! Hansen est juste un mec qui a l'habitude de séduire tout ce qui est muni d'une paire de seins…

C'est alors que, sans crier gare, Diego s'approche en souriant, et nous glisse :

— Anna et Nabila, puisque vous semblez atrocement souffrir du départ d'Hansen, ça vous dirait une virée de consolation dans Hambourg ? C'est une ville surprenante, je la connais un peu pour y être venu au cours de mes études. Il y a des endroits très sympas.

Nabila acquiesce tout de suite, et moi je me demande si Diego est la source du danger. Son invitation nocturne est-elle un guet-apens ? Je tente de me soustraire à cette escapade pour laquelle j'ai par ailleurs l'impression d'être l'alibi, celle qui s'apprête à tenir la chandelle. Mais Nabila insiste pour que je vienne. Alors je me dis que, quitte à être si loin de chez moi, autant visiter un peu. Si j'ai le sentiment d'être de trop, je pourrai toujours m'éclipser.

Et, à bien y réfléchir, je suis peut-être plus en sécurité à leurs côtés que seule dans ma chambre…

8

DIEGO

Je m'appelle Diego et j'ai tout pour être heureux. Je suis espagnol, j'ai 35 ans, je vis à Barcelone, dans un appartement hors de prix situé sur la colline de Montjuic, à quelques pas de la Fondation Miró. Appartement lumineux et design – pour ne pas dire impersonnel – qui me permet, en un coup d'œil, d'embrasser l'une des plus belles villes du monde avec Paris, New York, Londres, et Rome – voilà, comme ça j'ai égrené mon top 5 Lonely Planet.

Je m'appelle Diego et j'ai tout pour être heureux. J'ai, depuis trois ans, monté ma propre entreprise et je gagne très bien ma vie. Mon business se développe d'autant plus vite que je suis sur un marché totalement nouveau. Mes parents sont en pleine forme, notre famille est très soudée, j'adore ma petite sœur et mon petit frère, tous deux ont d'ailleurs récemment rejoint mon projet : ma sœur est une designer géniale, et mon frère un photographe qui commence à se faire un nom. J'ai été mannequin il y a une dizaine d'années, j'ai beaucoup de succès auprès des femmes, et aucune envie de m'attacher à qui que ce soit. Alors je papillonne. J'aime me décrire comme un épicurien qui apprécie un bon dîner, une soirée arrosée, un petit matin dans les bras d'une inconnue rencontrée au hasard de la nuit.

Je m'appelle Diego et j'ai tout pour être heureux. Aujourd'hui mon quotidien est loin de mes études scientifiques, mais j'ai toujours gardé une certaine attraction – sans mauvais jeu de mots – pour tout ce qui tourne autour de l'exploration spatiale. Lorsque j'ai découvert dans la presse l'annonce de l'ESA, j'ai parcouru l'article avec une espèce de ressentiment logé au fond de mes tripes. Et puis une phrase, en apparence anodine. Une recherche sur le web, les doigts tremblants, et la lecture gloutonne de l'appel à candidatures. Quand enfin j'en ai compris tous les termes, l'excitation et la joie se sont mêlées à mes peines, à mes douleurs. Je me suis retroussé les manches, j'ai entrepris les démarches, et rempli le dossier.

Je m'appelle Diego et j'ai tout pour être heureux. Dès l'apparition de ce mail portant la mention « confidentiel » il y a quelques semaines, mon cœur s'est mis à battre très fort dans ma poitrine. J'ai fermé ma messagerie comme si elle allait provoquer une explosion de mon smartphone. Je me suis assis face à l'immense baie vitrée qui me permet, à la nuit tombée, d'observer les palpitations lumineuses de la ville. J'ai soufflé un instant, régulé ce qui pouvait l'être, puis j'ai lu le mail deux fois, m'assurant d'avoir bien compris. Alors seulement, j'ai poussé un grand cri. Il y avait tout dans ce cri. La folie de cette aventure qui s'ouvrait. L'exaltation de l'instant. Et la rage de vaincre. C'était dingue. C'était beau. Je n'en croyais pas mes yeux.

Je m'appelle Diego et j'ai tout pour être heureux. Aujourd'hui je pourrais être fier de moi, si seulement je me l'autorisais. Je n'ai mis personne de mon entourage au courant de ma sélection, à part ma famille. Je n'ai aucune envie qu'*on* le sache. Aucune envie qu'*on* se dise : mais pour qui se prend-il ? *On*, cet œil invisible, impitoyable. J'aurais dû me blinder, avec le temps. Mais je n'y parviens pas. J'ai toujours l'impression que le monde entier va se réveiller dans un grand rire, et me renvoyer à ce que je suis. À ce qui frappe, ce qui me définit dès la première seconde d'une rencontre, si je ne le cache pas. À ce qui remplit les regards de pitié, de gêne, de dégoût. Qui me dégoûte encore, moi aussi, lorsque je contemple mon corps nu.

Je m'appelle Diego et j'ai tout pour être heureux.

La seule chose qui me manque, c'est une jambe gauche.

*

Dès l'instant où je l'ai vue, j'ai pensé : « Cette femme est comme moi. » Il y a chez elle un je-ne-sais-quoi inexplicable, une sorte de bienveillance, de vécu douloureux mâtiné de sourires apaisants.

Je l'ai trouvée tout de suite très attirante, mais je n'ai pas vraiment osé lui parler. J'étais intimidé, je ne sais pas pour quelle raison. Peut-être la différence d'âge. Elle s'appelle Anna Devillers, elle a 48 ans, j'en ai treize de moins, elle va me considérer comme un gamin. Et dès qu'elle aura compris pour ma jambe, aucune chance qu'elle soit intéressée par un gamin handicapé.

Quand je suis descendu de l'avion, je n'étais pas tout à fait dans mon état normal. Le voyage avait été rude et stressant. Avec une prothèse tibiale – c'est le petit nom qu'on donne aux prothèses qui remplacent le pied, la cheville et la partie de la jambe en dessous du genou –, les voyages se transforment en parcours du combattant. Malgré les justificatifs médicaux, la peur que quelqu'un comme moi dissimule une kalachnikov est toujours présente. À l'arrivée, j'étais éreinté mais je ne pouvais décemment pas le montrer. Je suis candidat à l'espace, alors si j'ai du mal à supporter quelques heures en avion je n'ai aucune chance. C'est donc armé de froideur et d'un air qui se voulait dur à cuire que j'ai débarqué à Hambourg. Je suis équipé de ma prothèse ultra silencieuse, ultra-légère, invisible sous mon pantalon, et quasiment imperceptible à la marche.

Je n'ai pas été très avenant, c'est vrai. Mais j'ai beaucoup apprécié les échanges que j'ai pu avoir avec Nabila, qui est une femme originale et joviale. Ensuite… à part Anna, tous les autres m'ont semblé sans grand intérêt.

Je dois avouer que quand Hansen-le-grand-astronaute a commencé à draguer Anna ostensiblement, j'ai ressenti un certain agacement et je me suis dit que le moment était sans doute venu de briser la glace. Alors j'ai lancé l'idée d'une virée nocturne en incluant Nabila – je ne pouvais décemment pas proposer à Anna seule, elle aurait refusé tout net.

Hambourg est une ville magnifique. C'est un port marchand non loin de la mer du Nord par lequel transitent chaque année des milliers de porte-conteneurs, c'est aussi la deuxième ville d'Allemagne avec près de deux millions d'habitants, et une cité chargée d'histoire marquée par d'innombrables crues, incendies, bombardements… Sa préservation tient du miracle.

J'ai décidé d'emmener mes deux cavalières françaises sur l'un des nombreux canaux qui parcourent la ville. Nous avons pris un taxi, acheté quelques bières puis loué une petite embarcation à moteur. Nabila a explosé de rire lorsque Anna a failli passer par-dessus bord en tentant de prendre une photo puis, après avoir trinqué, nous nous sommes dirigés vers l'atmosphère nimbée de mystère de Speicherstadt, « la ville des entrepôts », qui devient magique à la nuit tombée. Partout des bâtisses de brique rouge construites « les pieds dans l'eau », des ponts enjambant les canaux, des scintillements entre les pilotis, et au loin, comme un contrepoint de modernité, l'iconique Elbphilharmonie, salle de concert symphonique semblable à une meringue futuriste que l'on dirait tout droit sortie de *La Mer de glace*, de Caspar David Friedrich. Grandiose. Anna et Nabila étaient fascinées, et sont restées étonnamment mutiques lors de notre navigation au cœur de ce quartier.

En arrivant au Binnenalster, le lac artificiel où se reflètent par touches impressionnistes les lumières de la skyline du centre historique, Anna a finalement rompu le silence. Elle a dit quelque chose sur la ressemblance d'Hambourg avec sa ville, ce qui nous a valu un nouvel éclat de rire de Nabila.

— Tu compares une ville de la taille d'Hambourg à ton bled ? Et pourquoi pas à Roquefort-la-Bédoule ? Compare à Venise ou Amsterdam, mais pas à ton village !

— L'Isle-sur-la-Sorgue est une ville de vingt mille habitants, je te signale.

Ce à quoi Nabila a répondu avec un sourire moqueur :

— Voilà, exactement…

Anna était vexée, alors dès notre retour sur la terre ferme, Nabila a proposé d'aller chercher de nouveaux rafraîchissements « pour se faire pardonner ». Anna a hésité, j'ai eu l'impression qu'elle avait peur de rester seule avec moi. J'ai fait une blague sur mon côté inoffensif, mais je ne suis pas sûr que ça l'ait amusée. Elle est restée malgré tout, et en attendant le retour de Nabila nous nous sommes assis sur un banc au bord du lac.

J'en ai profité pour engager la conversation. Les miroitements accentuaient la douceur de son visage et je l'ai trouvée belle, dans cette nuit allemande inattendue. Je ne sais pas si elle a senti mon regard, mais elle n'a pas détourné les yeux.

Je lui ai posé des questions sur sa vie, elle m'en a livré quelques bribes. Ses deux enfants, son ex-mari, sa soirée d'anniversaire un peu spéciale, et son rêve d'espace, probablement lié aux passions ésotériques de sa défunte mère férue d'astrologie. J'ai senti qu'il y avait des zones d'ombre, des points sensibles. Mais je n'ai pas insisté. J'étais déjà heureux de cet échange qui dans le contexte de ce banc, au milieu de cette ville, prenait des allures de confidences.

De mon côté, j'ai raconté le strict minimum, et volontairement évité toute allusion à ma jambe. L'appel de l'ESA étant pour la première fois ouvert à certaines catégories de handicapés, j'imaginais passer les tests en étant exclusivement entouré de candidats parastronautes. Mais ce n'était pas le cas, et j'ai trouvé élégant de la part de l'ESA de m'avoir mêlé aux autres sans rien mentionner. Bien sûr, il n'y a aucun mensonge dans mon dossier, il ne s'agit pas de passer les étapes jusqu'aux tests médicaux sans rien dire, ce serait une perte de temps pour tout le monde. Mais puisque l'ESA n'a rien révélé aux autres, je n'ai pas eu le courage de le faire. J'ai voulu prolonger cet instant suspendu où les préjugés ne polluent pas les perceptions. J'ai donc simplement expliqué à Anna que ma petite entreprise fabrique des accessoires de mode en s'inspirant du kintsugi, cet art japonais qui sublime les objets brisés en réparant leurs fractures à l'aide de feuilles d'or. Les fines lignes étincelantes mettent en valeur les failles, forment un paysage unique, et rendent ces objets non seulement plus beaux, mais aussi – paradoxalement – plus résistants. Anna s'est montrée très intéressée. Elle m'a alors dévoilé sa propre passion, qui présente d'évidentes similitudes avec la mienne :

— Je gère un jardin partagé dans ma ville – car c'est bien une ville, n'en déplaise à Nabila ! Et il m'arrive quelquefois de semer des graines dans les anfractuosités des trottoirs. Je fais littéralement fleurir le bitume : rien ne me fait plus plaisir que de voir pousser une jonquille au creux d'une route défoncée.

J'ai trouvé cette idée merveilleuse.

J'ai tout de suite adoré sa poésie.

J'ai tout de suite adoré Anna.

Après une trentaine de minutes, Anna a commencé à s'inquiéter pour Nabila… jusqu'à remarquer un SMS où elle disait avoir retrouvé les autres candidats dans un bar à proximité. Nous avons marché lentement. Parce que je voulais faire durer l'instant. Mais aussi parce que je voulais éviter de me laisser envahir par ces sensations qui me forcent à une légère claudication, les soirs de fatigue.

Parvenus dans le bar dont Nabila nous avait envoyé l'adresse, nous avons salué les candidats restants à cette heure tardive, puis nous avons finalement décidé de rentrer à l'hôtel, accompagnés de Nabila et d'une quatrième candidate.

Au moment de partir, l'un des hommes m'a interpellé, comme pour confirmer une discussion qui avait eu lieu sans moi.

— Diego, toi tu es candidat dans la catégorie parastronaute, c'est bien ça ?

J'ai serré les poings et les mâchoires, j'ai regardé Anna.

Quelque chose d'imperceptible venait de changer dans son regard.

J'ai toujours envie de croire à l'absence de changement dans les regards. De croire que l'on peut accueillir mon handicap comme une information banale : il a les yeux noirs, les cheveux bruns, une tache de naissance sur l'épaule droite, le teint mat, une jambe en moins. Mais je sais bien que c'est impossible.

Je me suis senti complètement con d'avoir menti, d'avoir dissimulé.

Alors j'ai rangé mon orgueil et mon attirance quasi animale pour Anna, je me suis tourné vers l'homme qui m'avait interrogé, et j'ai répondu à la question.

— Oui, c'est bien ça. Catégorie parastronaute.

9

ANNA

Cette soirée à Hambourg a été aussi étonnante que la ville elle-même.

À vrai dire, je n'avais aucune attente particulière concernant cette cité portuaire. Je la pensais banale, je l'ai découverte singulièrement belle.

Nabila est restée fidèle à ce que j'avais perçu la veille, la douceur en plus. Derrière ses tatouages et ses airs rentre-dedans, j'ai ressenti une vraie sensibilité, presque à fleur de peau. Elle me fait penser à Bintou, d'une certaine façon. J'ai le sentiment que nous pourrions devenir amies, toutes les deux.

Quant à Diego, qu'en dire ? J'ai été agréablement surprise par ce garçon, lui aussi doté d'une délicatesse que je n'avais pas soupçonnée. C'est étrange, au cours de la soirée, j'ai eu l'impression qu'il s'intéressait réellement à moi… mais avec une dimension de séduction qui m'a fait tout drôle. Il pourrait avoir l'âge de mes enfants. Enfin, pas tout à fait quand même. Ou alors il faudrait que je l'aie eu à 13 ans. Bref, toujours est-il que ces quelques heures passées à ses côtés ont fait évoluer positivement l'image que j'avais de lui. Jusqu'à cet aveu déstabilisant qui lui a été extorqué par un candidat. À l'instant de cette révélation, j'ai eu de la peine pour Diego. Pas pour son handicap, non – ce qu'il a vécu lui appartient, et je suis bien placée pour savoir que l'on n'a pas besoin de porter une trace physique pour vivre des choses terribles. Ce qui m'a rendue triste, c'est de le voir si affecté. J'en ai voulu à ce crétin de l'avoir désigné de la sorte – même si je pense qu'il n'y avait pas de malveillance, juste une extrême lourdeur…

Diego se cache, soit. Il est pourtant très beau mec, son handicap n'est pas visible au premier abord – ni au cours de toute une journée –, c'est donc qu'il l'a fait sien et intégré, d'une certaine façon. Est-ce qu'il se sent moins « homme » lorsqu'il évoque sa jambe manquante ? C'est la perception que j'en ai eue. Dans le taxi qui nous ramenait vers l'hôtel, il n'était plus le même. J'ai tenté de lui poser quelques questions, mais je n'ai rien su de plus. Tout juste ai-je compris que son genou était en parfait état. Il a éludé tout le reste, jusqu'à me lancer sans ménagement que c'était pour cela qu'il n'avait rien dit :

— Dès que les gens savent, ma jambe devient le centre de leur attention. Je refuse d'être réduit à ça.

J'ai bien compris que sa réaction était épidermique, qu'il valait mieux le laisser tranquille, alors c'est ce que j'ai fait.

Parvenus dans le hall de l'hôtel, Nabila et moi avons échangé nos numéros de portable, et Diego nous a donné le sien sur l'insistance de ma collègue marseillaise, qui sait faire preuve de ténacité, c'est le moins que l'on puisse dire.

Et le lendemain, je suis rentrée chez moi.

Saine et sauve.

Je l'avoue, je n'étais pas mécontente que cette étape soit derrière moi. J'étais donc allée à Hambourg au mépris du message d'avertissement, et rien ne s'était passé. Au cours de la soirée touristique avec Nabila et Diego, je leur avais demandé l'air de rien s'ils avaient entendu parler de mails étranges envoyés à certains candidats, Nabila a ri et Diego a secoué la tête. Alors la piste d'un plaisantin dans mon entourage est revenue en force, et je me suis souvenue de ces quelques patients machos qui s'étaient étonnés d'apprendre que l'on recrutait des femmes pour partir dans l'espace, et que j'imaginais avoir mes chances. S'il n'y avait pas eu le serment d'Hippocrate, je les aurais bien envoyés se faire voir ailleurs. Mais voilà, les cons aussi ont le droit d'être soignés. Peut-être l'un d'entre eux s'est-il senti investi d'une croisade anonyme visant à me remettre à ma place ? J'ai l'impression que je ne saurai pas de sitôt de quoi il retourne, mais je suis soulagée que rien ne se soit finalement produit.

De retour chez moi, j'ai appelé Valentina et Neil. Ils m'ont répété une bonne dizaine de fois que j'étais la meilleure et que j'allais passer à l'étape suivante. Mais ça, c'est parce qu'ils ne m'ont pas vue galérer avec ces tests à la noix sur les moteurs…

J'ai organisé un dîner de débrief avec Bintou. Ou plutôt, Bintou s'est invitée chez moi. Elle a apporté deux bouteilles de vin – une chacune, c'est le strict minimum, non ? Elle s'est dite heureuse que je n'aie pas été trucidée par un Allemand désaxé, puis elle a voulu tout savoir, et s'est montrée bien plus intéressée par ma description de la soirée que par mes performances aux tests. Quand je lui ai montré la photo prise avec le groupe de candidats, elle a bloqué sur Ted Hansen.

— Tu l'as rencontré ? C'est mon idole. Dis donc, il a de beaux restes ! Je me taperais bien un vieil astronaute moi, tiens…

Et puis elle a pointé Diego en me demandant qui était le beau gosse au centre, et a fait le lien avec ce que je lui avais raconté.

— Tu ne t'es pas ennuyée donc… Tu l'as dragué ?

— Il a treize ans de moins que moi !

— Raison de plus pour le draguer.

— C'est le genre de mec qui n'a pas besoin de draguer pour séduire…

— Raison de plus pour le draguer. Qui ne tente rien n'a rien.

Alors je ne sais pas pourquoi, mais j'ai ajouté une phrase dont j'ai eu honte instantanément.

— Il est handicapé.

Bintou a marqué un temps d'arrêt, puis elle m'a souri et m'a dit :

— Il est beau comme un dieu, alors il va falloir m'expliquer plus précisément ce qui te dérange. Est-ce qu'il t'a semblé dépendant des autres pour se débrouiller dans sa vie quotidienne, pour se déplacer ?

— Non…

— Est-ce que son handicap nécessite des soins constants ?

— Non, pas du tout. Au contraire, personne n'a remarqué qu'il portait une prothèse avant le deuxième soir.

— Alors qu'est-ce qui te fait peur ?

— Je ne sais pas… rien du tout… Il ne m'intéresse pas et il est beaucoup trop jeune, c'est tout.

— Raison de plus pour le draguer. Bon, OK j'arrête. Mais puisque ce Diego est trop jeune, je t'appelle un mec de ton âge.

Et avant même que je ne réagisse, la voilà qui compose le numéro d'Ali, le convoque illico chez moi pour une « urgence levrette » – ce sont ses mots exacts. Je me liquéfie sur place, Bintou s'en va morte de rire, tout en me demandant de la rappeler le lendemain pour lui raconter… Elle peut toujours courir.

★

Avec Ali, tout est simple. Je ne crois pas qu'il attende autre chose qu'une *sex friend*, c'est lui-même qui me l'a dit comme ça. Alors dans ses bras, je me laisse aller. Il me fait du bien.

Je ne voudrais pas qu'il s'attache, parce que moi je ne veux m'attacher à personne. Je ne ferme plus complètement la porte à une nouvelle histoire, mais cette histoire ne sera pas avec Ali, c'est une certitude. Je ne sais pas vraiment l'expliquer, c'est juste qu'il n'y a pas d'attirance intellectuelle, je crois. Je suis une cérébrale, j'ai besoin d'admirer l'autre dans sa parole, son raisonnement, ses idées, sa culture. D'accord, il faut que le physique suive, je ne vais pas le cacher. Mais tout de même, pour tomber amoureuse, j'ai besoin d'aimer le cerveau de quelqu'un. Dit comme ça c'est bizarre, je suis consciente qu'on m'imagine sans doute me délectant d'un encéphale à la petite cuillère, façon Hannibal le Cannibale… mais je suis sûre qu'on voit bien l'idée.

Avec Ali, nos corps s'entendent bien – c'est le moins que l'on puisse dire –, mais le reste ne suit pas : je ne me passionne ni pour la boxe, ni pour la natation, ni pour l'art contemporain. Il n'aime pas particulièrement le jardinage, n'est pas fan de sports extrêmes, n'a jamais entendu parler du rover *Curiosity* – le véhicule d'exploration déposé sur la planète Mars en 2012 – et il n'est pas très famille. Alors après une séance en chambre qui plairait beaucoup à Bintou si je la lui racontais, j'ai demandé à Ali de me laisser dormir seule. C'est étrange, cette barrière mentale alors même que nous venons de faire l'amour, mais je suis incapable de dormir avec quelqu'un dont je ne suis pas amoureuse. Et puis, j'ai le post-coïtum plutôt triste. Dans l'instant, j'atteins l'orgasme, mon corps est satisfait. Mais quand il manque les sentiments, je plonge dans une profonde mélancolie, une fois l'euphorie retombée. Ça ne loupe pas.

Plus la nuit avance, plus la gêne s'amplifie. Je ne parviens pas à m'endormir, car je peine à identifier ce qui me pollue l'esprit.

C'est pourtant une évidence, qui me saute aux yeux soudain – comment ne l'ai-je pas identifiée plus tôt ?

Tandis que j'étais dans les bras d'Ali, c'est un autre visage qui est furtivement apparu sous mes paupières closes : celui de Diego.

10

ANNA

Depuis que j'ai repris le boulot au cabinet, en toute honnêteté j'ai la tête ailleurs : du côté de l'ESA. Je sais parfaitement que des centaines d'autres candidats doivent se succéder avant que l'étape suivante ne soit enclenchée, mais la patience n'est pas mon fort. J'en viens presque à regretter de ne pas avoir reçu de nouveau mail anonyme…

Aussi ai-je sauté sur l'occasion lorsqu'un mois après Hambourg, Sarah Miller, une thésarde de la Sorbonne, m'a contactée afin de parler de mon engagement dans « la course aux étoiles » – c'est le terme qu'elle a employé.

— Ma thèse porte sur l'invisibilisation des femmes dans les sciences, et sur la manière dont les choses évoluent. J'ai décidé d'inclure un volet aérospatial, et de profiter du processus de sélection de l'ESA pour interroger des candidates. J'ai pu en rencontrer certaines à Hambourg, mais j'ai besoin de recueillir d'autres témoignages. Seriez-vous d'accord pour une interview ?

Évidemment que j'étais d'accord. Je lui ai proposé de faire ça en visio, mais quand elle a su où je vivais, elle a insisté pour venir en personne.

— J'ai un petit budget déplacements, j'ai des amis à Arles, je peux passer vous voir un vendredi après-midi et enchaîner avec un week-end provençal…

Vendredi 5 novembre, je ferme donc exceptionnellement mon cabinet à 15 heures afin d'accueillir Sarah Miller chez moi.

D'après la voix et le nom, j'avais bien saisi l'origine anglo-saxonne, mais puisqu'il s'agissait d'une thésarde, je m'attendais à quelqu'un d'assez jeune. Lorsque j'ouvre la porte, je suis surprise de voir débarquer une belle femme d'une soixantaine d'années, à la chevelure d'un joli gris assumé. Sarah me salue, puis me dit :

— Je sais, j'aurais dû vous prévenir que je ne correspondais pas à l'image que l'on se fait d'une doctorante. Mais c'est bien là l'objet de ma recherche : quelle est l'image que l'on se fait d'une doctorante ?

Elle ajoute un clin d'œil et un grand sourire à sa dernière phrase, et moi je suis mortifiée de m'être laissé envahir par mes idées préconçues.

Tandis que je lui propose un thé qu'elle accepte avec joie, elle m'explique avoir été femme au foyer toute sa vie, et avoir décidé, après un divorce douloureux, d'enfin mener à bien les études dont elle rêvait. De fil en aiguille, la voilà en thèse, ce qui la ravit.

La discussion est passionnante. Sarah me raconte notamment comment dans les années soixante les hommes ont bloqué les candidatures des femmes, considérant contre l'évidence scientifique qu'elles seraient moins aptes à devenir astronautes.

— À la fin des années cinquante aux États-Unis, un programme baptisé Mercury 13 a sérieusement étudié la possibilité d'envoyer des femmes dans l'espace. Et les conclusions étaient sans appel : les femmes auraient, de manière pragmatique, constitué de meilleures astronautes que les hommes. L'étude mettait en avant plusieurs arguments factuels. Ces femmes candidates étant plus légères et consommant moins d'oxygène que les hommes, la charge de carburant nécessaire pour les propulser aurait été moindre. *Idem* pour les risques de crise cardiaque, nettement diminués chez les femmes. Par ailleurs, les candidates du programme Mercury 13 ont été soumises – comme leurs homologues masculins – à des tests de privation sensorielle dans le but d'éprouver leur endurance psychologique. Les meilleures ont tenu dix heures, contre trois pour l'homme le plus résistant. Mais tout cela a été balayé par le gouvernement de l'époque, qui a décidé de ne recruter les astronautes qu'au sein des pilotes militaires… corps auquel les femmes n'étaient pas autorisées à appartenir.

Je ne connaissais pas ces éléments, mais je ne suis pas étonnée. J'étais tombée il y a quelques années sur le témoignage de Sally Ride, la première astronaute américaine – envoyée dans l'espace en 1983 seulement. Lors de la préparation de sa mission, les ingénieurs de la Nasa lui avaient sérieusement suggéré d'emporter 100 tampons pour une semaine, et lui avaient concocté un kit de maquillage qu'elle avait refusé tout net. Même sexisme de la part des médias, qui l'assaillaient de questions du style : « Renonceriez-vous à être astronaute si vous rencontriez l'homme parfait ? »

— Vous savez, Sarah, en médecine aussi, je suis sans cesse confrontée au sexisme ordinaire. Je ne compte plus les fois où, accompagnée d'un infirmier, le patient – ou la patiente d'ailleurs – pose naturellement ses questions à l'homme, persuadé que c'est lui le médecin.

— Tout ça serait presque drôle si cela n'aboutissait pas à une discrimination avérée liée au genre. Pour ce qui est de l'espace, la statistique est claire : à ce jour, seules 65 femmes sont allées dans l'espace… soit dix pour cent des astronautes. Et le comportement de certains hommes reste problématique, notamment dans les anciennes générations. Quel astronaute avez-vous rencontré à Hambourg, lors de votre session de recrutement ?

— Ted Hansen.

Sarah marque un temps d'arrêt, puis dit simplement :

— Eh bien, Ted Hansen justement – ce n'est pas le seul, mais puisque vous le connaissez… Hansen a été poursuivi pour des faits de harcèlement sexuel, dans les années quatre-vingt.

Elle pianote quelques instants sur son téléphone, puis me le tend. Je découvre un article – issu d'une revue sérieuse – relatant en quelques paragraphes ce qui était reproché à Hansen : harcèlement sexuel et moral sur deux femmes, secrétaires de la Nasa.

— Je… suis étonnée. Ce qui est raconté ici ne correspond pas à l'image qu'il dégage au premier abord.

— Ted Hansen est un redoutable communicant, un charmeur. Les femmes ont retiré leurs plaintes, il a été blanchi, mais des soupçons d'arrangements négociés avec les plaignantes subsistent. Bref, si vous voulez mon avis, Ted Hansen est le genre d'individu dont il vaut mieux se tenir éloignée.

Cette dernière phrase éveille en moi une idée qui finalement me rassure : Sarah Miller est-elle la personne qui m'a envoyé le message d'avertissement ? Peut-être s'est-elle donné pour mission de protéger un maximum de femmes candidates ? Mais dans ce cas, Nabila aurait reçu un mail similaire. Je tente tout de même.

— Sarah, avant de me contacter par téléphone pour l'interview, avez-vous essayé de me joindre par mail ?

— Non, je préfère expliquer mes recherches de vive voix, c'est moins fastidieux et plus pratique. Pourquoi ?

— J'ai reçu un mail dont j'ignore l'expéditeur, mais ça n'a pas d'importance.

Encore loupé, donc.

Sarah sourit maintenant, elle continue.

— Sur une note plus positive, tout est en train de changer : je suis persuadée que la femme est l'avenir de l'homme dans l'espace ! D'où ma présence ici aujourd'hui. Je veux tout savoir de ce qui vous pousse à vous lancer dans cette aventure, de la manière dont votre famille perçoit ce projet, notamment votre mère – puisque l'on parle de parcours de femmes…

J'ai dû changer de visage à l'évocation de ma mère, car Sarah s'arrête, sentant probablement mon malaise.

— Anna, si vous ne voulez pas parler de certaines choses, vous êtes entièrement libre, bien évidemment.

— Il n'y a pas de tabou, ne vous inquiétez pas. Concernant ma mère, elle est morte quand j'étais toute petite. Et malgré sa passion pour les astres, elle n'était ni scientifique ni cartésienne.

— Je suis désolée, Anna. Je ne voulais pas…

— Aucun problème, je vous assure. Je peux en revanche vous parler en long et en large de la façon dont mon entourage m'a littéralement poussée à candidater…

Et me voilà lancée dans le récit de cette soirée d'anniversaire qui la fait bien marrer. Je ne vois pas le temps passer, à lui raconter ma vie comme ça. C'est presque thérapeutique. À la fin, elle me remercie chaleureusement, et me promet de m'envoyer une copie de sa thèse.

Cette rencontre m'ayant mise de bonne humeur, j'accueille la coïncidence d'un coup de fil de Nabila le même soir avec joie. Cette dernière m'appelle pour me donner deux informations : la première, c'est qu'une rencontre des Extraordinaires est prévue ce dimanche à Marseille.

— Une journée entière dans le parc Borély, pour pique-niquer, s'entraîner pour Cologne, et bien sûr boire des coups de rosé – parce qu'il n'y a pas de saison pour le rosé, c'est bien connu.

La deuxième, c'est qu'en plus de Nabila et de ses trois acolytes prénommés Bérénice, Côme et Axel, le groupe s'est étoffé d'un nouveau membre, en la personne de Diego. Je suis surprise.

— Il ne vit pas à Barcelone ?

— Si… mais il nous a dit adorer Marseille, donc ça ne le dérange pas de faire quelques allers-retours dans les semaines qui viennent. Apparemment il n'a pas trouvé de groupe équivalent au nôtre près de chez lui.

— C'est-à-dire ?

— Bah ! un groupe avec d'aussi belles meufs !

Elle éclate de rire, puis enchaîne immédiatement.

— OK on est ultra canons, mais je crois qu'il voulait plutôt dire qu'il n'avait pas trouvé en Espagne de candidats qui comptaient se voir dans la vraie vie pour s'entraîner sans attendre les résultats… Et puisqu'il m'a entendue parler des Extraordinaires l'autre jour à Hambourg, il m'a contactée pour se joindre à nous.

Je ressens une bouffée de jalousie inattendue à l'idée que Diego ait appelé Nabila. Je secoue la tête pour chasser cette sensation, mais je ne peux pas m'empêcher de lui lancer sèchement :

— Oui, enfin il te drague lourdement, surtout !

Nabila me répond le plus sérieusement du monde :

— Il peut toujours essayer, mais il est bien trop vieux pour moi. Mon truc, c'est les petits jeunes dans la vingtaine dont il faut parfaire l'éducation sexuelle, si tu vois ce que je veux dire. Le genre de garri fier de coucher avec une femme expérimentée, et qui ne va pas t'emboucaner si tu lui dis au revoir après quelques nuits…

J'ai un instant d'hésitation, alors elle me demande :

— Ça ne te choque pas au moins, ce que je viens de dire ?

— Ouh là ! non, chacun vit sa vie sexuelle comme il l'entend ! Et tu ne connais pas mon amie Bintou, elle serait tout à fait capable de tenir ce genre de discours !

— Alors j'aime déjà beaucoup ton amie Bintou.

Elle rit avec moi, et puis elle insiste pour que je les rejoigne à Marseille. Je ne sais pas si c'est la perspective de revoir Diego afin d'exorciser mes pensées lubriques, celle de passer plus de temps avec Nabila, ou encore de rencontrer cette intrigante Bérénice autoproclamée cheffe du groupe, toujours est-il que j'accepte le pique-nique avec les Extraordinaires.

« Espaaaace, ton univers impitoyaaaable ! »

— *Le poids d'un poney sur Mars équivaut à celui de trois teckels sur Terre.*
— *La masse du Soleil représente 99,9 % de la masse du système solaire.*
— *Une journée sur Mercure dure environ deux mois : si vous y partez en week-end, mieux vaut bien choisir avec qui.*

III

SPACE COW-BOYS

11

ANNA

Un mois plus tard.

Comment ai-je pu m'embarquer à l'aveugle dans ce traquenard ?

J'ai l'impression d'être une célébrité emmenée « en terre inconnue ». Voilà ce qui me passe par la tête quand le pilote amorce la descente sur l'aéroport de Tenerife – cette île de l'archipel espagnol des Canaries, située au large du Maroc.

Je fais semblant de m'interroger parce que j'aimerais avoir pris d'autres décisions, mais je sais très bien comment j'en suis arrivée là. Tout a commencé lorsque j'ai accepté ce foutu pique-nique avec les Extraordinaires… Maintenant que je les connais, je comprends mieux le nom de leur groupe. Ils n'ont rien de superhéros, ce sont tous des êtres humains singuliers, avec leurs défauts, leurs qualités, et une bonne dose d'humour. Et c'est précisément là que se trouve l'extraordinaire : tapi dans l'ordinaire.

Une proposition en amenant une autre, me voilà un mois plus tard à regarder par le hublot l'île de Tenerife qui se dessine en contrebas. Seul le liseré de la côte est visible, le reste étant caché par une épaisse couche nuageuse. J'espère que nous aurons beau temps, au cours de cette semaine. Valentina et Neil m'ont envoyé des SMS avant le départ, se disant heureux que ma cagnotte d'anniversaire serve pour un combo « préparation à l'espace + vacances ».

Nabila est à mes côtés, nous avons voyagé ensemble depuis Marseille. Je ne sais pas ce qui nous attend ici, mais je sais que nous rejoignons toute la bande pour un séjour d'entraînement intensif en prévision de Cologne, alors même que pour chacun de nous la suite de l'aventure est hypothétique.

C'est Diego qui nous accueille dans sa villa des Canaries. J'avais compris qu'il était à l'aise financièrement, mais c'est apparemment plus que cela : il possède une vaste propriété avec piscine sur les hauteurs de la côte touristique de Tenerife, à Arona plus exactement. Ce sera notre point de chute.

Nabila et moi nous sommes revues à plusieurs reprises depuis l'après-midi dans le parc Borély et cet exercice d'origami qui a définitivement scellé notre complicité : tandis que nous devions construire en binôme une perruche de papier, Nabila n'arrêtait pas de pester à grand renfort de vocabulaire local, me faisant mourir de rire.

— Je suis une vraie brèle… Vé la tête tout esquichée de cet oiseau, on dirait un gobi croisé avec un sanglier !

Plus elle en rajoutait, plus j'avais envie qu'elle fasse partie de ma vie. Je l'ai invitée à dîner un soir chez moi avec Bintou… et comment dire ? Elles se sont entendues comme larrons en foire. Ce sont deux modèles assez proches, finalement. Deux femmes libres, volontaires, formidables – voilà bien les mots qui les caractérisent. Bintou voulait nous accompagner à Tenerife, mais la règle est stricte : les Extraordinaires, et uniquement les Extraordinaires.

Tandis que le commandant de bord annonce un atterrissage d'ici vingt minutes et que Nabila dort la bouche grande ouverte sous son masque, je ferme les yeux et me remémore les tête-à-tête que j'ai pu avoir avec les trois autres membres du groupe, lors de notre fameuse après-midi marseillaise… Ces « *speed-datings* » m'en ont dessiné, je crois, une image assez nette.

Axel est un grand mec musclé limite bodybuildé, boule à zéro et teint hâlé, regard vert perçant et sourire à tomber. Très beau oui, mais quel relou ! Il a 42 ans, il est pilote dans l'armée, il aime aller à la salle de sport (je m'en étais doutée), il adore cuisiner, il aime rendre service et masser, ce qui en fait d'après ses propres dires « tout simplement l'homme parfait ». Au secours ! Sur les cinq minutes passées ensemble, quatre ont été consacrées à sa personne. J'étais si estomaquée que je ne cessais de ricaner bêtement. Ceci dit, il doit tout de même être un minimum intelligent pour avoir été convoqué à Hambourg, mais s'il fallait partir dans l'espace avec lui, je préférerais attendre la prochaine navette…

Bérénice est une grande brune de 48 ans avenante et à l'écoute, mais dans ses attitudes et dans son look – serre-tête en plastique bleu, collier de perles et chemisier strict –, elle me fait furieusement penser à Bree Van de Kamp, cette *Desperate Housewife* à tendance rigoriste. C'est aussi une pince-sans-rire au débit mitraillette, atteinte d'interventionnite aiguë vis-à-vis de son fils Côme, lui aussi candidat.

— Je l'ai élevé seule, son père est mort il y a bien longtemps. Nous vivons dans le Luberon, où Côme gère le vignoble hérité de ma famille. Quand j'ai appris qu'il avait répondu à l'appel de l'ESA, je me suis dit que ce projet serait encore plus merveilleux s'il devenait familial. Ayant une formation scientifique correspondant aux critères, j'ai rempli mon dossier de candidature sans rien lui dire : je voulais lui faire la surprise ! Quand j'ai reçu ma convocation pour Hambourg, j'ai attendu qu'il m'annonce la sienne pour lui révéler le pot aux roses. Depuis, nous nous sommes beaucoup entraînés. D'abord tous les deux puisque nous sommes un peu fusionnels lui et moi, et ensuite à plusieurs. C'est Côme qui a lancé l'initiative des Extraordinaires sur le forum de discussion, c'est lui qui a proposé de partager l'expérience avec d'autres. Ça ne me plaisait pas tellement au début, mais maintenant je trouve l'idée de mon fils absolument géniale !

Lorsque j'ai rencontré Côme, j'avais l'impression de déjà le connaître. C'est un grand jeune homme plutôt mignon, mais étriqué. Avec ses épaules voûtées, ses lunettes de geek et son look d'informaticien, il me fait l'effet d'un arbre qu'on aurait empêché de pousser droit.

— Je voulais devenir pilote de ligne, mais j'ai compris que ma mère serait trop malheureuse si je partais loin aussi souvent. Alors j'ai fait des études d'agronomie comme elle, je suis devenu vigneron comme elle, et j'ai repris l'entreprise. Elle a du mal à lâcher les rênes, c'est vrai, mais je ne suis pas à plaindre ! L'espace pour moi, c'est en quelque sorte le Graal… le rêve d'évasion suprême…

Il y aurait psychanalytiquement beaucoup à dire sur ces dernières paroles de Côme, mais je n'ai pas le temps de m'y attarder. L'atterrissage est imminent.

Je réveille Nabila, elle se redresse en critiquant le confort des sièges, et tandis qu'elle masse sa nuque endolorie, je lui confie mes doutes :

— Une partie de moi est surexcitée, mais une autre est terrifiée à l'idée de ce Fort Boyard de l'espace dans lequel on se lance…

Elle rit, me tend la main, et c'est cette autre partie de moi qui broie la paume de Nabila lorsque les roues touchent le tarmac.

12

DIEGO

Je viens en vacances à Tenerife depuis ma plus tendre enfance.

J'ai des souvenirs très précis de mon frère, ma sœur et moi, batifolant dans les eaux des plages de Los Cristianos, au sud de l'île. La seule image que les gens ont de Tenerife, c'est une côte bétonnée, un environnement artificiel à mi-chemin entre Dubaï et la Côte d'Azur. Ils n'ont pas tort, ça existe, comme dans toutes les régions du globe gangrenées par l'urbanisation touristique à marche forcée. Mais celle que l'on surnomme « l'île de l'éternel printemps » est tellement plus que ça…

Tenerife, c'est aussi une nature spectaculaire, diverse, sauvage, et des villes au charme fou. À Santa Cruz, La Laguna ou La Orotava, les maisons colorées aux balcons de bois si typiques et les soirées passées dans des bodegas à boire et chanter sont magiques.

Et puis il y a mon chouchou, le sommet de l'Espagne : El Teide. Ce volcan situé au sein d'un parc national aux paysages lunaires culmine à trois mille sept cent dix-huit mètres, et les champs de lave qui l'entourent rappellent à qui oserait l'oublier que Tenerife est encore et toujours une terre de feu.

C'est pour toutes ces raisons, et bien d'autres encore, que j'ai acheté une maison ici avant même d'acquérir mon appartement barcelonais. Comme pour m'assurer un repli sur cette île, en cas de besoin de m'extraire du monde. C'est là que j'ai passé le confinement de mars 2020, avec mes parents, mon frère et ma sœur – même s'ils ont la trentaine, aucun des deux n'est en couple, alors nous avons voulu recréer ce cocon familial protecteur.

Lorsque j'ai rejoint les Extraordinaires, c'était avant tout dans le but de m'entraîner. C'est vrai que je n'ai pas trouvé de collectif équivalent sur le sol espagnol, mais plutôt que de tenter d'en créer un moi-même, j'ai préféré opter pour celui-ci. D'une part parce que je voulais éviter que des amis ou collègues de travail ne tombent sur mon profil et ne commentent ma candidature – elle me paraît toujours aussi incongrue et illégitime. Mais aussi parce que je voulais rallier ce groupe en particulier. Ce groupe dans lequel il y a Nabila, qui est devenue une amie. Ce groupe dans lequel il y a Anna.

Et puis j'ai eu l'idée de cette semaine d'entraînement à Tenerife. C'est bien entendu une extravagance, puisqu'aucun de nous à ce stade ne sait s'il poursuivra l'aventure spatiale. Mais je crois que tous l'ont pris comme une façon originale et peu coûteuse de passer des vacances ici. Ils ont posé une semaine de congés, et puisque le logement est assuré, ils n'auront que la nourriture et le vol à payer – tarif basse saison, en ce début de mois de décembre.

Une fois l'invitation lancée, il a bien fallu que j'organise tout ça. J'avoue que je ne savais pas trop par quoi commencer. Ted Hansen a entendu parler de notre projet d'entraînement par Nabila – avec qui il a gardé contact, je ne veux pas savoir pour quelle raison mais j'ai ma petite théorie lubrique – et il m'a appelé, afin de me vendre l'une de ses conférences de showman de l'espace. J'ai décliné poliment et lui ai expliqué ce que nous cherchions. Il m'a rappelé dès le lendemain. D'abord réticent à cause des clauses de confidentialité, il a ensuite promis de réfléchir à un programme en s'inspirant de ce qui avait été divulgué lors des vagues précédentes de recrutement de diverses agences spatiales. Dix jours ont passé, et j'ai pensé qu'il avait laissé tomber l'affaire. J'avais tout faux. Il m'a envoyé un mail à l'enthousiasme sincère, et m'a proposé de passer la semaine à nos côtés, moyennant un séjour tous frais payés, et une rémunération somme toute assez symbolique, si je la compare aux prix qu'il pratique pour deux heures de conférence… Il m'a dit avoir apprécié les Extraordinaires rencontrés à Hambourg – sacrée Nabila –, et avoir besoin d'un break rafraîchissant dans son quotidien.

Les Extraordinaires ne savent pas qu'il sera à nos côtés – j'ai préféré leur en faire la surprise –, mais Hansen est arrivé il y a trois jours pour mettre en place tout ce qu'il a prévu. Je ne sais rien du programme, je le découvrirai en même temps que les autres. S'il n'est pas à la hauteur, j'ai imaginé des épreuves de substitution, mais je n'ai aucune raison de ne pas lui faire confiance.

Bérénice, Côme et Axel sont arrivés juste après le déjeuner. Lorsque Bérénice a vu Ted, elle a failli s'évanouir. Les deux autres l'ont jouée plus calme, mais j'ai senti qu'ils étaient impressionnés, et reconnaissants envers moi.

Bérénice et Côme ont emporté un (gros) bagage supplémentaire dans lequel ils ont entassé une bonne vingtaine de bouteilles de vin de leur propriété – de quoi tenir quelques jours. Axel est venu les mains vides, en revanche. Je ne lui en ai pas tenu rigueur, je n'attendais rien, mais il a semblé gêné des attentions des autres, même s'il a plaisanté en soulevant le sac de 30 kilos à bout de bras.

Bérénice et Axel sont partis faire les courses alimentaires au Mercadona le plus proche, tandis que Côme et moi discutons voyage spatial au bord de ma piscine, en compagnie d'un astronaute de renommée internationale. Si on m'avait prédit ça il y a quelques années, je ne l'aurais pas cru.

Au moment où je dis à Hansen mon excitation de gosse, j'entends le taxi de Nabila et Anna qui s'engage dans l'allée. J'ai hâte de lui faire découvrir mon île. Pardon, de *leur* faire découvrir mon île.

Je m'approche pour les accueillir, et c'est Nabila qui pénètre la première dans le jardin, avec toute la discrétion que je commence à lui connaître.

— Eh bè mon cochon, il est pas mal, ton cabanon !

Elle a dit ça en français et je ne suis pas sûr d'avoir tout compris, mais j'ai saisi l'essentiel : elle aime la villa. Elle me serre dans ses bras et fait le tour des autres candidats, avec lesquels elle est tout aussi familière. Au cri strident qui suit, je comprends qu'elle vient de découvrir la présence d'Hansen...

Resté seul avec Anna, je propose de m'occuper de sa valise, mais elle refuse. Alors nous enchaînons les banalités d'usage : le voyage a-t-il été bon ? pas trop fatiguée ? et avec Nabila vous vous êtes retrouvées à l'aéroport de Marseille ou bien lors de votre escale à Madrid ? J'aimerais être plus spirituel, mais elle a l'air heureuse d'être là, elle me remercie de les accueillir dans de si merveilleuses conditions, et ce n'est déjà pas si mal. Puis elle découvre qu'Hansen est ici et marque un temps d'arrêt. Elle me demande comment c'est possible, je lui lance que tout est possible avec moi, espérant la faire sourire, mais ça tombe à plat. Je la sens mal à l'aise, alors je n'insiste pas.

C'est ainsi que nous entamons cette semaine de vie communautaire à Tenerife : sans nous douter que ces quelques jours compteront parmi les plus importants de nos vies.

13

ANNA

Lorsque j'ai vu Hansen, les mots prononcés par Sarah Miller sont revenus en force dans mon esprit. À chaque fois que mes yeux se posaient sur lui, je ne pouvais pas m'empêcher de voir un prédateur en puissance.

J'ai eu une furieuse envie de fuir cet endroit, mais il me fallait avant cela prévenir Nabila et Bérénice, afin qu'elles puissent se protéger. J'ai rapidement trouvé un moyen de leur raconter en aparté ce que j'avais appris sur Hansen, et puis mon histoire de mail d'avertissement – resté sans suite. Elles étaient surprises bien sûr, et n'ont pas su quoi me dire. Mais toutes deux ont insisté pour que nous restions. Nabila a parlé de Diego, du mal qu'il s'était donné pour organiser tout ça :

— Ne serait-ce que par égard pour lui, on doit jouer le jeu. Et puis si on résume la situation : tout ça date des années quatre-vingt, Hansen a été blanchi et n'a jamais fait l'objet d'aucune accusation depuis, nous sommes un groupe de six personnes dont trois hommes, alors il ne faut pas psychoter…

Bérénice a enchaîné :

— Je suis d'accord avec tout ce qu'a dit Nabila… mais moi la fumée sans feu, je n'y crois pas. Alors soyons vigilantes, et faisons en sorte qu'aucune de nous ne se trouve jamais seule avec Hansen. Merci en tout cas, Anna, d'avoir partagé ça avec nous.

★

Après cela, il m'a fallu un peu de temps pour parvenir à me détendre, mais je crois y être arrivée. Cette première soirée passée ensemble s'est globalement déroulée sans encombre. Entente cordiale, chacun fidèle à soi-même.

Axel a joué les mâles dominants en se désignant roi du barbecue, alors même que si Bérénice n'était pas venue à sa rescousse pour l'allumage nous n'aurions toujours rien à nous mettre sous la dent. Tous deux ont pris très à cœur cette mission grillade, ce qui a permis à Côme de s'ouvrir un peu plus aux autres. À bonne distance de sa mère, il a enchaîné les verres de vin en discutant.

J'ai malgré moi passé la soirée coincée entre Hansen et Diego, et j'ai eu l'impression saugrenue d'un combat de coqs pour mon attention. Hansen se montrait charmant, attentionné, mais quelque chose dans son regard me dérangeait : il me détaillait un peu trop, ses yeux s'attardaient sur moi lorsque ni lui ni moi ne parlions. Ce qui m'a confortée dans l'idée de rester sur mes gardes.

Lorsque Diego m'a accompagnée pour me montrer ma chambre – nous avons chacun notre chambre, c'est dire la taille de la baraque –, il m'a précédée, et j'ai pu observer sa démarche d'un peu plus près. Honnêtement, son handicap est indécelable pour qui n'est pas au courant. Je sais qu'il a sûrement les moyens de se payer la prothèse la plus perfectionnée, mais j'ai tout de même trouvé ça bluffant. Il portait un pantalon, tandis que les trois autres hommes étaient en short, ce que justifiait la température. Une chose est donc claire : Diego n'assume pas sa prothèse, ou en tout cas pas totalement. Aussi ai-je été surprise lorsqu'il m'a appris la nature de l'entreprise qu'il a montée avec son frère et sa sœur :

— Tu te rappelles quand je t'ai parlé de kintsugi ?

— Oui, très bien. Après notre conversation, je suis allée faire quelques recherches sur Internet, j'étais intriguée. Et j'ai trouvé les objets réparés avec ces feuilles d'or dans les fissures encore plus beaux que les originaux.

— Eh bien… mon entreprise, c'est une sorte d'application de la discipline kintsugi à… des gens comme moi.

Je l'ai regardé sans comprendre. Alors il a soulevé le bas de son pantalon, et a dévoilé une prothèse ornée d'une fresque semblable aux objets kintsugi : une base de décor digne d'un jardin japonais, des fêlures remplies de poudre d'or. Magnifique. Une œuvre d'art. J'ai deviné que le dévoilement de cette prothèse constituait un effort phénoménal pour lui, cela m'a touchée.

— C'est ce que je fais dans la vie. Dans notre petite entreprise, nous imaginons des décors afin que cet appareillage longtemps caché devienne un bel objet, que ceux qui le souhaitent puissent l'afficher fièrement. C'est un acte militant, contre la marginalisation du handicap dans nos sociétés.

Je cherchais comment lui demander gentiment pour quelle raison il ne s'appliquait pas à lui-même ces préceptes en matière de visibilité, quand il m'a devancée.

— Je sais ce que tu te dis. S'il milite pour le fait de s'assumer tel que l'on est, pourquoi se cache-t-il ?

Il a marqué une pause. Puis a repris, en me regardant droit dans les yeux, ce qui, je dois dire, m'a déstabilisée. Je me suis sentie idiote, dans ce couloir entre les toilettes et le séjour, à parler inclusion et handicap.

— Je n'en suis pas encore capable. Je suis pétrifié par le regard des autres, dans la vraie vie. Mais avec toi, c'est différent.

Il s'est approché.

J'ai fait un pas en arrière.

— Merci, Diego, pour ta confiance… je… trouve ton projet formidable. Excuse-moi mais je suis crevée, je vais aller dans ma chambre, si ça ne te dérange pas.

— Bien sûr, pardon, je t'ennuie avec mes histoires…

— Pas du tout, au contraire… on… se voit demain, OK ?

J'ai refermé la porte, le cœur battant.

Et puis j'ai repensé à Hansen, et j'ai donné un tour de clé.

14

DIEGO

J'ai bien précisé à Ted que je ne souhaitais aucun traitement de faveur.

Pour les épreuves physiques, j'ai juste besoin de changer de prothèse : j'ai une lame en carbone qui me permet de courir sur des surfaces planes, une prothèse citadine, une autre pour randonner, et une dernière, waterproof, adaptée aux activités nautiques. Ted sait qu'il faut me prévenir un tout petit peu avant les autres, non pas du contenu de l'épreuve mais du type d'effort ou de milieu dans lequel nous serons plongés.

Ce premier matin, Ted nous a donné rendez-vous à 7 heures, en tenue de course. Je n'avais pas envie de m'alourdir et je n'avais pas faim, alors j'ai seulement avalé un café et une biscotte, après avoir effectué quelques étirements.

C'est la première fois que j'apparais en short, et de surcroît avec une lame semblable à celles portées par les champions paralympiques d'athlétisme. La seule différence, c'est que la mienne est décorée sur les parties qui ne sont pas en contact avec le sol : elle est jaune fluo, avec des fissures en peinture dorée, impossible de la rater. C'est le principe de mon business, pourtant il faut que je me fasse violence pour me montrer sous cet angle. Ma sœur – et associée – ne cesse de me répéter que ça va finir par se savoir, que lorsque je sors « dans la vraie vie », je me cache : toute la démarche pourrait alors apparaître comme une mise en scène, et ce serait pire que tout parce qu'au contraire elle est viscéralement sincère. J'aimerais tellement oublier le regard des autres ! Ou plutôt non, je ne veux pas l'oublier. J'aimerais être capable de l'affronter sans baisser les yeux.

Je sors sur la terrasse et ma prothèse capte l'attention, comme je m'y attendais.

Bérénice et Côme détournent la tête, faisant comme si de rien n'était, alors que la gêne se lit sur leur visage.

Axel me salue, et m'interroge sur le matériau, sur la sensation que cela procure, sur la manière dont on s'habitue à cette lame, et combien de temps il m'a fallu pour maîtriser aussi bien les mouvements. C'est étrange, mais j'ai l'impression d'avoir face à moi un autre Axel. Comme si le fait de constater mon handicap de ses yeux me faisait passer dans une autre catégorie. Je perçois une certaine bienveillance de sa part, alors je réponds sans sourciller. Je vois bien qu'il tourne autour du pot, comme tout le monde avec moi, et qu'il n'ose pas me poser la question qui brûle les lèvres à chaque personne que je rencontre : ai-je une malformation de naissance ? Sinon quand et dans quelles circonstances ai-je perdu ma jambe ?

Nabila débarque à son tour, haut rose moulant, legging court noir et lunettes de soleil sur la tête.

— Wowowowo mais elle est dingue, cette prothèse ! Tu sais qu'en plus c'est le grand retour du fluo, hein !

Elle désigne son crop top et ma prothèse, puis elle ajoute :

— Manquerait plus que tu te fasses une coupe mulet et moi un brushing choucroute, et on serait admis dans n'importe quelle boîte de nuit en 1988 !

J'adore Nabila. Son franc-parler, sa simplicité, son humour et sa bonne humeur. Et surtout, j'adore qu'elle ait réagi à cette prothèse comme à un simple accessoire de mode. C'est exactement l'effet recherché.

Anna arrive, elle ne dit rien mais lève le pouce en souriant, tout en désignant ma prothèse. La journée commence bien.

⋆

Nous embarquons dans le van loué pour la semaine, et j'ai l'impression d'être dans une colonie de vacances joyeuse et bigarrée. Enfin, joyeuse jusqu'à notre arrivée sur le terrain de sport d'Arona, à une dizaine de minutes de la villa.

Hansen nous explique la première épreuve, le « bip test » :

— Le but de l'exercice, c'est d'évaluer votre VMA.

À part Anna et moi, personne ne voit ce que c'est.

— Diego, tu peux expliquer ?

— Je veux bien essayer. La VMA, c'est la vitesse maximale aérobie. C'est un indicateur d'endurance et de performance. C'est la vitesse maximale à laquelle on est capable de courir plusieurs minutes sans s'étouffer, en gros.

— Exact, merci Diego. En général, un individu peut tenir trois à sept minutes sa vitesse maximale, ensuite son organisme ne sait plus absorber l'oxygène assez vite... il faut stopper l'effort et reprendre son souffle, sinon c'est l'arrêt cardiaque. Et on ne veut pas d'arrêt cardiaque ce matin par ce beau soleil de Tenerife, n'est-ce pas ?

Hansen est très en forme. Il continue.

— Donc le bip test, c'est très simple. Vous voyez les deux lignes que je viens de tracer sur la piste, là ? Elles sont espacées de vingt mètres. Je vais enclencher une bande sonore, et il vous faudra parvenir à la ligne opposée avant chaque bip. Au fur et à mesure, l'intervalle entre les bips va diminuer et il sera de plus en plus difficile d'atteindre la ligne suivante. Le premier palier correspond grosso modo à une vitesse de sept kilomètres heure donc il nous servira d'échauffement, et puis on commencera les bips et l'accélération progressive. Clair ?

Nous acquiesçons, puis prenons place.

Le passage des premiers paliers d'accélération s'effectue sans trop d'encombre, les sourires se lisent encore sur les visages.

J'ai déjà passé ce type de test auparavant, je pense savoir gérer mon effort, et je sais que je ne suis plutôt pas trop mauvais. C'est toujours surprenant pour les valides, de constater qu'avec de l'entraînement il est possible d'atteindre, avec une lame en carbone, des performances de demi-fond équivalentes à celles d'un athlète debout sur ses deux jambes. Je sens les regards sur moi, et j'avoue en tirer une certaine fierté.

Au sixième palier, tout le monde est encore en course. Je m'attendais à ce que Bérénice – qui paraît la moins entraînée – faiblisse, mais elle semble en pleine forme. C'est Nabila qui est à la peine. Son visage n'est plus qu'un rictus d'effort.

Au septième palier, Nabila abandonne. Hansen lui tend une bouteille d'eau, je la quitte du regard. Je dois rester concentré sur mes propres sensations.

Huitième palier. Côme et Axel manquent de peu la ligne, Hansen leur fait signe de continuer quand même, mais ils ont compris qu'ils ne parviendraient pas à rattraper leur retard. Ils stoppent leur course.

Neuvième palier. Bérénice jette un œil à Côme, constate qu'il s'est assis près de Nabila, et cesse de courir. Elle prétend ne pas pouvoir aller plus loin, mais j'ai bien vu qu'elle aurait pu pousser encore un peu. Il ne reste plus qu'Anna et moi.

Dixième palier. Pour la première fois depuis le début de l'exercice, je ressens une douleur au niveau de mon moignon. Je suis troublé, et cela me fait perdre de précieuses secondes. Mais je ne me laisse pas abattre, et parviens à passer la ligne avant le dernier bip. Anna a échoué de très peu. Elle a été impressionnante. Je le lui dis, tandis qu'elle et moi nous penchons, buste en avant, pour tenter de réguler notre respiration, après cet effort intense.

Quelques secondes plus tard, nous prenons conscience que tout le monde s'affaire autour de Nabila, toujours allongée sur le sol. Notre amie a du mal à reprendre son souffle, mais enchaîne les plaisanteries.

— Eh les gars, je vais pas caner, hein… laissez-moi… juste le temps… de me remettre… et je vais enchaîner… toute une palanquée de victoires, après… faites-moi confiance…

Anna et Côme l'aident à se relever, et nous nous mettons en route vers la côte. Dans le van – qu'Axel a accepté de conduire –, Hansen remarque à quel point nous avons l'air d'un groupe d'enfants… Ce qui incite Bérénice à fredonner une chanson française qui m'est inconnue, et qui parle de colonies de vacances. Tout le monde s'y met en riant, et je me surprends à les suivre, scandant à mon tour les abscons *youkaïdi aïdi aïda* qui concluent chaque refrain.

15

ANNA

La suite, c'est une épreuve de natation.

Hansen et Nabila se tiennent debout au bord du bassin de la piscine municipale de la ville voisine. Après un pique-nique sur une plage de sable noir coincée entre deux résidences de luxe de Costa Adeje, ma jolie Marseillaise a retrouvé son souffle, mais Hansen a jugé plus prudent qu'elle reste spectatrice cette fois-ci. Hansen explique que nous allons devoir nager un 4 x 100 mètres le plus rapidement possible, et nous commençons à nous dévêtir – même si l'idée de me désaper devant Hansen le harceleur n'est pas des plus plaisantes.

— Non non non, gardez vos vêtements et vos chaussures. Positionnez-vous simplement sur les plots.

Je regarde mes camarades, incrédule. Nabila est hilare. Hansen reprend.

— Vous ne croyiez tout de même pas que j'allais vous demander une petite nage tranquille ? Si vous devenez astronautes, le retour sur Terre peut s'avérer chaotique. Il n'est pas rare que la capsule finisse sa trajectoire au beau milieu d'un océan ! Donc si vous arrivez dans l'eau, vous devez être capables de vous déplacer avec votre combinaison – bien plus encombrante que vos tenues actuelles. Croyez-moi, je l'ai vécu en 1994 et c'était pas marrant… Donc l'exercice, c'est un 4 x 100 mètres tout habillé. Et c'est valable pour toi aussi, Diego. Réalistement, si tu pars dans l'espace, tu reviendras sur Terre équipé d'une prothèse. Donc tout le monde reste comme il est, et c'est parti ! Nabila, tu feras le public qui encourage, OK ?

Nabila se positionne au bout de la ligne d'eau, et demande à Hansen d'attendre quelques instants. Depuis nos plots, nous la voyons entamer une sorte de chorégraphie de pom-pom girl à la retraite :

— Donnez-moi un A, donnez-moi un S, donnez-moi un T, donnez-moi un R !

Au bout de trois lettres, tout le monde a compris où elle venait en venir, mais personne n'ose l'interrompre, pas même Hansen, qui la laisse se dandiner jusqu'à avoir épelé ASTRONAUTS… Et puis sans crier gare – parce que l'amerrissage peut être brutal et inattendu –, il lance la course.

Je ne porte pas grand-chose sur moi, mais la sensation des vêtements qui collent au corps et des chaussures remplies d'eau qui me tirent vers le bas est particulièrement désagréable. C'est beaucoup moins facile que je ne l'imaginais. Tout le monde parvient au bout de la course, mais cette fois-ci encore, c'est Diego qui termine premier, ce qui fait dire à Axel :

— Ha ha, en fait y a un moteur dans ta prothèse ! Ça devrait être interdit de nager avec ça, non ?

Diego serre les dents, mais il répond :

— Tu sais, je suis encore plus rapide sans… si tu veux on refait la course.

On y est. Deux hommes, une provocation, et c'est parti pour le concours de quéquettes. Axel fait mine de se sécher, mais déjà Diego enlève sa prothèse et plonge dans l'eau, l'obligeant à le rejoindre.

Nabila est en transe, elle se positionne de nouveau pour sa choré, mais je lui fais signe que ce n'est pas la peine. Elle revient, penaude, à mes côtés.

— Elle était super, ta choré, mais tu sais ce qu'on dit, il ne faut pas abuser des bonnes choses…

Hansen fait un second décompte, les deux hommes s'élancent, et Diego s'avère en effet d'une rapidité encore plus redoutable.

À l'issue de la course, Axel sort de l'eau vexé. Il serre la main à Diego et repart dans le vestiaire sans dire un mot. Bérénice s'élance à ses trousses, jugeant – comme nous tous – sa réaction disproportionnée. Mais il semblerait bien que ce petit jeu ait touché une corde sensible.

*

Le soir venu, Diego nous guide vers une vaste étendue de sa propriété dont nous ne soupçonnions pas l'existence : à quelques mètres en surplomb du mur de pierre volcanique délimitant l'espace baignade, nous découvrons un jardin botanique miniature comprenant quelques palmiers, des figuiers de barbarie, et de nombreuses grappes d'euphorbes et d'agaves. Au centre, une pelouse immaculée et un large brasero en fonte n'attendent plus que nous. Hansen propose une veillée au coin du feu accompagnée d'un partage d'expériences personnelles... ce qui me donne l'impression saugrenue d'être en classe verte avec Mme Caton, mon institutrice de CM1. Mais Hansen a une explication valable à chacun des exercices proposés.

— Vous savez, ça se passe comme ça dans la Station spatiale internationale. Vous vous retrouvez avec des astronautes que vous ne connaissez pas forcément, mais avec lesquels vous devez cohabiter plusieurs semaines. Il est donc essentiel d'être capable d'écouter des histoires parfois intimes avec bienveillance. Et de livrer avec sincérité les pans les plus importants de votre vie, afin que les autres interprètent mieux vos réactions face à une situation critique. La même transparence sera exigée, de manière tacite, lors du processus de recrutement. Vous restez maître de ce que vous partagez, bien sûr. Mais astronaute n'est pas une profession comme une autre. C'est du vingt-quatre heures sur vingt-quatre pendant des mois, parfois, éloignés de vos repères, alors votre équipe devient une nouvelle famille – la seule qui sera là pour vous soutenir, vous aider là-haut. Ceux qui seront astronautes demain feront peut-être partie des élus qui embarqueront pour Mars et passeront plus d'un an en vase clos… alors si vous donnez l'impression de dissimuler des éléments importants de votre vie, ça pourrait être éliminatoire.

Il marque une pause. Puis il se tourne vers Diego.

— Désolé d'être aussi abrupt, mais si je prends ton exemple… il faut que tu sois capable de répondre simplement à la question que tout le monde se pose en te voyant. À savoir l'origine de ton handicap. Je sais bien qu'on ne te demanderait jamais ça dans un entretien d'embauche pour un job classique, ce serait même considéré comme un franchissement de ligne. Mais pour un astronaute, la vie privée est entremêlée à la vie professionnelle, les communications avec les proches depuis la station spatiale sont enregistrées, tout se mélange.

J'observe le visage de Diego qui se décompose. Il n'avait clairement pas prévu de raconter ça ce soir. Hansen s'en aperçoit et se reprend.

— C'est valable pour vous tous, bien sûr. Alors j'aimerais que chaque soir, à tour de rôle, quand vous vous sentirez prêts, vous partagiez avec les autres une partie *significative* de votre histoire.

Hansen s'interrompt, attendant que l'un d'entre nous prenne la parole. Mais chacun regarde ses mains

– stratégie d'évitement de banc d'école visant à ne surtout jamais croiser le regard du professeur.

— D'accord, je vais me lancer.

Tous les yeux se tournent vers Diego.

Je perçois la crispation sur son visage, dans son corps. Il s'agit d'un immense effort, c'est évident. Alors il essaie de se détendre en plaisantant :

— Ça va être un peu long, désolé... et c'est surtout la première fois que je vais raconter cette histoire à des gens qui ne sont ni ma mère ni ma sœur, ha, ha ! Mais pour que vous me compreniez mieux, je sens que c'est comme ça que je dois vous la dire. Et si vous vous endormez, n'hésitez pas à me demander d'abréger, hein ?!

Il rit, nous rions aussi. Pure politesse, tout le monde sait bien que l'exercice est difficile. C'est Hansen qui conclut.

— Prends ton temps, Diego. Nous t'écoutons. Comme nous écouterons les autres, les jours suivants.

Je sens le froid pénétrer mon corps, alors je me serre contre Nabila et réajuste mon écharpe – les nuits de Tenerife sont fraîches en cette saison, surtout par temps couvert comme c'est le cas depuis quelques heures.

Le silence se fait.

Il n'y a plus désormais que le crépitement du feu, un léger souffle de vent dans les arbres. Et la voix de Diego qui résonne dans cette nuit sans étoiles.

16

DIEGO

Nous sommes le 10 avril 2013 et j'ai 27 ans.

Depuis trois ans, je mène de front mon doctorat en biomécanique à Harvard et une activité de mannequin qui me permet de financer mes études. Ne roulant pas sur l'or – l'argent est venu plus tard –, j'ai pris la pose pour différentes marques, dont un parfum espagnol bon marché qui finance ma dernière année au sein de cette prestigieuse mais coûteuse institution.

J'ai soutenu ma thèse l'année dernière, et suis officiellement docteur de l'Université d'Harvard. J'ai une petite amie prénommée Grace, ce qui, associé à mon quotidien au cœur de ce campus mythique, donne à ma vie des allures cinématographiques – une sorte de *Will Hunting* sans mélodrame. Moi qui ne crois pas en Dieu mais qui crois au destin, je me dis souvent que j'ai été bien servi.

Alors puisque je ne doute pas de ma bonne étoile, j'ai décidé de donner une coloration un peu différente à mon cursus universitaire. Unique, en tout cas. Depuis la sélection 2008 de l'Agence spatiale européenne, je me suis pris à rêver de ce parcours d'exception. Aussi me suis-je inscrit à un dernier semestre à Harvard : depuis septembre, j'applique mes connaissances de biomécanique à la conception de bras robotisés – le genre de compétences additionnelles qui pourrait servir une candidature, si l'ESA venait à recruter de nouveaux astronautes.

J'ai prévu de rentrer en Espagne afin d'y passer quelques semaines en famille. Mon avion doit décoller le 13 avril, mais un *surbooking* important déclenche un appel de la compagnie, qui m'offre un remboursement de 50 % de la valeur du billet si j'accepte d'être basculé sur un vol partant cinq jours plus tard. Je peux attendre, ce rabais est une aubaine que je saisis.

*

15 avril 2013, 14 h 30.

Je cours. Je cours parce que je dois aller au bout. Je souffre car je ne suis pas préparé – en tout cas pas assez –, mais j'ai trop d'orgueil pour abandonner à ce stade.

Apprenant que finalement je serais là aujourd'hui, mon ami Ethan m'a tendu hier le maillot qu'il avait réglé pour moi en me lançant, hilare :

— Tu pensais pouvoir te défiler, mais tu vas bien devoir t'y coller !

Ayant eu beaucoup de travail au labo ces dernières semaines, je n'ai pas été très assidu dans la préparation physique, alors j'ai vite senti que je ne pourrais pas suivre le rythme d'Ethan. Après une vingtaine de kilomètres, je lui ai ordonné de finir sa course sans moi. À l'heure qu'il est, il a sans doute passé la ligne d'arrivée depuis une bonne demi-heure tandis que j'attaque seulement la dernière ligne droite.

Je suis en train de cracher mes poumons, mais je sais que dans une telle épreuve sportive l'important, c'est le mental. La détermination. J'en ai à revendre. Il fait beau, pas trop chaud, les conditions sont idéales, impossible d'abandonner.

Et puis le marathon de Boston – cette ville où je vis depuis presque quatre ans – est l'un des événements de running les plus prestigieux du monde : plus de trente mille participants, cinq cent mille spectateurs chaque année, en être *finisher* est une grande satisfaction. Plus que six cents mètres et je pourrai m'écrouler, épuisé, mais avec le sourire de celui qui est allé au-delà de lui-même.

★

Lorsque la première explosion retentit, je ne comprends pas ce qui se passe.

Ou plutôt je ne comprends que trop bien.

Devant moi, de la poussière. Des hurlements de terreur. Des pleurs. Des gens qui ne savent plus dans quelle direction partir, qui se bousculent. D'autres qui restent figés, incapables de bouger.

Je fais partie de cette deuxième catégorie. Pendant un court instant qui me semble une éternité, je ne sais pas quoi faire. J'hésite entre fuir à toute vitesse ou me précipiter vers le lieu de la déflagration pour porter secours aux blessés, que j'imagine nombreux étant donné l'épaisseur de la fumée et la densité des cris.

À ce stade de ma réflexion, je ne vais pas au-delà du terme *blessé*.

Treize petites secondes plus tard, le souffle de la deuxième explosion me terrasse. Je suis projeté loin. Très loin.

Aussi étrange que cela puisse paraître et malgré le choc sur ma tête, je ne perds pas connaissance. La première chose à laquelle je pense, c'est que je suis peut-être devenu sourd. La déflagration était tellement forte, tellement proche ! J'ai l'impression d'avoir les oreilles enveloppées d'une ouate épaisse. Et puis je comprends que c'est sûrement un mécanisme de protection des tympans, après un impact sonore aussi violent. Je reprends peu à peu mes esprits, et me redresse sur mes avant-bras.

Alors, j'entends.

Les appels à l'aide, les sirènes qui approchent.

Puis je sens la brûlure sur mon dos. Je prends conscience que mon corps a raclé le bitume sur une dizaine de mètres. Je n'ose pas imaginer la trace laissée, et pourtant je me la représente déjà très bien. Je ne panique pas, je suis en état de sidération. Étonnamment calme. Je suis maintenant conscient, alors je remercie ma bonne étoile de m'avoir épargné. Mon visage n'a rien, ma tête n'a pas grand-chose. Je pense « tu as de la chance de n'avoir que cette brûlure dans le dos ». Cette bonne étoile, toujours au-dessus de ma tête.

J'ai le temps de me dire tout ça. Étrange protection, cette façon qu'a le cerveau de se préserver en retardant l'apparition des émotions les plus extrêmes. Comme s'il décidait d'accorder un dernier répit. Une dernière accalmie. Quelques secondes de normalité, avant de plonger dans le chaos.

Je me redresse encore, et j'essaie de regarder autour de moi. Le nuage dense de poussière me fait pleurer et tousser, et m'empêche de constater, pour l'instant, la transformation de ce lieu de joie et de fête en paysage de fin du monde.

Et puis soudain, je vois la flaque sombre qui s'étend sous mon corps.

Je sens une odeur de sang et de cheveux brûlés, aussi. Je passe la main sur mon crâne, rien de grave *a priori*. Je ne sais pas encore que cette odeur anodine, le genre que l'on sent dans un salon de coiffure quand les sèche-cheveux tournent à plein régime…

cette odeur me donnera envie de vomir chaque fois que j'y serai confronté.

Je vois la flaque, je sens les odeurs, mais je ne les comprends pas.

Ça n'est que dans les yeux de l'homme qui me porte secours que je perçois qu'il me manque une information importante. Une information que mon cerveau a éludée, pour quelques secondes – une vingtaine, une trentaine, je ne sais pas.

Je n'oublierai jamais son regard, à la fois désolé et terrifié. Et puis sa ceinture, enlevée à toute vitesse et passée autour de ma cuisse gauche.

C'est à ce moment-là que mes yeux se posent sur la partie inférieure de mon corps. Et soudain, la douleur. Puissante. Innommable.

Je pousse un hurlement sourd. Puis un autre, et un autre encore.

J'ai l'impression que des câbles électriques me transpercent de part en part.

Je panique, je suffoque, je m'accroche à cet homme, le suppliant de ne pas me quitter, de me sauver.

L'inconnu reste avec moi, tente de me calmer. J'apprendrai plus tard qu'il se nomme Andrew, qu'il a cinquante ans, qu'il est opticien et qu'il s'apprêtait à repartir après avoir soutenu la course de son meilleur ami, qui n'a pas été blessé. Cet homme qui s'assure que je reste éveillé, tout en scandant des « Help ! » réguliers, malgré la poussière et le bruit. Cette main dans la mienne, cette main qui ne me lâche pas, et puis ces paroles à voix basse :

— *I promise you're gonna be OK…*

Je les connais, ces paroles. Je les ai déjà entendues dans les films. C'est le genre de chose qu'on affirme à quelqu'un en train de mourir. La douleur est si forte que je préférerais dormir, mais mon inconnu m'en empêche. Alors je lui demande :

— *Am I dying ?*

— *No, you're not !! Dying is not an option ! What's your name ?*

— *My name is Diego…*

— *Hold on, Diego ! Stay with me ! I promise you're gonna be OK…*

À cet instant précis, je ne sais pas encore que cet homme, cet inconnu qui s'est précipité pour m'aider sans penser à sa propre sécurité, cet homme vient de me sauver la vie. Sans lui, sans le garrot qui a permis de limiter considérablement la perte de sang, je serais mort en quelques minutes. Si je suis là aujourd'hui, c'est grâce à lui.

À cet instant, j'ai pris conscience de l'importance de ma blessure, je me sens de plus en plus faible, la douleur m'anéantit. Je pense qu'au bout du compte je vais sans doute mourir, et j'ai besoin d'entendre la voix de mes parents. Cela fait plusieurs minutes que je réclame à Andrew son téléphone. Il me répète que la priorité est de joindre les secours et de me sauver, que je pourrai appeler mes parents plus tard, et que ça m'en fera, des choses à raconter à mes petits-enfants.

Lorsque les secours arrivent, Andrew n'est pas autorisé à rester à mes côtés, alors il me tend son téléphone, et me dit :

— Tu n'as pas intérêt à te laisser aller, parce que je compte bien le récupérer ! J'ai toutes mes photos coquines dedans, tu n'as pas le choix…

Il parvient à m'arracher un sourire. Puis il me serre dans ses bras. Je n'ai pas le temps de lui dire merci, déjà les portes se referment.

*

Dans le camion, les pompiers me demandent d'évaluer ma douleur sur une échelle de 0 à 10. Je réponds 500. L'un d'eux m'administre un cocktail de morphine et d'analgésiques, tandis qu'un autre installe une poche de sang. Alors, je me mets à les supplier de sauver ma jambe, je leur dis que je suis sportif, que je ne peux pas perdre ma jambe, c'est impossible. Mais eux savent que je l'ai déjà perdue. Je le vois dans leurs yeux, et je leur en veux pour ça. Je voudrais qu'ils me mentent, qu'ils me disent que d'ici quelques jours je sauterai à pieds joints dans un champ de fleurs, inventez-moi un beau mensonge, la réalité est trop dure à encaisser. Je deviens hystérique. Ils tentent de me rassurer, me disent que la douleur va bientôt être atténuée grâce à ce qu'ils viennent de m'injecter, que je dois arrêter de hurler pour qu'ils puissent continuer à m'aider.

J'arrête de hurler. Mais je me mets instantanément à pleurer. Je dois appeler mes parents. Il le faut. Je sens mon corps partir. Les pompiers se jettent des regards remplis de doutes, et puis l'un d'eux hoche la tête, et me passe le portable d'Andrew.

Je parviens tant bien que mal à gérer ma douleur, et je compose le numéro de ma mère. Il est 21 heures en Espagne, mes parents sont sûrement à la maison.

— Diego, mon chéri ! Je suis avec papa sur l'autoroute, on peut te rappeler dans dix minutes ?

Entendre la voix de ma mère est une grande émotion, je m'apprête à tout lui livrer dans un sanglot, quand soudain je prends conscience de la phrase qu'elle vient de prononcer. Je ne peux en aucun cas lui annoncer cela alors qu'elle est au volant. J'ai la présence d'esprit de lui demander de se ranger sur la bande d'arrêt d'urgence. Elle me dit que c'est illégal de se garer sur l'autoroute pour téléphoner, « tu as une voix bizarre, qu'est-ce qui se passe ? ». Je m'entends encore lui répondre cette phrase surréaliste :

— Rien de grave, maman, ne t'inquiète pas. Mais rappelle-moi immédiatement à ce numéro s'il te plaît.

Quelques secondes plus tard, elle rappelle, et j'entends mon père à ses côtés. La morphine commence à agir, j'ai la voix pâteuse mais j'essaie de leur expliquer, le plus calmement possible.

— Il y a eu… un attentat… à Boston, pendant le marathon…

Un silence, à l'autre bout. Et puis la voix de mon père.

— Diego, si c'est une blague ce n'est pas drôle du tout…

Alors j'éclate en sanglots.

— Maman, papa, je voulais entendre votre voix… j'ai perdu beaucoup de sang… je crois que… je ne sais pas combien de temps… et ma jambe… je ne sais pas… mais je voulais vous dire… que je vous aime.

Un silence, encore. Mes parents encaissent le choc. Comprennent que je ne plaisante pas. Qu'il est impossible que je puisse plaisanter avec un sujet comme celui-ci. Alors ma mère reprend la parole :

— Diego, où es-tu ?

— Dans l'ambulance, j'arrive à l'hôpital…

— Diego écoute-moi bien. Tu vas te battre, tu m'entends ? Tu as des milliers de belles choses à accomplir… Alors tu vas arriver à l'hôpital et tu vas leur dire que toi, Diego Ernesto Estrella, fils de Maria Magdalena Santamaria et Alberto Santiago Estrella, tu vas te battre, et qu'ils ont intérêt à prendre soin de toi, sinon ta mère qui t'aime à la folie va venir leur botter les fesses comme jamais !

Entre deux sanglots, j'imagine ma mère – une petite femme énergique et volontaire, mais mesurant trente centimètres de moins que moi – en train de botter les fesses à de grands pontes, et je ne sais pas si c'est cette image, la morphine ou les nerfs qui lâchent, mais je me mets à rire. Les pompiers me sourient, me disent que nous arrivons, que je vais devoir raccrocher. C'est mon père qui conclut la conversation.

— On saute dans le premier avion… et on t'apporte ton turrón préféré, celui avec les amandes et le miel dégoulinant partout… Tiens bon, *mi niño*.

Nous atteignons l'hôpital en un temps record. Dans notre malheur, nous autres, les deux cent soixante-quatre personnes blessées dans l'attentat, avons pu atteindre très vite les hôpitaux car les routes principales de la ville étaient fermées à la circulation pour permettre le passage du marathon. Trois personnes n'ont pas eu cette chance.

J'ai tout de suite été pris en charge, et puis on m'a endormi.

Les opérations ont été particulièrement longues. La sédation également.

Je me suis réveillé près de vingt-quatre heures plus tard.

Mon ami Ethan était à mes côtés. C'est à lui qu'est revenue la lourde charge de m'apprendre que ma jambe n'existait plus. Au moment de m'endormir la veille, juste avant l'opération, j'avais adressé au ciel une prière muette pour ne pas perdre ma jambe. Apparemment, ma bonne étoile avait décidé de se faire la malle.

J'ai observé Ethan longuement, mais je n'ai pas pleuré.

J'étais comme résigné – du moins je le pensais.

La chirurgienne m'a expliqué que dans l'épreuve que je traversais, avoir conservé l'articulation du genou intacte était une chance, que la marche et la rééducation en seraient facilitées. Et puis elle a ajouté ces mots dont je ne percevais alors pas l'importance, mais qui seraient précieux, dans les moments de doute :

— Monsieur Estrella, il est essentiel pour moi que vous sachiez que j'ai tout tenté pour sauver votre pied, votre cheville et le bas de votre jambe. Si j'avais pu faire autrement, croyez-moi, je l'aurais fait. Le chemin sera difficile, je ne vais pas vous mentir. Mais vous êtes jeune, vous êtes sportif, vous êtes volontaire. Vous allez y arriver. Alors quand vous courrez votre prochain marathon – je n'ai pas dit « si », j'ai bien dit « quand »… je veux être présente pour vous encourager.

*

Lorsque mes parents sont arrivés, j'ai ressenti un grand soulagement, et une grande douleur. La douleur physique bien sûr, mais aussi la douleur intime, la sournoise. Celle qui s'insinue dans les moindres replis du cerveau et dans les yeux des autres. Celle qui envahit, qui murmure « tu es handicapé, tes rêves sont derrière toi, désormais ce ne sera plus jamais la vraie vie, pleine et entière ».

Deux semaines après l'attentat, je commençais le long processus de rééducation, puis au bout d'un mois la chirurgienne ôtait les fils de ma cicatrice, et je retournais à Barcelone. Mon frère et ma sœur ont été d'une grande aide. Ils m'ont évité de m'apitoyer, de me laisser couler lorsque j'avais l'impression de me noyer.

Après trois mois encore, ma mère si forte et si guerrière a fondu en larmes en me voyant debout, enfin. Elle pleurait tout en me filmant, et en s'épanchant auprès du prothésiste :

— Je suis émue, mais vous savez… c'est comme voir mon enfant marcher pour la première fois… une deuxième fois.

L'émotion m'a submergé, moi aussi. J'ai commencé à faire quelques pas avec un déambulateur, et le public en délire constitué de ma mère s'est mis à m'applaudir, tout en demandant au prothésiste – de plus en plus gêné – s'il ne me trouvait pas furieusement sexy…

⋆

Mon couple avec Grace n'a pas survécu, et j'ai failli tout quitter pour m'installer loin du tumulte des grandes villes. En me baladant dans Barcelone, j'avais l'impression que tout le monde portait une bombe.

J'ai compris que je souffrais d'un syndrome de stress post-traumatique sévère lorsqu'un feu d'artifice a été tiré : en entendant les explosions, j'étais convaincu que nous allions tous mourir.

Alors j'ai enfin accepté de me faire aider. J'avais besoin d'entamer le deuil de ma jambe. Ça n'a pas été facile, et les attentats qui ont touché Paris, Nice et ma ville de Barcelone en 2015 ne m'ont pas aidé à aller de l'avant.

La route est longue, je n'y suis pas encore, mais je me rapproche de l'acceptation. Peut-être que cette aventure spatiale me permettra un nouveau bond en avant. C'est en tout cas ce que j'espère…

*

Mais cette histoire n'est pas *que* plombante… alors je voudrais, pour finir évoquer quelques notes positives.

Tout d'abord, vous dire que je suis retourné à Boston à deux reprises.

La première, c'était pour témoigner au procès. Je suis heureux de l'avoir fait, et d'avoir pu rendre hommage à tous les héros anonymes qui ont œuvré ce jour-là.

La deuxième, c'était il y a trois ans. Je voulais exorciser toutes mes peurs d'un seul coup. Je me sentais prêt.

Il faisait un temps sec, magnifique, comme en 2013.

Ethan était à mes côtés, comme en 2013.

Alors quand le signal du départ a retenti, j'ai fermé les yeux, j'ai pris une grande inspiration, et je me suis lancé.

Je n'ai pas regardé mon temps de course, il n'avait aucune importance. Ce qui en avait, c'était ce qui se passait autour de moi. Et aller au bout, cette fois-ci. Je me souviendrai longtemps des visages, des encouragements, des sourires.

À l'arrivée, l'émotion était intense tandis que le public applaudissait, car je n'étais pas le seul survivant qui prenait sa revanche en ce matin d'avril.

Mes parents, mon frère, ma sœur, tous étaient là. Lorsque j'ai passé la ligne d'arrivée, ma mère m'a sauté au cou, alors même que j'étais suant et dégoûtant, puis elle m'a dit simplement :

— Tu l'as fait. Bravo, mon fils !

Dans son regard, j'ai vu défiler ces quatre années de combat pour reprendre le cours de ma vie. Mais dans mes yeux, il y avait de la joie pure. Et un peu de fierté, aussi. La terreur n'avait pas gagné. J'avais gagné.

Je me suis retourné. Ma chirurgienne était là. Elle souriait. Pour elle aussi, cet attentat reste un traumatisme. Elle n'a pas quitté l'hôpital pendant dix jours, enchaînant les opérations difficiles. Je lui ai tendu la main, elle m'a pris dans ses bras.

Et puis, il y avait Andrew. J'avais réussi à ne pas pleurer jusqu'alors, mais en le voyant je ne suis pas parvenu à contenir mon émotion. Andrew, cet inconnu qui m'a sauvé la vie. Ce lien invisible qui nous tient, c'est quelque chose d'un peu magique. Alors je me suis jeté dans ses bras, et je l'ai remercié, encore et encore.

Il m'a regardé dans les yeux et il m'a dit, avec un grand sourire embué :

— *Didn't I promise you would be OK ?*

Nous avons ri, puis mon frère a sorti des bières fraîches, et dans le soleil aveuglant de Boston nous avons trinqué à ma deuxième vie.

« Espaaaace, ton univers impitoyaaaable ! »

— *La Station spatiale internationale mesure cent neuf mètres de long, c'est le plus grand objet jamais envoyé dans l'espace.*

— *Le coût d'un uniforme d'astronaute de la Nasa est de douze millions de dollars, imaginez la note de pressing !*

— *Grâce à sa très forte gravité, Jupiter attire et absorbe une bonne partie des astéroïdes et comètes qui pourraient menacer la Terre : beau travail, Jupiter !*

IV
LÀ-HAUT

17

ANNA

Le récit de Diego m'a bouleversée. Il nous a tous impressionnés, aussi. Lorsqu'il a terminé, il y a d'abord eu un long silence. Un recueillement. Personne n'osait bouger. Pourtant, il le fallait bien.

Contre toute attente, c'est Axel qui s'est levé et adressé à Diego en premier.

— Bravo, mon vieux ! Tu es un exemple pour nous tous. Tu es un exemple pour moi, en tout cas. Je suis heureux et fier d'être dans cette aventure à tes côtés.

Puis il a pris Diego dans ses bras pour une accolade à la fois simple et authentique : à des années-lumière de ce que j'attendais de lui. Les gens sont parfois surprenants…

Une fois la route tracée par Axel, nous avons tous défilé pour serrer Diego dans nos bras. Il s'en est amusé, en nous expliquant que nous n'étions pas obligés de cocher la case « dire à un handicapé toute l'admiration qu'on a pour lui ». Nabila ne s'est pas fait prier pour appliquer ce conseil à la lettre.

— Diego, tu es foncièrement agaçant, avec ton air de toujours être au-dessus du commun des mortels. Les femmes se méfient de toi et les hommes te détestent car tu es bien trop intelligent et beau gosse pour être honnête. Alors même si ton parcours est terriblement inspirant, perso je ne te choisirais pas comme astronaute parce que je ne voudrais pas…

Nabila s'est arrêtée net. Nous nous demandions tous où elle voulait en venir, avec ce ton professoral limite cassant qui ne lui correspondait pas. Elle a repris.

— Je ne voudrais pas que nos amis les petits bonshommes verts pensent que tous les Terriens sont gaulés comme toi, ils seraient déçus en débarquant ! Il vaut bien mieux envoyer un laideron à leur rencontre, ça les rassurera et ça évitera l'extermination de l'espèce humaine.

Elle était morte de rire de sa blague pourrie. Au moins, l'atmosphère était de nouveau détendue.

De mon côté, lorsque j'ai pris Diego dans mes bras, j'ai essayé de rester le plus froide possible, mais je n'y suis pas parvenue. L'émotion était forte. Je ne sais pas pour quelle raison j'avais imaginé que son handicap datait de l'enfance – voire, qu'il était né avec une jambe en moins. Sans doute parce qu'il semblait maître de ce corps depuis toujours. Je n'avais pas vu le parcours, le passé, les blessures et les failles, derrière l'homme qu'il est aujourd'hui. Et ce changement de perspective m'a bien plus troublée que je ne l'avais imaginé.

Il était tard, Hansen nous a expliqué que le lendemain serait une journée chargée, alors nous avons regagné nos chambres, et après avoir de nouveau soigneusement verrouillé ma porte je me suis écroulée sur mon lit, épuisée.

*

Je me suis réveillée à l'aube.

Impossible de me rendormir, alors j'ai décidé d'en prendre mon parti. Je me suis fait un café, et me suis installée sur la terrasse. La villa est située en hauteur, à quelques centaines de mètres au-dessus de la mer, ce qui est suffisant pour assister au lever du soleil sur l'océan.

J'étais seule, mais s'il m'était arrivé quoi que ce soit il m'aurait suffi d'un cri pour que tout le monde rapplique. Alors je me suis détendue, j'ai observé les lueurs percer à travers la légère brume matinale et, tandis que je laissais entrer la beauté dans mon cœur, je me suis sentie bien. Je ne sais pas depuis combien de temps je n'avais pas ressenti une telle plénitude. Une éternité, sans doute. Je suis restée une bonne trentaine de minutes, puis je suis rentrée car je commençais à avoir froid – au petit matin, en cette saison, la température ne dépasse pas 15 degrés.

Lorsque je suis passée devant les chambres des hommes – toutes contiguës –, j'ai tendu l'oreille car il m'a semblé entendre des gloussements féminins. La curiosité était forte, mais je n'ai voulu mettre personne mal à l'aise, alors j'ai continué mon chemin jusqu'à ma propre chambre. Puis j'ai entendu la porte de la salle de bains que je partage avec Nabila et Bérénice s'ouvrir, et je n'ai pas pu résister.

Nabila a sursauté, en me voyant débarquer.

— Tu m'as fait peur ! Tu es debout super tôt…

— Toi aussi…

J'ai appuyé cette dernière réplique d'un ton suggestif, et lui ai demandé si elle avait découché. Sa réponse a eu le mérite d'être claire, d'autant qu'elle l'a accompagnée d'un clin d'œil lubrique.

— Je n'ai pas *dé*-couché…

— Et spirituelle avec ça, de bon matin ! Mais dis-moi… qui est l'heureux élu ?

— J'étais avec Diego.

Un violent sentiment de jalousie m'a envahie. Nabila m'a observée sans montrer aucune émotion. Puis elle a éclaté de rire.

— Et voilà le travail ! Rien de mieux qu'un bon gros mensonge pour faire tomber les masques… Mais non, c'est pas Diego, t'inquiète ! Notre bel Espagnol, je ne suis pas sûre qu'il s'intéresse à quelqu'un d'autre qu'à toi. D'ailleurs faudrait te bouger les fesses, hein…

Et ne me dis pas qu'il est trop jeune, il a trente-cinq ans, bordel, il te faut quoi ? Les mecs, ça les gêne pas de se taper des nanas de trente ans de moins… alors tu vas pas chipoter pour quoi… treize petites années ?

Je préfère ne pas répondre. Ou plutôt j'en suis incapable. Car la force de ma propre réaction m'a surprise. Je préfère recentrer la conversation sur Nabila. Et le sujet qui nous occupe : qui était donc l'heureux élu ?

— Devine. T'as une chance sur trois. Disons sur deux, si on exclut Ted.

Je réfléchis un instant.

— T'as couché avec Côme ?

— Et pas qu'une fois !

— À trois mètres de la chambre de sa mère ?

— Il m'a assuré qu'elle mettait des boules Quiès, et puis on a fermé à clé. Figure-toi qu'il est bien chaud… Mais je te raconterai plus tard parce que là, Bérénice ne va pas tarder à débarquer, et je ne voudrais pas qu'elle surprenne une conversation sur les appétits sexuels de son f…

— Bonjour les filles !

Bérénice vient d'entrer à son tour, toute pimpante et guillerette. On peut dire qu'elle a le sens du timing. Le visage de Nabila devient écarlate, mais elle trouve tout de même le moyen de dire quelque chose sur la qualité de la literie… Elle est incroyable, cette Nabila. Cette aventure ne serait pas tout à fait la même sans elle.

*

9 heures. Nous sommes sur le pont, prêts à recevoir les instructions.

J'observe Côme à la dérobée, il affiche un sourire légèrement niais et lance des regards discrets en direction de Nabila.

Diego porte l'une de ses prothèses kintsugi, qu'il arbore avec un short. Bérénice lui dit la trouver très belle, il la remercie sans sembler gêné. C'est la première fois qu'une conversation autour de sa jambe ne paraît pas l'embarrasser. Comme si ses confidences de la veille avaient débloqué quelque chose en lui.

Manque de bol pour les shorts, Hansen nous demande d'aller nous changer afin de nous habiller plus chaudement. Il insiste ensuite sur la crème solaire, les bonnets, gants et écharpes, et nous comprenons que nous partons en altitude. C'est étrange, mais j'ai l'impression qu'à chaque fois qu'Hansen s'adresse à nous en tant que groupe il fixe ses yeux sur moi. J'essaie de détourner le regard, mais j'éprouve parfois un sentiment assez désagréable.

*

Dans le van en direction du Teide, l'excitation est à son comble : ce n'est pas tous les jours que l'on a la chance de gravir le sommet de l'Espagne en même temps qu'un volcan encore actif – enfin, endormi hein… on ne va pas risquer nos vies. Une éruption du Teide est toujours possible, mais les vulcanologues sont capables de l'identifier des jours à l'avance, et d'évacuer les populations menacées.

Nous ne savons pas encore ce qu'Hansen nous a réservé, mais l'ambiance est des plus joyeuse. La route depuis le sud de l'île est surprenante. J'irai même jusqu'à dire que les paysages sont incroyables. En moins d'une heure, nous passons de presque zéro à plus de deux mille cinq cents mètres d'altitude, et le décor évolue à mesure que nous progressons. À chaque palier son microclimat et sa flore. Après les cactus, nous traversons des villages verdoyants dont la végétation n'est pas sans rappeler celle de ma bonne vieille Provence, avec en prime quelques dragonniers – ces grands arbres qui me font penser à des brocolis géants, avec leurs larges troncs et leurs houppiers caractéristiques. Puis les habitations se raréfient, et soudain nous sommes au beau milieu d'une forêt de conifères. Plus nous montons, plus cette forêt de montagne s'éclaircit… jusqu'à ce que les arbres eux-mêmes ne poussent plus. Au-delà de deux mille mètres, au-dessus des nuages, le climat devient sec et aride, les températures plus extrêmes, et seules quelques plantes parviennent à survivre. À cette altitude, seuls les buissons ronds de genêt du Teide apportent quelques grammes de vie dans un paysage désertique aussi lunaire que grandiose.

Classé au Patrimoine mondial de l'Unesco depuis 2007, le parc national du Teide, le cœur de l'île de Tenerife, est une splendeur. Tout ici paraît venir d'une autre planète, je n'ai jamais rien vu de tel. Hansen nous explique qu'il s'agit de l'endroit sur Terre qui ressemble le plus à Mars, en ce qui concerne son relief, la couleur de ses roches. C'est d'ailleurs ici qu'Hollywood a tourné *La Planète des singes*, et que la Nasa a testé ses rovers avant de les envoyer sur le sol martien. Je remplis mes yeux de ces coulées chaotiques de basalte, ces scories et monticules de magma solidifié qui déclinent, selon la date de l'éruption qui les a vus naître, toutes les nuances sombres allant du noir profond au rougeâtre. Et puis çà et là, par touches légères et gracieuses, quelques veines exceptionnelles de roche vertes complètent le spectacle.

Hansen demande à Axel de garer le van sur le parking correspondant au site des Roques de Garcia, ensemble fascinant d'immenses blocs de roche que l'on dirait posés sur le sol, et dont la forme dentelée est due à l'érosion différentielle des minéraux dont ils sont composés. Nous sommes tous des passionnés d'exploration de territoires inconnus, alors ici nous sommes comme des dingues. Car en regardant tout autour, nous prenons conscience que nous nous trouvons au beau milieu d'un cratère de seize kilomètres de diamètre. Et puis, il suffit de lever la tête pour s'émerveiller devant les pentes abruptes du gigantesque cône devant nous.

Hansen nous demande de nous asseoir. Nous l'écoutons religieusement nous parler de ce territoire sur lequel il est venu s'entraîner à trois reprises au cours de sa carrière, et tandis qu'il nous explique qu'un téléphérique permet de monter au sommet du volcan en huit minutes, nous comprenons… qu'il n'est absolument pas prévu que nous l'empruntions.

18

DIEGO

Hier soir, j'ai eu l'impression étrange de raconter mon histoire pour la première fois. Comme une confession. Une libération.

Pourquoi ai-je accepté de me livrer ainsi ?

Peut-être parce que j'ai senti qu'aucune des personnes présentes ne me jugerait. Peut-être parce qu'*elle* était là, et que je voulais qu'elle sache. Qu'elle comprenne les épreuves par lesquelles je suis passé. Peut-être aussi parce que les mots d'Hansen ont sonné comme des évidences : astronaute n'est pas un métier, c'est un engagement physique et psychologique de chaque instant. Si je cache les difficultés rencontrées au cours de ma vie, je n'ai aucune chance d'être sélectionné. Si au contraire je les livre simplement, en expliquant à quel point elles constituent aujourd'hui le fondement de mes faiblesses mais aussi de mes plus grandes forces, ma sincérité sera appréciée et valorisée, j'en suis certain. D'autant que dans la catégorie parastronaute, les chemins des candidats sont forcément loin d'être de longs fleuves tranquilles. Autant les assumer. Et en être fier.

Ce matin, je me suis levé avec une lueur nouvelle dans le cœur. Comme une impulsion, un souffle positif que je n'avais pas ressenti depuis des siècles. L'envie de ne plus me cacher. De dire au monde que, voilà, je suis comme ça, il va falloir faire avec. De me le dire à moi-même, surtout.

Alors là tout de suite, je me sens bien, dans le moment présent.

Assis au cœur de ce paysage dont il est impossible de se lasser, je sens la chaleur du soleil pénétrer mes os. Et puis la poésie de l'instant laisse peu à peu place à la concentration. Je vais en avoir besoin, étant donné ce qu'Hansen est en train de nous expliquer concernant le déroulement de la journée.

— L'exercice que nous allons faire aujourd'hui est un cran au-dessus d'hier en matière de difficulté.

Je jette un œil à Nabila, qui a déjà eu un peu de mal la veille. Sa jambe s'agite, signe d'inquiétude. Ted continue.

— L'objectif est d'évaluer vos capacités à travailler en équipe, à vous organiser, à mener une tâche complexe et à prendre des décisions ensemble. Comme je vous l'ai expliqué hier avant l'épreuve en piscine, lors du retour sur Terre les conditions météorologiques, un problème de trajectoire lors de l'entrée dans l'atmosphère… tout peut empêcher la capsule de se poser à l'endroit prévu. Dans ces conditions, il est essentiel de s'être entraîné à différentes configurations. Hier nous avons testé la configuration « océan », aujourd'hui je vous propose le scénario « terre lointaine ».

Pour moi aussi, le stress commence à monter. J'ai mis ma prothèse la plus « tout-terrain », et j'ai déjà pratiqué toutes sortes d'activités en la portant, y compris de l'escalade et du canyoning, mais je sais que lors de ce genre d'épreuve je peux me faire plus facilement mal que les autres. Hansen reprend ses explications.

— Vous êtes donc un groupe d'astronautes qui vient de revenir sur Terre, et vous vous êtes posés dans un lieu qui vous est inconnu. Vous irez chercher tout le matériel présent dans le coffre du van et vous l'étalerez ici, par terre. Vous déciderez ensemble de ce qu'il vous faudra emporter pour atteindre un point situé tout en haut du volcan, y installer un camp de base capable de vous abriter si vous deviez y passer la nuit, allumer un feu pour faire bouillir de l'eau, et lancer un SOS *via* une communication radio par satellite.

Il marque une pause. Je regarde autour de moi. Les visages sont tendus. Le point que nous devons rejoindre est proche du sommet, soit plus de trois mille sept cents mètres. Or nous sommes actuellement à deux mille trois cents mètres d'altitude.

— Quelques derniers détails. Tout d'abord, je serai à vos côtés mais je n'interviendrai pas. Je me contenterai d'observer, afin de vous débriefer ensuite. Je réponds d'avance à vos éventuelles craintes : oui, j'ai plus de 70 ans, mais je suis très entraîné, ne vous en faites pas pour moi. Et Diego, le chemin est difficile par endroits, mais il est balisé, et à mon avis complètement faisable pour un gaillard comme toi. Si tu as des difficultés, les autres t'aideront, c'est le principe d'une équipe.

Je lui souris, un peu rassuré, mais j'ai bien compris qu'il n'a pas terminé.

— Enfin, *last but not least*, il y aura une limite de temps. Vous devrez passer l'appel radio d'ici six heures, c'est la durée théorique d'autonomie de l'appareil que vous aurez en main. Au-delà… eh bien vous serez officiellement perdus et livrés à vous-mêmes, chers astronautes. Des questions ?

Personne ne dit quoi que ce soit. Sans doute un peu hébétés par la longue tirade qui vient de sceller notre sort pour cette journée.

— Alors s'il n'y a pas de question… Diego, je te donne la clé du coffre du van… et 5, 4, 3, 2, 1… top départ !

⋆

La tension est vite montée lorsqu'il a fallu décider de ce dont nous aurions besoin pour établir le camp qu'Hansen a appelé « de base ». Chacun y est allé de sa définition, certains voulant emporter des sacs de couchage « sinon ça n'est pas un camp de base », d'autres ne souhaitant s'encombrer que du strict nécessaire, arguant que nous pourrions dormir avec trois couvertures pour nous six. Axel n'écoutait pas, Nabila n'arrêtait pas de modifier les listes pour ajouter ou enlever des éléments, Bérénice s'est mise à bouder telle une enfant lorsque Côme lui a demandé de le laisser réfléchir, et c'est Anna et moi qui avons fini par prendre les décisions. Mais que de temps perdu, pour simplement entériner que nous abandonnerions ici les sacs de couchage, quelques outils, des boîtes vides et certaines rations alimentaires…

★

Après deux heures trente de marche, nous estimons être à un peu plus de la moitié du chemin. Côme s'occupe de nous guider, carte et boussole à la main, tandis que Nabila tient l'altimètre à ses côtés. L'ambiance est bonne, même si Axel a tendance à nous agacer prodigieusement avec ses remarques sur notre vitesse (trop lente), ses récits d'exploits sportifs (nombreux) et ses conseils de grand randonneur.

— Le secret pour ne pas se fatiguer, c'est de synchroniser son souffle avec ses pas. Inspirez… expirez… Inspirez… expirez…

Maintenant loin devant avec Bérénice, Axel n'entend pas Nabila qui peste :

— S'il la ferme pas, je crois que je vais le fracasser. Tu vas voir que dans deux minutes il nous fait chanter en canon, ce con-là !

Nous progressons rapidement, tout le monde semble être en forme, et ma jambe ne me fait pas souffrir. Je m'estime chanceux car cela fait longtemps que je n'ai plus de douleurs fantômes – ces souffrances qui empoisonnent la vie de nombreux amputés. Moi, je n'ai plus que des *sensations* fantômes : l'impression que ma jambe me gratte, la perception d'un pied pourtant absent. La faute à mon cerveau, qui croit toujours, lorsque je remue certains muscles du haut de mon corps, que le reste va suivre… et qui me procure cette illusion précise et fascinante d'orteils s'agitant à l'intérieur d'une chaussure, en dépit de signaux visuels contraires.

Pour le moment tout va bien, mais nous savons que le pire est à venir. Plus nous grimpons, plus respirer devient difficile. Lorsque nous dépasserons trois mille mètres d'altitude, il y aura 20 % d'oxygène en moins, et certains d'entre nous pourraient être gagnés par le mal des montagnes… et, dans ce cas, maux de tête, étourdissements ou nausées seront au programme.

Lorsque nous atteignons trois mille deux cents mètres, il ne reste plus qu'une heure vingt pour terminer l'épreuve, et Nabila montre des signes d'essoufflement. Nous commençons par faire une pause, suivie d'une deuxième et d'une troisième, et très vite nous devons prendre une décision. Hansen ne perd pas une miette de nos échanges.

Nous convenons que Nabila ne pourra pas nous suivre jusqu'au sommet, ou bien nous arriverons trop tard pour lancer l'appel radio. Axel propose de lui donner de l'eau et de quoi se nourrir, et de la laisser ensuite progresser à son rythme pour rejoindre le groupe ultérieurement. Nabila, assise par terre, acquiesce. Mais cette solution est très vite rejetée : ici nous sommes sur un chemin organisé, mais dans une situation semblable à celle décrite par Hansen jamais nous ne la laisserions seule… Et si elle faisait un malaise ? Si elle tombait ?

— Allez-y, je vous dis ! Je reste ici un moment puis je vous rejoins… ou bien je redescends par le même chemin, tranquillou…

Nous décidons finalement que quelqu'un restera avec Nabila. Côme se propose, mais Bérénice s'y oppose : elle dit qu'il n'y a pas de raison qu'il se sacrifie, alors nous tirons à la courte paille, et ça tombe sur elle. Je surprends alors le regard de Nabila implorant silencieusement Anna de ne pas la laisser seule avec Bérénice, et je dois me mordre l'intérieur de la bouche pour ne pas rire.

Nous arrivons au point de rendez-vous trente minutes seulement avant la fin du décompte. Anna, Axel et moi montons le camp en un temps record, en essayant de nous éloigner des fumerolles, ces émanations soufrées à l'odeur d'œuf pourri qui nous rappellent ce fait un peu fou : nous sommes au sommet d'un volcan. Côme – qui a été scout – parvient à allumer un feu modeste mais parfaitement fonctionnel.

Il reste moins de trois minutes lorsque nous passons, enfin, l'appel radio.

Hansen nous applaudit, et nous sommes gagnés par l'euphorie.

Les tensions de ces dernières heures s'envolent, et nous rions comme des gosses en nous serrant dans les bras, et en hurlant des « On l'a fait !!! » sautillants.

Dit comme ça, ça peut paraître démesuré, mais à cet instant précis je crois que nous avons vraiment l'impression d'avoir mis un pied sur la Lune.

La dernière fois que j'ai ressenti un tel accomplissement, c'était à la fin de mon deuxième marathon de Boston.

Hansen prend le temps de nous débriefer, mais chacun de nous a déjà bien compris où il était resté trop en retrait, où il aurait dû intervenir.

Nabila et Bérénice nous rejoignent avec près d'une heure de retard. C'est beaucoup, et la fatigue creuse les traits de Nabila, mais elles aussi l'ont fait. Bérénice est prévenante, attentive à notre amie marseillaise. Et dans l'ensemble, le lien s'est resserré entre nous tous. Spontanément, Axel lance une salve d'applaudissements en direction des deux femmes. Hansen propose de trinquer, et Nabila lance :

— C'est vrai que je me ferais bien un pastaga, là tout de suite !

Je demande ce qu'est un « pastaga », on m'explique, mais Ted dit qu'il a encore mieux : il sort une bouteille de champagne et des flûtes en plastique, et nous écarquillons les yeux. C'est encore Nabila qui intervient :

— Alors il nous fait porter tout un tas de trucs qui servent à rien, mais lui, pépouze, il se cale une bouteille de champ dans le sac à dos, quoi…

Nous trinquons à notre succès du jour et à ceux à venir, et puis l'euphorie s'estompe peu à peu. Il est 17 heures, la lumière décline mais la beauté demeure. Assis au sommet de l'île et de l'Espagne, serrés les uns contre les autres car il ne doit pas y faire plus de 6 degrés, nous ouvrons grand les yeux.

Il n'y a aucun nuage à l'horizon, la vue est totalement dégagée. À nos pieds, la nature spectaculaire et sauvage de Tenerife se pare de douceur. Les pentes du volcan se teintent de lueurs jaunes, la palette s'enrichit d'ombres à mesure que le soleil se couche. Au loin, nous apercevons les îles de Gran Canaria, La Palma et La Gomera. Et tout autour, la mer. Le bleu, à l'infini.

Nous restons là quelques instants encore, dans la splendeur du crépuscule, et puis il est temps de redescendre.

Cette fois, nous prenons le téléphérique. Les muscles endoloris, mais des couleurs et des images plein la tête.

19

ANNA

À notre retour à la villa, Hansen nous a annoncé une journée « quartier libre » pour le lendemain. Étant donné notre état de fatigue après cette ascension, aucun de nous n'a protesté. Il y a deux jours, j'aurais bien imaginé Axel râler, dire que nous étions là pour nous entraîner, pas pour glandouiller sur la plage, mais à l'issue de cette épreuve lui aussi doit être soulagé de ce repos inespéré. Et puis une journée sans Hansen n'est pas pour me déplaire – même si en toute honnêteté, rien dans son comportement ne laisse présager un quelconque danger.

Hansen a malgré tout tenu à doucher nos espoirs de tranquillité.

— Si je vous laisse profiter demain d'un jour calme, c'est parce que vous l'avez mérité bien sûr… mais c'est aussi pour me laisser le temps de préparer la suite. Je vous préviens, vous aurez besoin d'être en forme après-demain !

La soirée est joyeuse. Le vin de Bérénice et Côme coule et saoule à flots.

Nous trinquons cette fois à Tenerife, à la vie, aux astronautes et aux étoiles. Et nous sommes tous passablement bourrés, je crois. Sans doute un effet secondaire de l'annonce d'une journée détente…

Lorsque arrive la veillée, les yeux se baissent, et cette impression d'avoir affaire à des enfants redoutant l'interrogation orale provoque un fou rire de Nabila, qui contamine tout le monde. Hansen déclare qu'il n'y a pas d'obligation, que plusieurs d'entre nous pourrons parler un même soir, ultérieurement. Il nous en reste quatre ensemble, sans compter celui-ci. Cela devrait suffire.

Mais alors que nous nous apprêtons à reprendre nos discussions volubiles, Axel demande la parole. Il ne fanfaronne pas – mais alors pas du tout.

Nous l'écoutons et ce qu'il nous révèle est pour le moins surprenant.

★

— Je m'appelle Axel, j'ai 42 ans. Et c'est à peu près tout ce qui est vrai dans ce que je vous ai raconté.

Échanges de regards dans l'assemblée. Est-ce qu'il plaisante ? Il n'a pas l'air. Il semble, au contraire, avoir changé de visage. Il continue.

— Je n'ai jamais été pilote dans l'armée. C'était mon rêve de gosse : voler dans les airs ou dans l'espace, m'élever au-dessus de la mêlée. Je ne veux pas entrer dans les détails, mais j'ai eu… une enfance difficile, au cours de laquelle j'ai eu besoin de m'évader d'un quotidien… compliqué. J'étais plutôt bon élève, mais l'adolescence venue j'ai été entraîné dans les petits trafics. J'ai quitté l'école très tôt. Trop tôt. J'ai vécu dans des foyers, puis dans la rue, survécu grâce à des petits larcins – je ne suis jamais allé jusqu'à la case prison, mais je ne suis pas passé loin. Jusqu'au jour où j'ai rencontré un vieil homme qui m'a pris sous son aile, hébergé chez lui afin que je m'occupe des courses, de la cuisine, et de ses soins quotidiens. Il m'a offert mon premier salaire, et les trente suivants. Grâce à lui, j'ai repris pied. Repris place dans la société. Lorsqu'il est mort, j'ai perdu la seule personne pour qui j'avais jamais compté. Je n'avais pas de diplôme, mais j'ai réussi à décrocher un CDI d'éboueur. Au même moment, j'ai rencontré Leila, la mère de mes deux fils. Il y a douze ans, Leila est partie avec nos enfants et un autre homme, un cadre qui dirige l'équipe de nuit d'une usine automobile du nord de la France. Depuis, mes fils mènent une vie que je ne peux pas leur payer, à 900 kilomètres de mon domicile. Chaque fois qu'ils viennent passer quelques jours chez moi, je sens qu'ils ne sont pas à l'aise. Qu'ils ont honte de leur père, de son téléphone ringard, de ses habits bon marché. Ils donnent le change parce qu'ils sont polis, mais j'imagine les conversations, là-bas, chez leur mère et leur beau-père. J'imagine les « j'ai pas envie d'y aller », les « c'est ton père, tu n'as pas le choix, fais un effort ». J'imagine tout ça et ça me tord le bide. Alors j'économise toute l'année pour faire de ces quelques jours avec eux une fête : je les emmène au restaurant, au parc d'attractions, à la mer. Mais je me suis juré qu'un jour je les rendrais fiers. Qu'ils disent à leurs amis « c'est mon père » en gonflant le torse.

Il marque une pause. Nous sommes tous pendus à ses lèvres, et moi, je suis touchée en plein cœur. Je comprends tellement mieux le personnage, si peu sûr de lui qu'il se sent obligé d'en faire des tonnes ! Bérénice, assise à ses côtés, lui passe une main dans le dos et lui tend un verre d'eau. La bienveillance qu'il sent autour de lui l'encourage à continuer.

— Depuis sept ans, j'ai repris les études, en cours du soir à distance, sans rien dire à personne. J'ai d'abord passé mon bac, et puis j'ai enchaîné. Toutes mes vacances, toutes mes soirées, tous mes week-ends sont consacrés à cette réussite qui m'a tant manqué. J'ai terminé l'an dernier un master en sciences de la vie, et il y a six mois j'ai eu mon premier salaire de cadre. Dans quelques semaines, mes garçons – qui ont 15 et 16 ans maintenant – viennent passer Noël chez moi. Ils ne sont au courant de rien. J'ai voulu leur faire la surprise : nouvel appartement, nouveau statut, nouvelle vie. Avoir été sélectionné par l'Agence spatiale européenne, même pour une seule étape, c'est en quelque sorte une validation… et la cerise sur le gâteau. J'espère que je verrai enfin apparaître dans les yeux de mes fils cette lueur de fierté que j'attends depuis si longtemps.

Il a terminé. Nous restons silencieux un long moment. Conscients d'avoir assisté à une mise à nu. Je ne sais pas pourquoi, mais une image me traverse : mon père, debout dans la cour de mon école maternelle, lors de ma fameuse déclaration d'intention astronautique. Sans ses applaudissements ce jour-là je ne serais sans doute pas ici aujourd'hui. Je crois qu'on a tous besoin de sentir que notre entourage – quel qu'il soit – nous soutient.

Je ne suis pas certaine de faire partie de l'entourage d'Axel à proprement parler, mais il fait partie du mien à cet instant.

Alors je me lève, je me mets à applaudir, et tous les autres suivent.

Il nous observe, d'abord étonné, puis visiblement ému. Et je vois dans ses yeux que quelque chose vient de changer. Nous étions des inconnus, des partenaires d'entraînement. Nous sommes désormais bien plus que cela.

★

Au moment de me coucher, les mots d'Axel résonnent encore en moi, et je ressens le besoin d'appeler les gens qui comptent, un à un, pour leur dire que je les aime.

Je commence par Valentina, puis Neil. Eux ne sont pas surpris, je leur dis que je les aime depuis qu'ils sont tout petits. C'est un non-événement, même si je les appelle rarement « juste pour ça ». Valentina est dans une soirée entre amis, Neil révise, je ne veux pas les déranger plus longtemps, mais entendre le son de leur voix me ressource toujours. Parfois, je regarde des vidéos d'eux uniquement pour ça. Cela peut sembler idiot ou ridicule, mais il faut cueillir les morceaux de bonheur là où ils se trouvent.

J'appelle Bintou. C'est long, quatre jours sans rien d'autre que des SMS à connotation humoristico-sexuelle pour s'assurer que je vais bien et que je ne me suis pas fait agresser « par un astronaute à deux doigts d'entrer en service de gériatrie ». Je lui dis que je l'aime, elle me répond que tout le monde l'aime, qu'elle voudrait être autre chose qu'un objet de désir pour ces milliers de personnes qui l'adulent. Et puis elle reprend son sérieux pour me dire que je compte pour elle, moi aussi. Je le sais bien. L'instant est passé, Bintou remet son masque de rigolote du quartier :

— Entraîne-toi à Tenerife – par exemple sur Diego –, parce qu'avec autant d'amour entre nous, va bien falloir qu'on couche ensemble un de ces jours…

Bon d'accord, si tu insistes je suis d'accord pour que Diego soit de la partie !

Je raccroche donc avec une Bintou hilare, et je décide de terminer par mon père. Il est près de 23 heures, mais je sais qu'il n'est pas encore au lit – l'habitude, prise avec le bar, de se coucher tard.

— Anna ? Tout va bien ?

Ce n'est pas mon genre de l'appeler, je préfère passer le voir. Je lui téléphone seulement en cas de problème, ou si j'ai quelque chose à lui demander. Mon père a toujours été là pour moi, dans les bonheurs comme dans les peines. Mais je lui dis rarement que je l'aime. Alors je tourne autour du pot, lui parle des épreuves du jour, de la beauté de Tenerife et de ma sympathie envers les participants. Et puis je me lance.

— Tu sais papa… Tu as été un père merveilleux, un grand-père merveilleux…

— Ouh là… on dirait que tu fais ma nécrologie ! Qu'est-ce qui se passe ?

Il me fait rire, et mon rire allège l'atmosphère, m'autorise à lâcher cette pudeur qui m'encombre.

— Je t'aime, papa. Je voulais te le dire.

Silence.

— Papa ? Tu es là ?

— Oui, bien sûr ma chérie. Je suis là, j'écoute attentivement. Et…

Il réprime un déraillement de sa voix.

— Tu es la meilleure chose qui me soit arrivée. Je ne sais pas si j'ai été un père merveilleux, mais j'ai fait de mon mieux. Moi aussi, je t'aime. Je t'aime et je suis fier de toi. Je l'ai toujours été.

Il hésite, mais il finit par ajouter :

— Je sais que tu ne me crois pas quand je te dis ça, mais ta mère t'aimait très fort, elle aussi. Elle serait tellement fière de la femme que tu es devenue !

Il a raison, je ne le crois pas mais je ne dis rien, ce n'est pas le moment. L'essentiel est là, dans ses mots à lui, dont la gêne revient au grand galop – on ne se refait pas –, l'obligeant à une pirouette pour ne pas se laisser emporter trop loin dans l'émotion. Je le comprends, je fais la même chose depuis toujours.

— Bon, ma fille, je vais aller me prendre un petit remontant, parce qu'on deviendrait presque sentimentaux, là…

— Une liqueur de verveine ?

— Un limoncello houmeïde, plutôt.

— Un limoncello quoi ?

— Houmeïde. Fabriqué maison.

— Ah… *home made*, papa !

— C'est exactement ce que j'ai dit. Houmeïde.

⋆

Malgré les sentiments qui se bousculent, je trouve le sommeil très vite.

J'ai l'impression d'avoir franchi une étape, ce soir. Je ne partirai peut-être jamais dans l'espace, mais le voyage entrepris depuis quelques mois vaut bien un détour par Saturne.

J'ai hâte de connaître la suite de l'histoire. De mon histoire.

Juste avant de me coucher, je reçois un message émis par Côme dans le groupe WhatsApp des Extraordinaires : « Sur le forum, il se dit que d'ici trois jours toutes les convocations pour Cologne auront été envoyées. On pourra donc fêter ça ensemble… ou bien déprimer ensemble, ha, ha ! »

La suite est donc imminente.

20

TED

Après l'intensité d'hier, je crois qu'ils n'étaient pas mécontents que je leur annonce cette journée entièrement libre aujourd'hui. Mais curieusement, les six étaient déjà sur pied à 8 h 30 ce matin. Alors Diego a proposé à ses camarades de jouer les G.O. et de leur faire découvrir ses coins préférés de l'île. Ils ont tous acquiescé avec enthousiasme. Diego m'a laissé sa voiture automatique et ils sont partis avec le van.

Je suis donc seul dans la villa depuis peu lorsque je reçois de la visite.

Une visite préoccupante. C'est le moins que l'on puisse dire.

*

— Sharon ? Qu'est-ce que tu fais là ?

— Bonjour Ted, moi aussi je suis contente de te voir.

Elle plante son regard dans le mien, puis me lance :

— Comment va Anna ?

Le message est suffisamment clair pour me filer la chair de poule.

Et pour m'obliger à la laisser entrer.

Nous nous installons au bord de la piscine, je lui sers à contrecœur un café serré qu'elle sirote sur un transat. Instantané irréel où la tiédeur du soleil et les piaillements des oiseaux contrastent avec la teneur glaçante des propos de Sharon.

— Il y a quelques semaines, j'ai vu apparaître Anna dans la liste des candidats ayant passé les épreuves d'Hambourg. Je n'ai pas cru à une coïncidence, alors j'ai eu besoin de la rencontrer, d'en avoir le cœur net. L'Isle-sur-la-Sorgue est une charmante petite ville, je ne regrette pas de m'y être rendue.

Tandis que Sharon me raconte son escapade dans le Vaucluse, une inquiétude sourde s'insinue en moi. Ce qui allume des voyants rouges dans mon esprit, c'est qu'elle soit allée jusqu'à pénétrer dans le foyer d'Anna.

Je ne sous-estime pas Sharon, elle est d'une intelligence redoutable.

Je ne suis pas étonné qu'elle soit entrée en contact avec Anna.

Je ne suis pas non plus étonné par la méthode employée. Sharon a souffert toute sa vie d'être l'une des seules femmes dans un monde d'hommes, et de se voir barrer jusqu'à récemment l'accès aux plus hautes fonctions. Se faire passer pour une doctorante travaillant sur l'invisibilisation des femmes dans les sciences était à la fois naturel et très habile de sa part. Sharon continue :

— À l'issue de ma visite, j'ai acquis la certitude qu'Anna ne savait rien. J'en ai été soulagée, mais j'ai tout de même installé un traceur GPS sur son portable… traceur qui a borné à Tenerife il y a deux jours. Et puis au détour d'une conversation à l'ESA, j'ai appris que tu étais toi aussi aux Canaries, mon cher Ted. Alors je me suis penchée sur l'agenda des épreuves d'Hambourg… et j'y ai découvert ta présence le jour du test d'Anna. J'ai sauté dans le premier avion, j'ai suivi la position du traceur et attendu que tes nouveaux amis partent ce matin avant de sonner.

Tandis qu'elle me fait face, le visage de plus en plus fermé, les poings serrés et la rage au cœur, une question tourne en boucle dans ma tête :

Jusqu'où es-tu prête à aller, Sharon ?

La réponse ne tarde pas.

— Il est bien évidemment hors de question que je perde ce que j'ai patiemment construit. Alors ne t'avise pas de jouer la carte des remords, tu risques bien plus que moi, dans cette histoire.

— Et qui te dit que je n'ai pas assuré mes arrières ? Que je n'ai pas donné des instructions, s'il m'arrivait quoi que ce soit ?

Elle marque un temps. C'est étrange, mais sa longue chevelure grise lui confère une douceur qui jure avec la noirceur de ses propos.

— Je ne sais pas à quoi tu joues, Ted, mais je te conseille de bien réfléchir. Je vais de mon côté faire en sorte que les résultats d'Anna aux tests ne lui permettent pas de passer à l'étape suivante, afin qu'elle disparaisse le plus vite possible de nos vies. Si j'ai le moindre doute sur ton comportement, je serai forcée de mettre James dans la confidence de ce… rapprochement indésirable. Tu sais comme moi que James ne courra aucun risque – souviens-toi de ce qui s'est passé, la dernière fois.

Tandis que son regard froid me transperce, elle esquisse un sourire nimbé d'hostilité, et prend le temps de porter un ultime coup de poignard.

— Cette fois, la solution sera sans doute plus radicale. Pour toi, Ted. Mais aussi pour Anna.

21

DIEGO

Je me doutais que Nabila serait partante pour l'option « émerveillement », j'espérais qu'Anna le serait aussi, mais je ne pensais pas que les autres s'emballeraient autant pour l'idée. Il se passe définitivement quelque chose entre nous, un peu comme si nous devenions une sorte de famille dysfonctionnelle, bigarrée, bizarre, mais attachante.

Je me réjouis de leur faire découvrir ce que je préfère à Tenerife.

À 10 heures, nous sommes au large de la côte ouest. Nous longeons les stupéfiantes et biennommées falaises verticales de Los Gigantes : tombant à pic dans l'océan, mesurant jusqu'à six cents mètres de haut, ces blocs de basalte monumentaux ne sont brisés que par quelques ravins étroits. Côme trouve la juste comparaison, lorsque nous nous approchons de la minuscule plage de Masca : « On a l'impression d'être dans *Pirates des Caraïbes* ! » Végétation luxuriante, nature sauvage, gorge en forme de dague aboutissant à un ponton de pierre posé sur une eau transparente, le tout dans un isolement complet… Côme a raison, le lieu flanque des frissons, et constituait d'ailleurs autrefois l'un des plus fameux repaires de pirates de l'île.

Nous sommes au mois de décembre, il ne fait pas si chaud que ça, alors même si le capitaine de notre embarcation touristique propose un plongeon aucun d'entre nous ne s'y risque. Nous continuons donc notre navigation vers le clou du spectacle.

Assis à côté d'Anna, je ne perds rien de la féerie de l'instant, lorsque apparaît la courte nageoire dorsale d'une baleine pilote, bientôt suivie d'une dizaine d'autres. Anna l'aperçoit la première, se dresse et sourit, Bérénice et Axel sont comme des fous, Côme brandit son portable tandis que Nabila pousse des petits cris stridents. Le bateau – équipé des protections nécessaires pour ne blesser aucun animal – tourne au ralenti, et le cortège est bientôt rejoint par quelques dauphins qui s'amusent à effectuer de minuscules sauts autour de nous. J'ai déjà vécu cette découverte deux fois, mais c'est toujours la même émotion. Et puis la magie monte d'un cran encore : le capitaine nous tend un casque et une tablette tactile, tandis qu'une sonde et une mini-caméra sont plongées dans l'eau. Chacun de nous pourra observer et écouter le ballet lent et merveilleux… le tout étant rythmé par les références cinématographiques de Nabila :

— Oh, comme tu es beau mon Flipper, viens voir tata Nabila…

Ou encore :

— Voilà, c'est ça, parle-moi encore, mon petit Willy…

C'est avec les yeux, les oreilles et le cœur remplis de cette nature préservée que nous nous dirigeons vers le nord de l'île et sa capitale, pour le déjeuner.

★

À Santa Cruz de Tenerife, nous nous garons à proximité du célèbre auditorium dont le grand arc de béton défiant la gravité rappelle celui de l'Opéra de Sydney. Il est 13 heures, encore un peu tôt pour les restaurants espagnols, alors en attendant nous déambulons, le nez levé vers les bâtiments historiques, comme cette imposante église Nuestra Señora de la Concepción dont les murs blancs contrastent avec les pierres noires de sa tour carrée. Dans les rues pavées de la ville, Anna ne cesse de prendre des photos, apparemment séduite par les élégantes façades multicolores.

Et puis nous nous attablons à la Bodeguita del medio, ce lieu qui me donne toujours l'impression d'être à Cuba tant les propriétaires aiment à faire partager la culture de leur pays. Nous entonnons *Guantanamera* avec les autres clients, et partageons des *papas arrugadas con mojo*, ces pommes de terre ridées accompagnées de leurs sauces verte et rouge, tout en dégustant un étonnant vin iodé provenant d'une cave sous-marine.

Lorsque nous sortons du restaurant, il est plus de 16 heures. Bérénice et Nabila tiennent à passer au marché central de Santa Cruz afin de faire le plein de liqueurs de banane et de cactus à rapporter en France, puis nous reprenons la route. Dans le van que conduit Bérénice, la plupart des passagers entament une petite sieste. Anna s'endort le cou en arrière, et puis progressivement sa tête glisse jusqu'à se poser sur mon épaule. Cette proximité, la chaleur de son corps et son parfum si proche me paralysent. Je n'ose plus bouger pendant de longues minutes. Quand elle rouvre les yeux, elle se redresse en s'excusant. Je lui chuchote qu'elle peut rester comme ça si elle le souhaite, mais elle ne répond pas et baisse les yeux, gênée.

★

Le soir venu, Hansen nous explique que le départ sera à 7 heures demain matin, et qu'il nous faudra prendre des habits chauds, notre matériel de camping, de la nourriture et de l'eau pour trois jours. Il précise également que je dois être équipé de ma prothèse « tout-terrain ». Nabila tente d'en savoir plus, mais c'est peine perdue : Ted ne dira plus rien. Ce n'est pas pour me déplaire, car je suis plutôt du genre à apprécier les surprises.

En parlant de surprise… j'ai pensé à quelque chose. À vrai dire, c'était l'activité collective prévue pour ce soir. Activité dont je n'ai pas révélé la teneur, mais qui a été balayée d'un revers de la main par tout le monde, lorsque Hansen a mentionné l'horaire de départ du lendemain. J'ai insisté, mais ils n'ont rien voulu savoir.

La veillée est donc annulée, et lorsqu'à 22 heures, chacun regagne sa chambre, il me semble voir Nabila entrer dans celle de Côme, et Bérénice s'attarder sur le pas de celle d'Axel. Je décide d'attendre quelques minutes avant d'aller toquer chez Anna.

Elle a déjà sa brosse à dents dans la bouche.

— Dieho ? Hest-ce heu heu heu faire hour toi ?

Je ne résiste pas et lui réponds avec la même diction.

— Heu me disais heu tu serais heut-être plus hotivée heu les autres hour sortir ?

Elle rit, un filet de dentifrice coule le long de son menton, elle court se débarbouiller. Quand elle revient, j'ai l'impression qu'elle s'est recoiffée, aussi.

— Tu… avais pensé à quelle excursion ?

Sa question m'indique qu'elle n'est pas opposée à l'idée… je me lance.

— Je ne sais pas si tu le sais, mais le ciel de Tenerife est l'un des meilleurs spots d'observation des étoiles dans le monde. Il y a, dans le parc national du Teide, un observatoire astronomique dernier cri. J'avais convaincu le responsable de nous faire une petite visite ce soir. Ce serait vraiment dommage de perdre le créneau… Si tu es partante, il ne nous faudra qu'une petite heure pour y parvenir.

Elle se mordille la lèvre et m'observe en silence. Signe d'hésitation. Je continue à argumenter.

— C'est un environnement unique là-haut. Il existe une loi locale très poétique qu'on a appelée « la loi du ciel », et qui contrôle la pollution lumineuse. L'observatoire étant au-dessus des nuages et isolé de toute autre construction, c'est l'un des endroits de la planète où le ciel est le plus pur : on peut y admirer les étoiles comme il y a deux cents ans. Et puisqu'on est bien plus au sud il y a des constellations que l'on ne peut pas voir depuis l'Europe !

Elle réfléchit, mais elle est tentée, c'est visible. Alors je joue mon va-tout.

— Leur télescope est d'une puissance dingue. Il est équipé de l'un des plus grands miroirs du monde… ce qui signifie qu'avec cet appareil tu pourrais en théorie voir une bougie allumée à dix fois la distance Terre-Lune.

J'ai tout donné, et je vois qu'elle apprécie l'effort de conviction.

Elle me sourit. C'est gagné.

— OK. Mais c'est uniquement parce que j'adore les bougies, hein… ?

— Évidemment. Et un peu les étoiles aussi ?

— Un peu les étoiles aussi.

★

Je ne peux pas savoir ce qu'elle en pense, mais pour moi qui ai déjà eu la chance de venir ici à plusieurs reprises, le ciel de Tenerife provoque toujours la même émotion. À travers le télescope, la planète Vénus nous apparaît parfaitement nette, trônant au sein d'un noir profond tirant sur le rouge qui comprend, littéralement, des milliers d'étoiles. C'est si beau qu'aucun mot n'est nécessaire.

Le responsable nous laisse observer une bonne dizaine de minutes à tour de rôle, puis il lance à Anna, en français mais avec un très fort accent espagnol, un « C'est magnifique ! » qui nous fait bien marrer.

Nous le remercions chaleureusement, et sortons nous installer à proximité, à quelques pas d'un groupe d'astro-touristes admirant la voûte céleste. Pas besoin d'instrument, le spectacle est déjà ahurissant à l'œil nu.

Anna et moi nous enroulons chacun dans un plaid, et nous restons longuement silencieux, contemplant l'infini du ciel. Je suis heureux de partager ce moment suspendu avec elle. Je le lui dis, et puis j'ajoute, le cœur battant, que j'aimerais qu'il soit le premier d'une longue série.

Elle me répond qu'elle aussi est heureuse à mes côtés.

Elle hésite, et puis elle ajoute… qu'elle est nettement plus âgée que moi, que nous n'en sommes pas au même stade de notre vie, que ça ne pourrait pas fonctionner entre nous.

Je m'attendais, évidemment, à cette résistance conforme aux carcans les plus ancrés dans nos sociétés. Alors ma réponse est toute trouvée – et étayée scientifiquement, on ne se refait pas.

— Nous avons treize ans d'écart. Sachant qu'une femme vit en moyenne sept ans de plus qu'un homme, il te reste environ trente-huit années à vivre, et il m'en reste quarante-quatre… en mangeant sainement et en faisant du sport, disons que tu gagneras quatre ou cinq ans, et nous voilà à égalité. Ce serait dommage de passer à côté des quarante prochaines années pour une question aussi triviale, non ?

Elle rit. Je fonds.

— OK, tu as bien préparé, bravo… Mais il n'y a pas que ça. Diego, tu ne me connais pas vraiment.

— J'en connais suffisamment.

— Non, tu ne sais pas. Quand tu sauras… tu ne seras plus intéressé.

— Alors raconte-moi, s'il te plaît. Ne décide pas à ma place quelle sera ma réaction.

Elle réfléchit longuement, tout en continuant à regarder le ciel.

Et puis soudain, sans autre forme d'introduction, elle se met à raconter.

★

Je ne m'attendais pas à ça.

J'avais compris que, comme moi, Anna avait vécu des choses difficiles. J'avais imaginé une séparation complexe avec son ex-mari, des conflits familiaux, un problème de santé qu'elle-même aurait surmonté, un accident ou tout autre événement traumatique. Mais je n'avais pas imaginé qu'elle s'était occupée si longtemps d'un enfant malade. Cette révélation m'a ébranlé.

Aussi ai-je eu un réflexe contraire à mes intentions premières.

J'ai bien senti qu'elle aussi éprouvait quelque chose, d'autant qu'elle s'était serrée contre moi, au cours de son monologue. J'aurais dû saisir l'instant, mais je me suis dérobé. Tout juste ai-je bredouillé :

— Anna… Ton histoire me touche beaucoup. Je… tu es passée par tellement de choses terribles… Je ne sais pas quoi te dire… je suis désolé… Je… crois qu'il vaut mieux repartir, si on veut être en forme demain.

Et puis je me suis levé, et nous sommes rentrés en silence.

Ma réaction a été viscérale. J'ai eu peur du lien qui pourrait s'opérer dans le cerveau d'Anna entre son fils disparu et moi. Or ce que je veux aujourd'hui, c'est une relation amoureuse entre adultes. Je ne veux en aucun cas prendre, dans son cœur, la place laissée vacante par son fils. Et le fait qu'elle se rapproche de moi au cours de cette confession, je ne sais pas mais j'y ai vu un symbole : *cette femme ne t'aimera jamais, toi, elle aimera l'homme plus jeune et abîmé que tu es.*

J'étais incapable d'affronter ce qui se jouait en moi à cet instant précis, alors j'ai fui, comme un pleutre. Ensuite… eh bien j'ai réfléchi toute la nuit à la question, et aussi à sa réciproque : et moi, suis-je bien attiré par la femme qu'elle est, et non par la figure maternelle qu'elle pourrait représenter ? Pour moi la réponse est claire et catégorique : je n'ai simplement jamais pensé à elle en ces termes. Ma propre mère a vingt ans de plus qu'elle, et puis Anna ne materne personne ici – et certainement pas moi. Non, quand je pense à Anna, je pense à nos passions communes, à cette soirée sous les étoiles qui avait si bien commencé, à la douceur de sa peau et la finesse de ses traits, à son humour, à sa capacité à s'adapter à toutes sortes d'interlocuteurs et de situations avec intelligence. Je m'imagine l'embrasser, la serrer dans mes bras, lui faire l'amour dans cette maison, sur la plage, chez moi à Barcelone, chez elle en Provence, partout.

Et tandis que j'énumère tout ça, tandis que mon désir pour elle ne cesse de croître, je me sens extrêmement con.

Au fond, si je viens de laisser passer cette femme, n'est-ce pas parce que moi, je ne me sens pas suffisamment bien pour elle ? N'est-ce pas parce que j'ai laissé les clichés dominer ma pensée ?

Ce qu'il lui faut, c'est un homme solide. Elle mérite mieux qu'un handicapé incapable de s'aimer lui-même. Elle mérite mieux que moi.

Et si je me trompais sur toute la ligne ?

Et si quelque chose de sain, de beau, de lumineux était possible entre nous ?

En ce petit matin de nuit courte et agitée, je ne sais plus quoi penser, mais je me sens honteux d'avoir réagi de la sorte.

Lorsque je la croise au petit déjeuner, son accueil est glacial et c'est bien compréhensible. Je tente d'engager la conversation, mais elle prétexte devoir finir de se préparer pour filer dans sa chambre.

Les autres ont l'air en forme. Nabila me semble de plus en plus tactile avec Côme, Bérénice paraît plus préoccupée par les propos d'Axel que par son fils, ce qui constitue une petite révolution. Quant à Hansen, il nous demande de le rejoindre dans le jardin d'ici quinze minutes, prêts au départ.

« Espaaaace, ton univers impitoyaaaable ! »

— *La lumière de Sirius, l'étoile la plus brillante du ciel, met huit ans à nous parvenir.*
— *Sur Vénus, il pleut de l'acide sulfurique – bonne ambiance.*
— *Sans air, les vibrations du son ne circulent pas : vous pouvez donc envoyer dans l'espace tous les chanteurs que vous détestez…*

V

VOYAGE AU CENTRE DE LA TERRE

22

DIEGO

Il est 7 h 15, il fait froid en ce matin nuageux de décembre, chacun de nous porte sur son dos son équipement de camping, de quoi manger pour trois jours, et l'appréhension de ce qui l'attend. C'est le moment pour Hansen de nous révéler la teneur de l'épreuve suivante. J'ai l'impression d'avoir en face de moi un ersatz de Denis Brogniart exposant le prochain défi de « Koh-Lanta ».

— Dans les heures qui viennent, vous allez expérimenter la résolution de problèmes et la prise de décision en environnement extrême.

— On va devenir les coiffeurs officiels de Donald Trump ?

Cette remarque de Nabila était tellement spontanée que même Ted a éclaté de rire. Il reprend.

— Je voulais évidemment parler d'*un vrai* environnement extrême, comparable à une navette plongée dans le vide intersidéral. Un lieu où les risques sont grands et la sécurité essentielle... Est-ce que l'un d'entre vous connaît le programme Caves ?

Là, bizarrement, personne ne rit plus. Rien que le mot nous fait frissonner.

Côme lève timidement la main, et Hansen le laisse expliquer.

— C'est un entraînement d'astronautes... qui doivent vivre déconnectés du monde extérieur dans un réseau souterrain, il me semble.

— Exact, merci Côme. Caves, c'est un programme qui réunit des astronautes ne se connaissant pas, issus de toutes les agences spatiales. Il y a des Européens, des Russes, des Américains, des Chinois, des Japonais... Et tout ce petit monde passe six jours sous terre, en autonomie. À votre avis, quels sont les points communs entre une telle expérience et la vie en orbite ?

Cette fois, c'est Anna, de loin la plus expérimentée en matière de spéléologie, qui répond.

— Il y en a plein. Il faut se faire confiance, collaborer pour se déplacer sans se mettre en danger, il faut également apprendre à vivre dans un environnement où on perd la notion du temps : dans une grotte c'est l'obscurité permanente, tandis que dans l'ISS[1], c'est l'alternance jour-nuit incessante. Et puis bien sûr il y a l'isolement, les communications limitées et l'absence de secours avant des kilomètres...

1. International Space Station (Station spatiale internationale).

— Merci Anna, pour ce résumé. Oui, Bérénice ?

— Et donc, on va aller camper dans une grotte ?

— Dans *la Cueva del Infierno* pour être précis... la Grotte de l'Enfer.

Hansen a prononcé le nom avec une grosse voix théâtrale. Chacun reste silencieux, imaginant peut-être – c'est mon cas – un décor digne de Stephen King.

— Rassurez-vous, rien de maléfique là-dedans. Le nom vient simplement de l'obscurité totale qui y règne. Il s'agit de l'un des plus grands tunnels de lave au monde. Une merveille de la nature.

Il sourit. Et nous sommes suspendus à ce qu'il va nous apprendre.

— L'entrée de la grotte est située dans le nord de l'île. C'est un labyrinthe de dix-huit kilomètres formé il y a vingt-sept mille ans à la suite d'une éruption, avec – fait exceptionnel – des galeries sur trois niveaux. On y trouve des précipices, des terrasses latérales, des lacs souterrains, et de nombreuses ramifications. C'est un lieu passionnant à découvrir, d'autant qu'il reste des passages vierges de toute exploration humaine. Je connais bien l'équipe qui gère la grotte, j'y ai moi-même effectué deux expéditions. Ils ont accepté que vous puissiez y vivre deux jours et deux nuits.

Hansen nous laisse digérer l'information.

— On va donc passer *littéralement* deux jours en enfer, quoi...

— Oui, Nabila. Bon, c'est quand même un enfer organisé : la grotte étant une réserve naturelle protégée, ses deux premiers kilomètres sont ouverts aux visites guidées, donc aménagés. Et vous aurez à votre disposition une carte des dix premiers kilomètres, sur laquelle nous vous avons indiqué – au kilomètre sept – un espace plat et sec où vous pourrez installer votre campement.

— Pardon, Ted, mais… vous ne venez pas avec nous ?

C'est un Axel légèrement stressé qui vient de parler.

— Je vous accompagnerai jusqu'à la grille de séparation avec l'espace public… que je fermerai à clé avant de partir, afin d'éviter toute intrusion. J'attacherai à l'un des barreaux un téléphone qui vous permettra de m'appeler en cas d'urgence vitale. En plus des tentes, de la nourriture et de l'eau que vous portez déjà, nous vous équiperons à l'entrée de la grotte avec le matériel de spéléologie, les lampes frontales, les caméras GoPro et des batteries suffisantes. Des questions ?

De nombreuses mains se lèvent.

— Oui, Anna ?

— Y a-t-il des passages dangereux – parois abruptes, descentes en rappel – pour les personnes n'ayant jamais fait de spéléo ?

— Pas avant le camp de base. Ensuite, oui, il pourrait y en avoir, et ce sera à vous de décider : soit

Anna, tu entraînes les moins expérimentés aux rudiments qui leur permettront de progresser plus loin dans les galeries, soit vous délimitez les périmètres en tenant compte des aptitudes de chacun.

— Les périmètres ?

— Oui, pardon Diego, je ne vous ai pas décrit votre mission. Il ne s'agit pas d'une visite touristique. Vous êtes des scientifiques, alors autant que votre séjour dans la grotte soit utile. Vous devrez recenser, cartographier et photographier la faune, la flore et les inscriptions murales que vous rencontrerez. C'est un travail long et fastidieux, que plusieurs équipes ont déjà entamé, mais pas au-delà du camp de base. Puisque vous ne pourrez évidemment pas explorer la totalité de la grotte, à vous de définir ensemble votre périmètre d'action et votre rythme.

Hansen nous explique ensuite que la grotte a servi d'abri ou de cachette à toutes sortes de populations, au fil des siècles : familles fuyant des persécutions, pirates, contrebandiers, explorateurs comme nous… Cette aventure est très enthousiasmante, mais j'ai besoin de lui exprimer mes doutes sur ma capacité de la mener à bien. Sa réponse ne se fait pas attendre.

— Je crois, Diego, que tu connais parfaitement tes limites. Je t'ai vu à l'œuvre, je n'ai aucune inquiétude. Tu trouveras ta juste place, et tu te rendras vite compte que ta prothèse n'est pas plus une limite que les crispations ou les peurs de certains de tes coéquipiers.

C'est au tour de Nabila de prendre la parole.

— En parlant de peurs… À quelle faune allons-nous avoir affaire ?

— Surtout une faune morte : des fossiles d'animaux déjà éteints, tels le rat ou le lézard géants. Mais vous rencontrerez aussi tout un tas d'espèces troglophiles – qui ne vivent qu'en milieu souterrain –, dont certaines découvertes récemment, comme *Loboptera subterranea*, *alias* la blatte sans yeux…

Un rictus de dégoût parcourt l'assemblée. Je ne suis pas particulièrement sensible à ce genre d'insectes, mais l'idée de me retrouver sous terre face à un nid de blattes sans yeux est… assez peu appétissante. Tout comme la réponse d'Hansen à l'interrogation de Bérénice sur l'hygiène corporelle.

— Il s'agit de deux jours et deux nuits seulement, alors vous vous passerez de douche. Vous savez, dans l'espace on se lave à l'ancienne, avec des serviettes humides et du savon sans rinçage pour économiser l'eau, alors si deux jours d'hygiène approximative vous rebutent, vous devriez sans doute reconsidérer votre projet.

— Et pour les toilettes ?

La question émane de Côme, mais tout le monde se la posait.

— Vous avez de la chance, j'ai demandé du grand confort ! On va vous fournir un bac de un mètre cube, qui fera office de toilettes sèches. Il vous faudra simplement le transporter à l'aller et au retour.

Il y a encore des mains levées, mais Ted décrète qu'il est temps de se mettre en route. Il répondra à quelques dernières interrogations sur le chemin, mais ensuite nous devrons trouver les réponses par nous-mêmes.

23

ANNA

Lorsque Hansen ferme la grille de séparation et nous dit au revoir, chacun est inquiet mais s'efforce de ne rien montrer, afin de préserver une atmosphère sereine. Côme se risque tout de même à une blague qui nous fait rire jaune :

— Vous imaginez, s'il y avait *déjà* quelqu'un à l'intérieur, genre un tueur sanguinaire ? Dans ce cas, on vient de nous enfermer avec lui…

Nabila répond instantanément.

— Mais qu'est-ce qu'il est couillon, celui-là ! Tu me flanques les jetons avec tes bêtises ! Parce que le pire, c'est que t'as pas tort… enfin, on a quand même laissé Hansen à la porte, c'est déjà ça.

Les hommes se regardent, puis Diego demande :

— Pourquoi tu dis ça ? Ted est très sympa, et franchement il ne ménage pas sa peine pour nous aider…

J'interviens, tout en lançant un regard courroucé à Nabila, qui détourne les yeux, consciente d'avoir légèrement cassé l'ambiance.

— On ne voulait pas vous inquiéter. Et puis Diego, on ne voulait pas que tu te sentes mal d'avoir invité Hansen, mais…

Et je commence à raconter la visite de Sarah Miller, les accusations contre Ted, et ce pacte sororal de vigilance que Bérénice, Nabila et moi avons respecté à la lettre. Les trois hommes sont évidemment furieux que nous leur ayons caché une telle information. Mais ils conviennent qu'il aurait été délicat de demander à Ted de quitter l'île sur la base d'une affaire vieille de trente ans pour laquelle il n'a jamais été condamné… et qu'ils auraient sans doute abouti à la même conclusion : rester en alerte et ne jamais laisser l'une d'entre nous seule avec lui.

— En gros on s'est juste dit qu'on n'avait pas besoin de vous pour nous défendre… et c'est surtout ça qui vous vexe, les mecs !

C'est donc sur cette sentence de Nabila et les mines agacées de nos coéquipiers que se conclut cet aparté. Une fois le silence revenu, nous prenons la mesure de l'expérience qui nous attend. L'obscurité est totale, le taux d'humidité de 100 %, la température de onze degrés, nous devons marcher cinq kilomètres avant de parvenir au point d'installation de notre camp, et nous n'avons plus de moyen de communiquer avec l'extérieur à part ce téléphone que nous venons de laisser sur la grille.

Un frisson me parcourt. Devant moi, un boyau de deux mètres de large, entièrement noir. J'ai la gorge sèche, le cœur qui s'emballe. Je ne suis plus certaine d'avoir eu raison d'accepter cette escapade souterraine, mais la réalité est là : nous sommes désormais seuls.

*

La progression jusqu'au kilomètre sept est facile. Chacun est attentif à l'autre, notamment à Diego – ce qui à mon avis ne va pas tarder à l'irriter. Il ferme la marche, un peu en retrait, tandis que je suis en tête de cortège. Comme si nous avions tacitement décidé de nous éloigner physiquement. Tant mieux. Après ce qui s'est passé hier soir à l'observatoire, je n'ai aucune envie de me frotter à l'animal…

Je lui ai raconté mon histoire sans rien lui cacher, et il est resté immobile et silencieux. Je ne m'étais pas livrée comme cela depuis des lustres. Non, en réalité je ne m'étais *jamais* livrée comme cela. À personne. Pas même à François, à l'époque. Je ne sais pas pour quelle raison j'ai décidé de tout lui dire. Sans doute parce que son histoire m'avait bouleversée. Ou parce qu'il me plaît bien plus que je ne me l'avoue, et que je voulais qu'il me connaisse, sans fard ni faux-semblants – comment se faire confiance et construire le moindre début de relation, sinon ? Alors, assise à ses côtés face à ce ciel ruisselant d'étoiles, je me suis timidement rapprochée, le cœur battant. Et lui n'a rien trouvé de mieux que de se barrer. En résumé, je me suis inventé une connexion qui n'existait pas. Une connexion qui n'a jamais existé, comment le pourrait-elle ? J'ai quarante-huit ans, des rides au front, trois enfants dont un mort. Il a trente-cinq ans, un physique de dieu grec et la vie devant lui. Quelle naïveté !

Bref, oublions ça et revenons au présent. Et à cette expérience hors du temps dans *la Cueva del Infierno*. Hors du temps est le mot juste, car nous avons abandonné nos montres et téléphones : il est convenu que nous évaluions par nous-mêmes l'écoulement des heures, afin de sortir de la grotte lorsque nous penserons y avoir séjourné deux jours très exactement. Hansen a poussé le raffinement jusqu'à modifier les paramètres des seuls appareils électroniques en notre possession – caméras et appareils photo – pour en effacer l'horodatage automatique. Hansen campera, accompagné de deux salariés du site, devant l'entrée de la grotte, afin de nous venir en aide à tout moment si besoin est.

La progression dans le tunnel principal est ralentie par « le bac de toilettes » poétiquement baptisé « *shit box* » par Nabila – particulièrement délicat à manipuler, surtout avec nos équipements de spéléo. Aussi, à l'instant où nous arrivons à la grande esplanade que nous identifions comme le lieu où installer notre camp, j'estime qu'un peu plus de quatre-vingt-dix minutes se sont écoulées, tandis que Côme est persuadé que nous marchons depuis deux heures : à ce rythme-là, s'aligner sur une perception commune du temps risque d'être mission impossible. Le sol est sec, nous déposons nos sacs et nous asseyons pour une pause bien méritée. Le silence se fait, absolu. Contrastant étrangement avec l'écho de nos conversations dans la cavité quelques instants auparavant.

Les faisceaux lumineux des frontales fixées à nos casques balaient les parois, et je me rends compte de l'immensité de l'espace où nous nous trouvons. J'ai l'impression qu'une cathédrale pourrait tenir dans cette « grotte dans la grotte ». Trois ouvertures desservent le lieu, en plus de celle par laquelle nous sommes arrivés. C'est conforme au plan que nous avons en main. Deux d'entre elles débouchent sur des galeries déjà explorées, la troisième sur un réseau non cartographié. Si nous voulons nous rendre réellement utiles, nous devrons sans doute nous aventurer dans celle-ci. Aucune consigne ne nous a été donnée en ce sens, nous pourrions très bien nous contenter des sites balisés, mais j'avoue que j'en éprouverais une certaine frustration. Quitte à explorer, autant explorer vraiment.

Nous installons nos tentes individuelles en un large cercle au centre duquel nous entreposons le matériel d'exploration, l'eau et les rations déshydratées de l'armée. La « shit box » sera, quant à elle, le plus loin possible de nous…

★

L'objectif fixé à l'issue des quarante-huit heures est d'avoir identifié un minimum de cinquante espèces animales, autant d'espèces végétales, et répertorié cent inscriptions murales. Il ne faut pas chômer, et nous devons nous répartir les tâches, sinon nous n'y arriverons pas.

Les débats prennent une éternité. Tout le monde est partant pour recenser les glyphes muraux dans les cavités déjà cartographiées, mais bizarrement le recensement de la faune dans les couloirs inexplorés rencontre moins de succès… certains refusant catégoriquement de se frotter à la fameuse blatte sans yeux. Les tempéraments se révèlent. Là où Axel est trop brusque et Nabila pas assez sérieuse dans sa manière d'aborder ses congénères, Diego est un excellent communicant, à l'écoute sans pour autant renoncer à l'équité. Dans cet environnement anxiogène, Bérénice a repris ses vieilles habitudes avec Côme, lui demandant sans cesse s'il va bien, s'il ne manque de rien, ce qui nous vaut des sketches mère-fils qui seraient drôles s'ils ne nous faisaient pas perdre un temps précieux. Quant à moi, je note scrupuleusement les décisions prises, tout en m'efforçant de distribuer la parole.

Il nous faut à vue de nez une bonne heure pour organiser un planning tournant qui sera complexe à faire respecter du fait de l'absence de repère temporel, mais qui nous obligera à changer de coéquipier à chaque mission. Tout ça semble réglé au millimètre, mais dès le premier tour le planning vole en éclats, les binômes ayant une notion du temps très différente…

★

À l'issue de cette première journée, chacun de nous aura effectué deux missions. Je commence avec Côme l'atelier « faune ». Nous chassons la mythique blatte sans la trouver, mais rencontrons de nombreuses chauves-souris, quelques mulots étrangement livides, et un nombre impressionnant de vers et coléoptères. Malheureusement, nous estimons avoir vu moins d'une quinzaine d'espèces sur les cinquante attendues.

Mon atelier « végétal » de l'après-midi avec Nabila se révèle amusant et efficace, et nous nous apprêtons à rentrer au camp quand elle pousse soudain un cri strident qui me déchire les tympans et résonne dans toutes les galeries, provoquant des « Tout va bien ? » affolés de nos camarades.

— Elle est là ! Mon Dieu Anna, fais quelque chose !!

— Calme-toi, respire… de quoi tu parles ?

— La blatte sans yeux !! Elle est là !!!

Nabila est dans tous ses états, recroquevillée contre une paroi, à la limite de l'hyperventilation, mimant des petites antennes sur la tête avec une grimace censée représenter la monstruosité de la bête. Je sais que je ne devrais pas, qu'il faut respecter les phobies de chacun, mais la voir là s'agiter dans le faisceau de ma frontale tandis qu'au sol une unique blatte inoffensive de trois centimètres avance tranquillement… je ne peux me retenir d'éclater de rire.

— Ah bah ! merci, quand on a une amie comme toi, on n'a pas besoin d'ennemis ! Je t'en supplie, fais-la partir, et arrête de ricaner, bougre d'andouille !

— Attends, il faut que je la prenne en photo avant !

Tandis que Nabila garde les yeux fermés, j'ai tout juste le temps de faire une image avant que notre indésirable bestiole des profondeurs ne se carapate.

— C'est bon, elle est partie.

— Merci… je déteste les blattes. C'est physique, ça me flanque des palpitations.

Je la fixe, puis lui murmure :

— Je te conseille tout de même de bien vérifier ton sac de couchage avant de t'y glisser cette nuit…

— Oh pétard, j'y avais pas pensé !! Je vais pas fermer l'œil…

Au milieu de cet épisode loufoque, je note que c'est la première fois que Nabila utilise le terme « amie » à mon propos.

★

Lors du rassemblement du « soir », après avoir avalé une ration alimentaire bien trop insipide pour y passer plus d'un quart d'heure, nous faisons le bilan de nos trouvailles : concernant les espèces végétales et animales, nous sommes plutôt dans les temps pour atteindre les objectifs, dans la mesure où la deuxième journée de travail devrait être nettement plus efficace. Ce qui pêche, c'est le recensement des inscriptions murales. Seuls une petite vingtaine ont été photographiés et correctement cartographiés, ce qui occasionne de fortes tensions entre les deux groupes ayant travaillé sur le sujet, le deuxième – Diego et Côme – accusant le premier – Bérénice et Nabila – d'avoir « fait n'importe quoi » et de ne pas avoir « suivi la procédure sur laquelle nous étions d'accord ». Le ton monte surtout entre Côme et sa mère, Diego et Nabila s'efforçant de prendre du recul. Mais il devient très vite clair que cette histoire de recensement est le prétexte saisi par le discret Côme pour régler ses comptes. Je ne le reconnais pas… et je crois que sa mère non plus.

— Tu n'écoutes jamais personne, tu n'en fais qu'à ta tête, tout le monde doit se plier à ce que *tu* as décidé. Mais tu vois, les autres ne sont pas des débiles, ils ont leur libre arbitre, des idées. Eh bien figure-toi que les autres en ont marre !

Bérénice est muette. Comme paralysée. Au fur et à mesure de l'éructation de son fils, son visage est devenu blême. Et Côme n'en a pas terminé.

— Les autres voudraient que tu les laisses respirer ! Que tu arrêtes ton ingérence dans leurs décisions ou dans la couleur de leurs vêtements… parce que les autres, ils en ont ras le bol que tu veuilles contrôler leur vie ! Et les autres, bordel… les autres sont adultes, ils font ce qu'ils veulent avec qui ils veulent ! Personne ne vient te faire une réflexion sur le fait que tu couches avec Axel… et oui, on est tous au courant ici, et tu sais quoi ? On s'en fout parce que tu fais ce que tu veux ! Alors pourquoi quand les autres couchent avec Nabila, tu viens leur dire ce que tu en penses ?

Nabila et Axel ne savent plus où se mettre. Et Diego et moi sommes extrêmement gênés par ce grand déballage…

Dans cette obscurité et cette promiscuité, les sentiments sont exacerbés, c'est vrai. Mais mon cœur de mère souffre pour Bérénice, qui s'est mise à pleurer. Je ne sais pas ce qu'elle a vécu, mais je crois que chaque parent fait avec ce qu'il est, avec ce dont il est capable. Bérénice l'a peut-être étouffé, mais Côme est aussi un jeune homme brillant, intéressant. Bérénice est loin d'avoir tout foiré. Et puis moi qui n'ai pas eu de mère, j'aurais donné tout ce que j'avais pour en avoir une comme elle. Je m'approche et la prends dans mes bras. Réflexe de louve.

Côme, qui vient de lâcher en quelques minutes vingt-cinq années de frustrations et de non-dits, semble soulagé. Mais il se rend rapidement compte qu'il y est allé un peu fort.

Alors, en l'espace de quelques minutes, il redevient lui-même. Il prend ma place dans les bras de sa mère, lui présente ses excuses, lui chuchote quelques mots… que nous entendons parfaitement, dans cette caverne à l'écho démesuré.

— Je n'ai plus quatre ans, maman. Je sais que tu te sens souvent seule, mais tu ne peux pas contrôler ma vie. Tu ne peux pas me garder près de toi tout le temps. Tu sais, si je ne t'ai pas parlé de ma candidature à ce recrutement d'astronautes, c'est parce que, pour une fois, je voulais faire quelque chose par moi-même. J'arrive à un âge où il faut *vraiment* que je vole de mes propres ailes, tu comprends ?

Bérénice acquiesce. Il continue.

Je ne veux pas couper les ponts… juste couper le cordon. Je sais que ça va être difficile pour toi, mais j'ai pris la décision de déménager à notre retour en France. Je vais louer mon propre appartement, et tu vas me laisser gérer l'entreprise sans intervenir, sans juger ni révoquer mes décisions. Si tu ne t'en sens pas capable, alors je préfère te rendre les rênes et trouver un autre job. Je le dis sans animosité, j'en ai juste besoin, maman. Tu comprends ?

Bérénice acquiesce de nouveau. Mais cette fois j'aperçois un léger sourire. Et sa réponse arrive, dans un souffle.

— Je… veux que tu sois heureux. Alors si c'est ce que tu souhaites, bien sûr que je vais te laisser faire. Je vais même te soutenir. Et puis, je vais arrêter tout de suite cette candidature idiote pour l'espace.

— Non, surtout pas ! Ce n'est pas ce que je voulais dire. Je suis heureux de partager tout ça avec toi. Il faut juste trouver la bonne distance entre nous, une distance… adulte.

En guise de conclusion, j'avais prévu une petite initiation aux rudiments de la spéléo, mais je crois que l'épisode Bérénice-Côme a sonné la fin de cette journée.

Maintenant que les couples sont révélés, Nabila demande à Côme de venir dans sa tente… afin, entre autres, de la protéger d'une éventuelle intrusion à six pattes dans son sac de couchage.

*

Je somnole un temps, et puis je me réveille naturellement, gênée par l'inconfort du matelas autogonflant, et par ce froid qui me pénètre les os en dépit des couches de vêtements. Je n'ai aucune idée de l'heure. Quand nous nous sommes couchés, les estimations allaient de 22 heures à 1 heure du matin, et maintenant on ne peut tout bonnement plus savoir.

Lorsque j'ouvre les yeux, le noir est complet. C'est une sensation très étrange : il est quasiment impossible, dans nos vies modernes, d'être plongé dans une obscurité aussi pure. Cette absence d'information lumineuse est déroutante, mais c'est si exceptionnel que je reste quelques instants à observer le néant. Je trouve ça beau, curieusement. Je me concentre sur mon rythme cardiaque, ma température corporelle et les sons extérieurs – la respiration de mes voisins, quelques gouttes qui tombent au loin à intervalles réguliers, parfois des bruissements ou de petits cris indiquant une présence animale. Je n'ai pas peur, je me sens bien.

J'en suis là de mes considérations lorsque j'entends le zip d'ouverture de l'une des tentes. À la localisation, je comprends qu'il s'agit de Diego.

J'hésite un instant, et puis je décide de le rejoindre.

CE JOUR-LÀ

L'isolement, dans une cellule de l'armée.

Toutes sortes d'images terribles défilent dans ma tête. L'attente et l'incertitude sont insupportables.

Au bout de cinq heures, on m'emmène dans un bureau avec un haut gradé dont je ne comprends pas tout de suite le titre. Il faut dire que le stress et la confusion règnent en maître dans mon cerveau. Le grand chef parle lentement, afin que je saisisse bien ce qu'il est en train de me dire. Il s'adresse à moi sur un ton solennel rempli d'autorité – et surtout rempli de menaces. Il est question de ma responsabilité, de mon engagement absolu à ne jamais parler, de secret-défense et de trahison nationale, de malheur qui pourrait s'abattre sur moi ou sur mes proches.

La terreur s'insinue dans mes muscles, rampe sous ma peau. Un silence poisseux s'installe.

Et puis mon interlocuteur esquisse un sourire artificiel, et me demande si j'ai bien compris – il ne voudrait pas qu'il y ait le moindre malentendu.

Je hoche la tête en tremblant.

Tout est parfaitement clair.

24

DIEGO

— Vous êtes bien matinale, Mme Devillers…

— Vous n'en savez rien, señor Estrella ! Peut-être qu'il est 14 heures, peut-être qu'on a dormi comme des ados…

— C'est vrai qu'avec les irrégularités de la roche basaltique dans le dos, on était dans du sommeil quatre étoiles !

Elle me sourit, dans la lueur blafarde de ma lampe frontale.

Nous nous sommes éloignés des tentes, mais nous chuchotons afin de laisser les autres terminer leur nuit. Chacun aura besoin de ses capacités physiques et mentales aujourd'hui. J'ai dormi en gardant ma prothèse, ce qui ne m'arrive jamais. J'avais peur de devoir me lever d'un coup, en cas de danger – Tenerife est en zone sismique, alors on n'est sûr de rien. Et puis je craignais de ne pas parvenir à la remettre au réveil :

avec un tel taux d'humidité, mon moignon a tendance à enfler. L'extrémité directement au contact de la prothèse est endolorie, mais ça va passer.

— Alors Mme Devillers, si vous voulez manger quelque chose ce matin, je peux vous proposer notre célèbre ration déshydratée goût poulet rôti, accompagnée de sa compression de légumes arôme garrigue.

— Bizarrement, je n'ai pas très faim…

Des sourires, encore. Mais une gêne certaine, que nous essayons de dissiper en badinant. Depuis notre escapade à l'observatoire, ni l'un ni l'autre n'a encore crevé l'abcès. Au saut du lit, c'est un peu compliqué pour nous deux. Anna préfère donc se lancer sur le terrain professionnel, et c'est sans doute préférable.

— Les autres dorment encore, mais puisque nous sommes debout, essayons d'avancer le chantier d'exploration des inscriptions murales… en respectant la méthode, cette fois-ci, pour que Côme ne pète pas un câble.

— J'ai trouvé ça touchant au final, cette explosion-réconciliation en l'espace de quelques minutes. Je crois qu'il faut toujours dire la vérité si on veut avancer.

— Je suis bien d'accord…

★

Nous décidons de laisser un mot au reste de l'équipe en lui indiquant que nous nous sommes dirigés vers la galerie inexplorée, puis nous nous mettons en route, appliquant la méthode « Petit Poucet » : nous semons, au fil des bifurcations, des morceaux de papier plié que nous calons entre les pierres.

Le sol est torturé, probablement creusé par la succession des crues et décrues : l'avancée est pénible pour moi, ma jambe tiraille, je me demande même si je n'ai pas une lésion due aux frottements et aux chocs provoqués par la marche intensive d'hier, mais je prends sur moi et ne dis rien. Hors de question de passer pour le handicapé de service avec Anna, même si les conditions sont difficiles.

Le parcours dans cette galerie est somptueux : aux tunnels et étroitures succèdent de belles salles où nous découvrons toutes sortes de merveilles géologiques. Stalagmites réunies en bouquets, excroissances de basalte en forme de champignons géants, amas harmonieux de roches déposées là comme par magie, effondrements dessinant d'impressionnantes statues que l'on dirait tirées de légendes anciennes, concrétions en dégradé de brun, de noir et de rouge traversées par des filets d'eau ruisselante. Le spectacle est partout.

Lorsque nous arrivons dans la zone non cartographiée, Anna et moi sommes toujours aussi enthousiastes, malgré la fatigue. Depuis combien de temps marchons-nous ? Je dirais une heure mais je n'en suis pas sûr. J'ai perdu la notion du temps, et désormais j'ai également perdu celle de l'espace. Je prends conscience que sans nos petits papiers déposés un peu partout, il nous serait impossible de rentrer au camp. Heureusement qu'il n'y a pas un brin de vent dans ce dédale, sinon le labyrinthe se transformerait en tombeau. Cette pensée, bien qu'exagérée, me donne la chair de poule.

Dans les galeries que nous traversons figurent des dizaines d'inscriptions murales. Les recenser est un travail titanesque, mais quelle expérience fabuleuse ! Nous découvrons des remerciements façon *ex-voto* dans diverses langues, des phrases entières en espagnol, en catalan, en français, en anglais et même en russe, des dessins d'animaux, des prénoms parfois associés à des dates allant jusqu'au XVIe siècle, des obscénités écrites ou illustrées, des déclarations d'amour, des initiales entourées d'un cœur, des promesses de bonheur. Anna et moi contemplons en silence ces messages du passé. C'est émouvant, presque intime, ce recueillement solennel.

⋆

Nous sommes désormais à près de deux heures de marche de notre camp, dans une obscurité si dense que je pourrais la saisir entre mes doigts. Il ne va pas falloir tarder à rebrousser chemin.

Nous approchons de l'entrée d'une cavité au sein de laquelle nous entendons de l'eau couler en abondance. Plus nous avançons, plus la température grimpe, plus la vapeur envahit l'espace et plus l'odeur de soufre nous saisit. Devant nous, la gueule noire d'une salle où l'activité volcanique a créé une source chaude. Anna et moi l'abordons à pas lents, attirés par cette découverte sensationnelle.

Nous comprenons très vite que nous sommes dans un cul-de-sac, une ligne de faille sismique ayant provoqué la jonction de deux fractions rocheuses de couleur et texture différentes. Depuis le plafond, des écoulements ont sculpté toutes sortes de draperies, modelé d'improbables fistuleuses, tandis qu'à quelques mètres en contrebas repose un lac d'eau chaude qui semble alimenté par une béance souterraine provoquant un léger bouillonnement. Impossible de toucher cette eau, car la pente qui y mène est presque verticale. Nous n'allons pas pouvoir rester, il fait beaucoup trop chaud, et l'odeur d'œuf pourri me prend à la gorge. Je le dis à Anna.

— Je suis d'accord. Laisse-moi juste faire quelques photos, et dans trois minutes on repart.

Pendant qu'elle progresse le long de la paroi, j'observe les volumes gigantesques et le plafond sinueux.

Soudain, un glissement, un cri, mon cœur qui s'emballe.

Et le bruit mat du corps d'Anna qui tombe dans l'eau.

25

ANNA

— Anna ?! Anna, parle-moi !

En guise de réponse, Diego a droit à une longue quinte de toux, suffisante pour lui indiquer que je suis en vie.

— Est-ce que tu as mal quelque part ? Tu peux nager ? L'eau est supportable ? Comment tu te sens ?!

Mon sac à dos me tire vers le bas, je dois l'abandonner au fond du bassin pour ne pas me noyer, je n'ai pas le choix. Il me faut ensuite quelques secondes pour reprendre mes esprits et mon souffle, puis entamer un rapide inventaire de mes sensations corporelles.

— Ma tête n'a pas heurté la paroi, j'ai une douleur au niveau de la hanche, mais je n'ai rien de cassé ! L'eau doit être autour de 40 degrés, franchement je n'aurais pas pu rêver d'un bain plus agréable…

Je tente d'alléger l'atmosphère et Diego fait semblant de rire, mais aucun de nous n'est dupe : j'ai beaucoup de chance que le liquide ne soit pas brûlant, mais le vrai problème, c'est le soufre à haute concentration, qui m'attaque les narines et les poumons. Il ne faudrait pas que je reste ici trop longtemps...

— On va te sortir de là, Anna. Est-ce que tu vois des prises qui te permettraient de remonter ?

— Je ne vois rien du tout ! Ma frontale est morte, et la tienne ne peut pas éclairer les parois à pic, il faut que je fasse le tour et que j'explore en tâtonnant...

— OK, pendant ce temps, j'essaie de trouver un endroit où accrocher ma corde !

Durant près de cinq minutes, je m'épuise à parcourir le bassin, cherchant désespérément un point d'appui. Je tente de me coller aux parois, de faire ventouse, mais la pente est trop abrupte, trop glissante.

J'ai été imprudente à divers titres, alors je n'en mène pas large. Nous sommes à deux heures des autres et Diego ne connaît rien à la spéléo : j'aurais dû former hier l'ensemble de l'équipe aux rudiments de l'exploration souterraine, mais après avoir constaté la parfaite praticabilité des galeries j'ai abandonné l'idée, pensant faire gagner du temps à tout le monde. Et tout à l'heure, j'ai renoncé à emporter avec moi ma foreuse, mes spits, cônes et plaquettes : je m'étais dit qu'en cas de danger nous rebrousserions chemin. Emportée par la beauté du lieu, j'en ai oublié toute élémentaire sécurité. Quelle idiote !

Diego se tient sur la rive, à trois mètres de moi. Il me tend la main, mais elle se trouve au mieux à deux mètres de moi, et s'il se penche encore il risque de tomber et nous serons foutus. Entre deux quintes de toux, je lui demande s'il a trouvé un point solide où attacher sa corde.

Mon cœur s'emballe lorsqu'il m'explique doucement que la paroi autour de lui est totalement lisse. Le seul point d'amarrage, c'est cette énorme stalagmite située à l'entrée… donc au-delà des cinq mètres de sa corde.

Diego est forcément en stress maximal, pourtant son sang-froid m'impressionne. Il ne court aucun risque, fait très attention de ne pas glisser à son tour, et prend le temps de réfléchir. Je le vois braquer sa lampe dans toutes les directions, mais je commence à me dire qu'il n'y a pas d'autre solution que d'aller chercher des secours. La tête me tourne déjà, je ne sais pas combien de temps je pourrai tenir. Nous n'avons pas le choix.

— Diego… il faut que tu retournes au camp, et que tu reviennes avec les autres et du matériel.

— Tu sais bien que c'est impossible. Il me faudra plus de deux heures, puis les plus rapides pourraient revenir ici en une heure trente… Même si tu parvenais à te maintenir à flot, tu sais comme moi que tu ne tiendrais pas trois heures trente d'effort respiratoire avec une telle concentration de sulfure d'hydrogène dans l'air. Tu risques de t'évanouir et…

Il stoppe net sa phrase. Pas besoin.

Si je reste ici, le temps que les autres reviennent je serai morte.

Je sens la panique monter en moi, et commence à respirer de plus en plus fort.

Après tout ce que j'ai vécu, toutes les épreuves que je suis parvenue à surmonter, je vais mourir là, toute seule au fin fond d'une grotte ?

Diego me tire de mes lamentations intérieures.

— Anna, écoute-moi... Il est hors de question que je te laisse ici. On va trouver une solution. Mais pour ça, il faut que tu te calmes. Imagine qu'on est des astronautes dans une situation critique. C'est un super exercice, hein ?!... Respire le plus lentement possible, ralentis ton rythme cardiaque, et pense à la bonne douche que tu vas prendre en rentrant, au bon restaurant qu'on se fera... Je ne te laisserai pas tomber, OK ?

Il m'émeut, ce con, avec sa tirade de fin du monde.

Je tente de réguler tout ce qui peut l'être, tandis que Diego expose ses réflexions à haute voix.

— Je ne peux pas te rejoindre et t'aider à sortir, ça n'est pas physiquement possible, on resterait coincés. Je pourrais tenter de te lancer la corde et tirer dessus, mais sans point d'appui et avec un sol aussi glissant, je vais chuter dans l'eau avec toi... Non, notre seule possibilité, c'est cette putain de stalagmite géante...

Il se dirige vers la fameuse stalagmite, et commence à y attacher la corde.

— Diego, la corde est trop courte, ça ne sert à rien…

— Elle est trop courte, mais avec une rallonge ça peut le faire !

Une rallonge ? Je m'apprête à lui rappeler que la rallonge est au fond de l'eau, quand je le vois commencer à nouer la corde autour de sa cheville valide.

Mon Dieu. J'ai compris.

— Diego, c'est de la folie. Arrête ça tout de suite. Tu n'arriveras pas à remonter. Arrête, s'il te plaît !

Je ne veux pas mourir, mais je ne veux certainement pas qu'il se mette en danger. J'ai compris son calcul : la corde permet d'aller de la stalagmite jusqu'à la rive. Alors il compte s'allonger le long de la pente, son corps retenu par cette corde au bout de sa cheville, et puis me tendre les bras pour me hisser. C'est une bonne idée, mais c'est un risque énorme… et c'est surtout mathématiquement impossible.

— Diego, stop ! Ce sera encore trop court. Il va manquer trente bons centimètres !

— Anna, fais-moi confiance, je sais exactement ce que je fais. On est une équipe, ou pas ?

Je ne réponds pas. J'ai de plus en plus mal à la tête, je suis de plus en plus essoufflée, et je le vois s'agiter sans percevoir ce qu'il est en train de faire.

Tandis que j'enrage, jurant qu'on ne me reprendra plus à négliger une telle sécurité de base, il s'assied au bord, brandissant un objet au-dessus de sa tête.

Je plisse les yeux. Et soudain, dans la lumière de sa frontale, je vois.

Une bouffée d'espoir m'envahit.

Ce mec est incroyable.

Il me sourit, fier de sa trouvaille.

— Tu vois, une jambe détachable, ça peut servir dans des circonstances incongrues. Tes calculs n'étaient pas mauvais, mais si je tiens à bout de bras ma prothèse, je gagne au bas mot cinquante centimètres.

— Diego, tu n'auras jamais la force de me hisser jusqu'en haut avec un seul bras, puis de nous remonter tous les deux.

— Tu as raison, c'est pour ça que c'est toi qui vas le faire. Je vais m'allonger le long de la pente, te tendre la prothèse et tu vas t'y accrocher. Ensuite, moi, je ne vais plus bouger, et tu vas me grimper dessus – en tout bien tout honneur, hein…

Il est très fort, de parvenir à m'arracher un sourire dans un contexte comme celui-ci. Il reprend.

— Une fois là-haut, tu prends position au niveau de la stalagmite, et tu tires sur la corde de toutes tes forces. Il faut que tu me remontes d'un mètre pour que je puisse reprendre appui. Tu vas y arriver. On va y arriver.

*

Chacun de nous est concentré sur l'action à effectuer. Je retombe deux fois dans l'eau avant de parvenir à me hisser le long de la prothèse puis de ses bras. Je crois que c'est l'énergie du désespoir qui me permet de trouver une prise un peu plus haut, à une vingtaine de centimètres de son épaule droite. Mais une fois ici, alors quoi ? Je m'accroche comme une damnée, mais je n'ai pas la force de continuer. J'ai peur de tomber de nouveau, et de ne plus parvenir à escalader. Je ne dis rien mais Diego comprend, alors il prend une décision glaçante : il lâche sa prothèse, l'abandonnant dans l'eau, afin de se libérer les bras et de me soutenir. Bien sûr, chacun de nous est conscient qu'à partir du moment où nous n'avons plus la prothèse toute nouvelle chute serait fatale pour nous deux. Alors je respire un grand coup, tends mes muscles au maximum, et je trouve un autre appui dans la roche. Puis un autre, le long de sa jambe droite. Je m'accroche à son corps en suspension afin de reprendre mon souffle, et j'atteins finalement la rive.

— Bravo ! Tu as fait le plus difficile, Anna. Maintenant il faut que tu te reposes quelques minutes avant de me remonter.

Je comprends ce qu'il dit, je sais qu'il a raison en théorie. Mais mon corps m'envoie des signaux contraires : si je relâche l'effort, je n'y arriverai plus. Malgré ses protestations, je commence donc à tirer sur la corde.

Son corps ne bouge pas d'un centimètre.

Et merde ! ce n'est pas la bonne méthode. Tandis que j'ôte mes gants trempés et glissants, j'essaie de mobiliser mes connaissances des lois de la physique. Le seul moyen de parvenir à hisser les quatre-vingts kilos de muscles de Diego, c'est de prendre appui sur la stalagmite avec mes jambes. Les bras doivent rester immobiles, ce sont les jambes qui doivent pousser sur leurs appuis, le corps basculé vers l'arrière.

Au bout de deux essais, les muscles tétanisent, les biceps de mes cuisses faiblissent. Mais il est hors de question d'abandonner.

— Tu vas y arriver, Anna ! J'ai confiance en toi, tu vas y arriver !

Au troisième essai, je parviens enfin à soulever Diego sur une cinquantaine de centimètres. Je marque un temps pour reprendre mon souffle, et pousse de nouveau sur mes jambes. La corde me cisaille les mains, mais peu importe : nous y sommes presque. Quelques secondes d'effort plus tard, Diego, le buste désormais redressé, réussit à attraper la roche de la rive.

Lorsque je suis certaine qu'il est en sécurité, je lâche la corde et m'allonge par terre à ses côtés, à bout de forces et de nerfs.

Nous restons comme cela quelques instants, épuisés et sonnés.

Et soudain il éclate de rire.

Je m'apprête à lui demander pour quelle raison, quand je suis moi aussi contaminée. Il doit y avoir quelque chose de l'ordre de la chimie : après le stress et la peur d'y rester, la sensation de revenir d'entre les morts est indescriptible.

Alors pendant cinq bonnes minutes, nos rires nerveux résonnent au cœur de l'obscurité. Et lorsque enfin le calme revient, je parviens à formuler la seule chose qui compte :

— Merci, Diego. Merci tellement !

Il marque un silence, et puis il répond :

— Je t'avais dit qu'on allait y arriver. On est une équipe, ou pas ?

— On est une équipe.

26

DIEGO

Il nous faut deux fois plus de temps qu'à l'aller pour revenir au camp. N'ayant plus ma prothèse, je progresse grâce à un mélange de cloche-pied et de soutien d'Anna. Je lui ai demandé d'aller chercher les autres sans moi, mais elle a refusé de m'abandonner, évidemment. Et puis nous n'avons plus qu'une seule lampe. Anna tousse toujours et nous sommes tous les deux morts de fatigue… alors sur le chemin du retour nous prenons la décision de mettre fin à cette aventure dans la cave. Tant pis pour les missions.

Lorsque nous arrivons au camp, nous trouvons Bérénice, affolée.

— Mon Dieu, qu'est-ce qui vous est arrivé ?! On était fous d'inquiétude !! Mais… vous avez de la terre jusque dans les cheveux… et, Diego, où est ta prothèse ?

Nous lui résumons notre aventure en quelques phrases, et nous prenons soudain conscience que

Bérénice est seule, qu'il n'y a aucun bruit alentour. Anna lui demande si quelque chose ne va pas. La réponse ne se fait pas attendre.

— Il y a eu… un problème. Nabila a fait un malaise. Pire que les jours précédents, et cette fois sans effort préalable : elle venait tout juste de se réveiller. Après une dizaine de minutes, elle s'est mise à vomir, et Côme a décrété qu'il fallait la sortir de là. Elle a protesté, elle voulait aller au bout de l'expérience, mais… je ne sais pas…

Elle hésite à continuer. Anna l'encourage.

— Bérénice, qu'est-ce que tu ne sais pas ?

— J'ai eu l'impression que Côme était au courant de quelque chose qu'Axel et moi ignorions. La façon dont il l'a regardée… Elle a fini par accepter que les garçons la raccompagnent à la sortie.

Anna et moi nous jetons un regard qui veut tout dire. Des malaises, des vomissements… Nabila est-elle enceinte ? Bérénice semble à mille lieues d'imaginer cela. Elle continue.

— Je suis restée pour vous attendre. Ne me regardez pas comme ça, je sais ce que vous allez dire : il faut toujours être par deux, question de sécurité. Mais quand je vous vois, je me dis que je ne suis pas la seule à avoir enfreint quelques règles…

Elle a parfaitement raison. Nous convenons de nous mettre en route vers la sortie. Je bénis le ciel d'avoir emporté avec moi ma prothèse de secours

– pas la plus confortable en présence de relief, mais toujours mieux que rien.

Lorsque nous apercevons la grille ouverte, je tente d'alléger le silence.

— Si je résume : nous allons remonter à la surface avec une bonne douzaine d'heures d'avance, l'appareil photo ayant servi au recensement des inscriptions murales repose avec ma prothèse hors de prix au fond d'un lac souterrain qui a failli nous coûter la vie, et l'une d'entre nous a dû être évacuée. Cette mission est un grand succès…

À la sortie, le contact de l'air et la vue du ciel agissent comme un baume instantané. Je suis reconnaissant et heureux d'être simplement encore en vie.

Hansen constate qu'Anna et moi sommes couverts de boue, nous lui racontons nos mésaventures en essayant de dédramatiser le plus possible, mais il est furieux. Il fustige notre gestion catastrophique des risques, et je ne sais pas ce qui lui arrive exactement, mais il balbutie quelque chose d'incompréhensible à propos de souvenirs de sa propre sélection, puis est comme aspiré par une force qui l'oblige à s'asseoir.

Bérénice lui demande si tout va bien, il répond positivement mais, pendant quelques instants, il semble sincèrement bouleversé.

CE JOUR-LÀ

Je suis incapable de réagir. Incapable de prendre la mesure de ce qui se joue à cet instant. Comme s'il entendait mes tourments intérieurs, le grand chef change de visage, puis passe à la deuxième phase de son discours.

Il évoque ces indéniables qualités qui feront de moi un grand astronaute. Puisqu'il va de soi désormais que je serai astronaute. Il souhaite me le confirmer de vive voix, et m'exprimer sa fierté de voir un homme de ma trempe rejoindre leurs rangs. Il me tend la main, avec un sourire surréaliste.

— Félicitations, mon cher Ted !

Je me demande combien de fois il a vécu cette situation auparavant : des menaces, le silence récompensé, et la vie continue, dans l'intérêt de la nation.

Je comprends que je suis piégé.

Qui m'entendrait, si je dénonçais le mensonge ? Quels moyens ai-je à ma disposition ? Qui suis-je face à l'une des armées les plus puissantes de la planète ?

Ce jour-là, je me convaincs que je n'y peux rien.
Alors je serre la main qui m'est tendue.
Et j'entame une brillante carrière d'astronaute.

27

ANNA

Axel est là aussi, aux côtés d'Hansen.

Il nous apprend dans le désordre qu'il est trois heures du matin, que nous n'étions donc pas si loin des quarante-huit heures, que les missions faune et flore sont accomplies, que les résultats d'Hambourg sont tombés mais que personne ne les a encore consultés, et que Nabila est à l'hôpital. Il ajoute :

— Bien sûr, au vu de ses symptômes, nous avons tous pensé à une grossesse…

— Quoi ?! Ah non, pas moi…

Bérénice s'est figée. Je comprends qu'elle ait besoin de s'asseoir.

Je m'apprête à lancer une boutade, mais je me rends compte que les visages d'Axel et Ted sont restés fermés. Axel poursuit.

— Nabila a tenu à démentir fermement la grossesse. Mais elle n'a pas eu d'autre choix… que de nous avouer ce qu'elle était parvenue à cacher jusque-là.

« Espaaaace, ton univers impitoyaaaable ! »

— *Il y a au moins soixante-dix-huit lunes qui gravitent autour de Jupiter.*
— *Dans l'ISS, les astronautes assistent à un coucher de soleil toutes les quatre-vingt-dix minutes.*
— *Buzz Aldrin se nomme en réalité Edwin Eugene Aldrin Jr., son surnom lui vient de sa petite sœur, qui prononçait* buzzer *le mot* brother.

VI
GRAVITY

28

NABILA

Je m'appelle Nabila, j'ai trente-trois ans, deux petits frères, des parents que j'adore, beaucoup d'amis, un bac scientifique mention très bien avec félicitations du jury, un doctorat de l'École normale supérieure de Lyon, un post-doctorat réalisé à l'Imperial College, à Londres, un job envié et convoité de chercheuse au CNRS, un appartement à deux pas du Vieux-Port de Marseille, un physique pas trop désagréable, un accent qui chante, un cancer.

Et voilà, vous n'avez retenu que le dernier mot.

Ce mot que j'ai rencontré pour la première fois alors que je n'avais pas vingt-six ans. C'est tôt, vingt-six ans, pour perdre sa féminité. Moi je ne fais jamais les choses à moitié, alors quitte à avoir un cancer, j'en ai eu un bien corsé. Résultat des courses, une double mastectomie, l'impression d'avoir trois tonnes sur le thorax pendant un mois, et des seins siliconés qui donnent aux gens cette fausse impression : tout le monde pense que je suis une fille superficielle à la poitrine refaite parce qu'elle n'était pas assez à mon goût ou à celui des hommes. Les gens ne savent rien de la vie des autres. Ils se perdent en conjectures et hypothèses, mais la vérité est rarement aussi simple qu'il n'y paraît. Moi je les aimais, mes seins. J'imaginais qu'un jour ils nourriraient mes enfants, je les trouvais pile de la bonne taille. C'est rare, une femme satisfaite de ses seins, et pourtant c'était mon cas. Pas de bol, quoi ! Que l'on me prenne pour une cagole ne me dérange pas, au contraire : ça détourne l'attention. Avec ces prothèses, mon âge et mon prénom, personne ne pense que j'aie pu traverser une telle épreuve, et tant mieux. J'ai toujours préféré faire envie que pitié.

Depuis mes vingt-six ans, je suis donc suivie régulièrement d'un point de vue médical, et au fil du temps j'ai « aménagé » mon corps. J'entends par là que j'ai amélioré l'opération camouflage en me faisant tatouer sur les cicatrices résiduelles. Au départ, c'était purement utilitaire, et puis j'ai pris goût aux tatouages. Si la médecine répare mon corps, j'ai l'impression que les tatouages, eux, réparent mon âme. C'est comme ça, on trouve sa mystique où on peut.

J'avais donc repris une vie normale, je me projetais dans cet avenir qui en avait pris un sacré coup, au mitan de ma vingtaine. J'étais en couple depuis six mois avec Gaëtan, un beau doctorant arrivé peu de temps auparavant dans la cité phocéenne – je le charriais souvent en le qualifiant d'immigré breton, et ça nous faisait marrer.

En avril, lorsque j'ai vu passer l'appel à candidature de l'ESA, je n'ai pas réfléchi, j'ai postulé. La lettre de motivation était une évidence. Comme pour beaucoup de candidats, l'espace était mon rêve d'enfant, inaccessible *a priori* étant donné mon milieu social et cette barre HLM des quartiers Nord dans laquelle j'ai grandi.

Lors de la visite de contrôle type « pilote » pour le dossier, j'étais en pleine forme alors, puisque j'avais du boulot par-dessus la tête au labo, je me suis dit que mon check-up annuel – entendre par là check-up spécial cancer – pouvait bien attendre quelques mois. C'était la première fois en cinq ans que je ne faisais pas mon contrôle à la date prévue. Lorsque j'ai débarqué dans le cabinet de mon oncologue en juillet, il m'a grondée comme une gamine pour ces quatre mois de retard.

Quatre petits mois, c'est rien du tout.

Les résultats du contrôle sont arrivés. Et ma vie a basculé.

Au début, je n'ai pas compris. Enfin si, bien sûr. J'ai compris la récidive, la localisation – l'utérus, cette fois-ci. J'ai compris l'avenir qui se brise, l'opération à venir, lourde physiquement, lourde moralement pour une femme de mon âge n'ayant pas d'enfant. J'ai compris les traitements qui épuisent et déplument. Mais je n'ai pas saisi tout de suite l'ampleur du problème. Parce que le médecin tournait autour des mots, évitait les plus durs, les trop clairs. Alors à force d'entendre ses circonlocutions, je ne les ai pas intégrés. Et puis il a bien fallu le prononcer, ce mot qui change tout.

Métastases.

Lorsque enfin le mot a percuté mon cerveau, j'en ai eu le souffle coupé.

Métastases ça veut dire que le cancer a essaimé dans mon corps.

Métastases ça veut dire que mes cellules se multiplient trop vite à des endroits de plus en plus nombreux, de manière cachée, larvée, rampante.

J'ai remercié le médecin – il n'y était pour rien, dans tout ça. Il essayait même de me déculpabiliser en me disant que les quatre mois n'auraient pas changé les choses. Mais je n'y ai pas cru. Je m'en suis voulu, et je suis entrée dans une phase d'isolement volontaire. J'ai rompu avec mon beau Breton sans rien lui donner des véritables raisons, et j'ai réfléchi trois jours et trois nuits.

Je suis une scientifique, je manie très bien les probabilités.

Alors j'ai très vite vu que c'était foutu.

Dans une récidive comme la mienne, avec l'utérus, le foie et les os atteints, s'en sortir est mission impossible – d'autant que je ne suis pas Tom Cruise.

J'ai étudié calmement les deux possibilités qui s'offraient à moi.

La première, c'était le choix du médical, avec opérations, chimio, radiothérapie, et on recommence jusqu'à ce que le corps ne tienne plus. Je vivrais peut-être un an, mais enchaînée à l'hôpital.

La seconde, c'était la voie impensable pour une cartésienne comme moi. Celle dont on essaierait toujours de me détourner, c'est bien normal. Et pourtant. Je l'appelle la résignation positive. Je me résigne à mourir, mais je le fais en pleine conscience, et cette pleine conscience du temps qui me reste impose une règle simple : faire d'ici-là tout ce dont j'ai envie. Vivre mes derniers mois à plein régime, sans restriction, sans penser au lendemain puisqu'il n'y en aura pas.

Mon oncologue a vigoureusement désapprouvé, il a tout tenté pour me faire changer d'avis. Mais ma décision était prise. J'ai rassemblé mon courage pour l'annoncer à mes parents et mes frères. Eux aussi ont cru que j'avais perdu la raison.

J'entends encore les sanglots de ma mère résonner dans ma tête. Je sens encore l'étreinte de mon père. Les joues mouillées de mon frère Sami, et son « ça va aller, ma sœur, on est là », maladroit mais tellement touchant. Et puis le sourire triste mais vrai du plus jeune, Ahmed, qui m'a confié à voix basse que lui aussi prendrait peut-être cette décision s'il se trouvait face au même choix impossible.

Tout est gravé là. Je garde tout avec moi. J'emporte tout, promis.

En attendant, je vis.

J'ai eu droit à un arrêt maladie « de longue durée », alors j'ai décidé de le mettre à profit – je sais, moi, que la durée ne sera sans doute pas si longue.

J'ai vendu mon appartement – il me restait quinze ans à payer, mais j'avais déjà remboursé trente mille euros. Bien suffisant pour mener à bien mes projets.

Le premier c'était d'emmener mes parents à Alger, sur les traces de notre famille, de mes racines. Je suis née en France, c'était la première fois que je mettais les pieds là-bas. La semaine sur place a été intense. Les couleurs, les odeurs, les bras de ma mère, son recueillement, la joie de mon père, la douceur de sa peau, et cette vague odeur de cigarette qui traîne toujours sur ses vêtements. J'ai plus contemplé mes parents redécouvrant Alger que la Ville blanche elle-même, je dois bien l'avouer. Je me suis remplie d'eux. Je leur ai dit que je les aimais, qu'ils avaient été les meilleurs parents dont j'aurais pu rêver. Mon père a protesté, m'a rappelé à quel point il aurait voulu pouvoir me payer les dernières baskets à la mode lorsque j'étais adolescente, ou m'éviter de bosser au McDo pour financer mes études. Mais c'est comme ça que je me suis construite. Ma vie n'est pas la plus facile, mais c'est la mienne. Mes parents ne sont pas parfaits, mais ce sont les miens. Si c'était à refaire, je ne changerais rien. Enfin si, je supprimerais ce cancer, je suis quand même pas la ravie de la crèche…

Ensuite je me suis offert une nuit dans un hôtel de luxe avec spa et massage, j'ai visité Londres et Berlin, dîné dans un restaurant étoilé, réalisé quelques fantasmes sexuels, et puis j'ai profité de la fin de l'été pour me baigner dans la Méditerranée pendant des heures. C'est là qu'est mon bonheur, depuis toujours. C'est là que j'aimerais finir ma vie. Dans cette Grande Bleue que j'aime tant.

J'avoue que j'avais complètement oublié cette histoire de candidature pour l'espace. Aussi lorsque j'ai reçu ma convocation pour Hambourg, je me suis sentie flattée bien sûr, mais je me suis surtout dit que la vie ne manquait pas d'humour. J'ai jeté le mail dans la poubelle électronique, et je suis passée à autre chose.

Sauf qu'une idée n'arrêtait pas de me trotter dans la tête.

Et si je tenais là ma grande aventure finale ? Celle qui me flanquerait des frissons, des shoots d'adrénaline et d'endorphines, qui me pousserait à me dépasser une dernière fois, et à vivre à fond jusqu'au bout ?

Alors voilà, j'ai contacté ces Extraordinaires qui le sont vraiment, et puis je suis partie à Hambourg. Je n'ai pas parlé de ma maladie, c'était hors de question. Je n'avais aucune envie que cette saleté pollue mon rêve. J'ai joué mon rôle à la perfection. Ou plutôt j'ai été moi-même à la perfection. Je me suis fait de vrais amis, dont ma si chère Anna. Je m'en suis voulu, de lui mentir. À plusieurs reprises, j'ai failli tout lui dire. Et puis je me suis ravisée. Elle l'apprendra bien assez tôt, et d'ici-là moi, je profite de son regard à la fois bienveillant et sans pitié. Elle rit à mes blagues débiles sans arrière-pensée, tout est naturel et c'est très bien comme ça.

Le seul qui connaît mon état, c'est Côme.

Je ne suis pas amoureuse de lui, non. Mais je crois que je me suis un peu attachée. Et lui aussi. Je savais que c'était de l'ordre du possible, alors dès notre première nuit je lui ai tout révélé en le suppliant de ne rien dire aux autres. Il a souhaité continuer à passer ses nuits avec moi, et ça n'est pas pour me déplaire car il est très doué, sexuellement parlant – on ne dirait pas à première vue, mais il faut toujours se méfier de l'eau qui dort. Je ne lui ai rien caché, il sait que tout ça aura une fin, mais je crois que d'une certaine façon cette relation l'a libéré. Avec moi, j'ai le sentiment qu'il s'autorise à être lui-même. Peut-être parce que je le regarde tel qu'il est, depuis la première minute. Toujours est-il qu'aujourd'hui, tandis que je suis sur ce lit d'hôpital et qu'il dort à mes côtés dans un fauteuil inconfortable, je sais qu'il aura mal lorsque je partirai. Il me l'a dit tout à l'heure. Il ne me l'a pas dit de manière larmoyante, non, il me l'a dit en ajoutant qu'il était heureux de faire ce petit bout de chemin avec moi, et qu'il y aurait toujours une place pour moi dans son cœur. Je lui ai lancé qu'il était sacrément gnangnan, il a éclaté de rire, et nous nous sommes embrassés.

Simple, voilà.

Depuis l'ascension du volcan, j'ai des douleurs diffuses dans l'abdomen. Même si je ne veux pas qu'on me soigne, je suis d'accord pour qu'on me soulage – faut quand même pas pousser la vieille au fond du puits.

Quand Anna est arrivée à l'hôpital, elle s'est jetée dans mes bras et m'a serrée fort. Elle ne pleurait pas mais avait les yeux tout rouges. Alors puisqu'avec elle non plus je ne veux pas tomber dans un pathos qui ne nous ressemble pas, je lui ai dit :

— Ça se voit que tu as appliqué la méthode « je pleure un bon coup avant d'aller la voir », hein… ? Sinon c'est une conjonctivite… ou bien un herpès lacrymal…

— Ça n'existe même pas…

— Dis plutôt que t'en as jamais vu, pas que ça n'existe pas… c'est quoi, cette exploratrice à deux balles, Anna Devillers ?

— C'est-à-dire que je rêve d'espace, pas de maladie vénérienne des yeux…

— Tu veux parler de la fameuse chaude-pisse oculaire ?

Ça y est. Elle rit. On va pouvoir parler d'autre chose.

Je lui demande de me raconter ses exploits de fond de cave, et quand elle me décrit sa baignade improvisée et sa remontée du corps de Diego en rappel, je n'y peux rien, je visualise. Et je ne peux pas m'empêcher de rire à mon tour.

Ce que j'ai vécu aux côtés de ces Extraordinaires, c'est tellement fort, tellement riche. Je ne pouvais pas rêver mieux.

Je crois que pour moi l'aventure va s'arrêter là. Et même si j'adore cette phrase digne d'un Nikos Aliagas du pauvre, elle me fait mal, un peu.

Tant pis. Je ne regrette rien. C'était bien.

29

ANNA

L'équipe médicale a décidé de garder Nabila en observation pour le reste de la journée.

Côme a trouvé un vol retour pour eux deux ce soir, mais Nabila a souhaité que ce soit moi qui la raccompagne. Elle ne veut pas qu'il se comporte avec elle comme s'ils étaient un vrai couple. Elle veut qu'il se prépare à l'éphémère. À l'évanescence.

Côme n'a pas insisté, il a appelé la compagnie aérienne pour me transférer sa réservation. Ça tombe bien, je n'ai pas envie de rester plus longtemps. L'épisode de la grotte m'a épuisée, et l'annonce de la maladie de Nabila a porté le coup de grâce à ce séjour. Bien sûr, Nabila demande aux autres de continuer, mais le cœur n'y est plus.

Nous avons rendez-vous tous ensemble à 17 heures pile, Nabila comprise, afin de découvrir nos résultats d'Hambourg. En attendant, ma valise faite, je ressens le besoin d'appeler Bintou. Il y a comme une connexion dans mon esprit entre Nabila et elle. Une fois n'est pas coutume, Bintou n'a pas envie de rire. Elle est, elle aussi, terrassée par la nouvelle. Nabila et elle ne se connaissent que très peu mais, comme je m'y attendais, le courant est passé. Elle offre de venir nous chercher à l'aéroport de Marignane, ce que j'accepte évidemment.

★

Quelques instants plus tard, Diego frappe à ma porte. Il me propose de visiter son atelier de kintsugi avant de partir, alors je le suis. Et la découverte de cette merveille agit comme une consolation.

Que c'est beau, cet établi recouvert de feuilles d'or, de porcelaines et céramiques aux cicatrices toutes plus flamboyantes les unes que les autres ! Il m'explique la technique, et le temps qu'il faut pour d'abord recoller l'objet à l'aide de laque végétale *urushi* et d'amidon, puis combler les éclats et lacunes avec de l'argile *tonoko*, avant d'appliquer une couche de *neri bengara*, mélange de laque raffinée et d'oxyde de fer qui servira de base à l'or saupoudré sur les cassures.

C'est un art de résilience et de lenteur, comparable par certains aspects à d'autres rituels de la culture japonaise comme la cérémonie du thé. Je ne sais pas si j'aurais la patience, le talent et la sensibilité nécessaires pour parvenir aux résultats que je découvre.

Soudain Diego me regarde intensément, et évoque un sujet qui n'a plus rien à voir.

— Juste avant cette grotte où nous avons failli mourir… tu te souviens des inscriptions devant lesquelles nous étions si émus ?

J'acquiesce. Je me rappelle parfaitement cette salle de taille modeste, où nous avons découvert un ensemble de gravures bouleversantes. Une femme et un homme y étaient représentés, ainsi que quatre-vingt-quinze barres semblables à celles que tracent les prisonniers sur les murs de leur cellule, et en dessous, des dessins et symboles on ne peut plus clairs : à la fin, l'homme n'avait survécu qu'un dernier jour du décès de la femme. S'était-il donné la mort, le cœur en mille morceaux ? Diego reprend.

— Je les imaginais tous les deux, se serrant l'un contre l'autre dans cette nuit sans fin, et… c'est étrange, mais face à cette fresque qui évoquait l'amour fou et le bonheur enfui, j'ai soudain ressenti cette idée simple mais si difficile à éprouver profondément : puisque tout finit un jour, il faut vivre.

Sans crier gare, Diego se tourne vers moi, me prend les mains, et je le laisse faire. Il me murmure qu'il a été idiot de fuir, qu'il a eu peur de mon passé, comme j'ai sans doute eu peur du sien, de son handicap, de nos différences.

Qu'il n'a plus peur désormais.

Que je sais tout de lui maintenant. Et qu'il en sait suffisamment sur moi pour avoir envie que nous tentions quelque chose ensemble.

Qu'il en meurt d'envie, en fait.

Je ris, je lui dis qu'il en fait sans doute un peu trop, mais je suis touchée.

Alors je passe les bras autour de son cou, me dresse sur la pointe des pieds et, dans cet atelier rempli d'objets brisés et de poudre d'or, nous nous embrassons, pour la première fois.

★

La conversation ne peut rester tout à fait dans le même registre, je n'arrête évidemment pas de penser à ce qui vient de se passer, mais Diego souhaite me montrer le compte Instagram de sa marque, Stronger. Et m'en expliquer le sens.

— Je ne suis pas une victime, je suis un survivant. Et je me sens plus fort qu'avant. Même au fin fond d'une cave aux relents d'œuf pourri, je ne me sens pas moins capable qu'un autre de réussir. Au contraire, ma jambe en moins est une arme qui m'oblige à réfléchir plus et mieux. Il y a cette philosophie-là, dans Stronger.

Je regarde son téléphone, et je n'en crois pas mes yeux. La marque de Diego est suivie par près de un million de personnes sur Instagram ! Son impact va bien au-delà de la communauté handicapée.

— J'ai beaucoup de chance. Je crois que les gens ont compris la sincérité de ma démarche. Et puis ils ont aimé les designs, les couleurs, l'idée d'assumer au grand jour ses fêlures. De grands groupes de mode me contactent pour faire des collaborations, une sorte de *greenwashing* version « personnes à mobilité réduite » que je refuse systématiquement. Mon objectif, c'est d'aider les gens comme moi à assumer leur corps et à en être fiers, pas de servir de faire-valoir à des marques qui ne font rien par ailleurs. La prochaine étape pour moi, c'est d'oser me montrer publiquement, avec mes propres prothèses. D'être en quelque sorte la Claudia Schiffer des amputés, quoi…

Il me fait rire. Mais il m'impressionne aussi beaucoup.

— Ma chère Claudia… c'est grâce à des initiatives comme la tienne que les mentalités et les regards évoluent. Bravo ! c'est génial ce que tu fais. Et en plus tu arrives à en vivre plutôt bien…

— J'ai beaucoup de chance, oui.

— Arrête de parler de chance ! Je crois qu'au rayon de la chance certains en ont quand même plus que toi… ce n'est pas la chance qui t'a donné cette idée, pas la chance qui t'a donné cette sensibilité, pas la chance qui t'a donné…

Au fur et à mesure de cette tirade, j'ai senti qu'il se rapprochait. Il a donc décidé de m'embrasser pour me réduire au silence.

Je ferme les yeux, et les pensées se bousculent. Les réticences, les craintes, les espoirs déçus, les vivants et les disparus, tout se mélange dans ma tête et dans mon cœur. Et je sais que ce n'est pas un hasard. Ce qui se passe avec Diego est particulier. J'ai fendu l'armure, il s'est livré, j'ai littéralement grimpé le long de son corps, il a littéralement tenu ma vie au bout de ses bras. Nous nous sommes fait confiance, et nous avons eu raison. Alors si ce n'est pas qu'un hasard, c'est peut-être bien la chance, finalement.

★

Hansen est étrange avec moi depuis que nous sommes sortis de la grotte. J'ai parfois l'impression qu'il m'évite, et parfois c'est tout le contraire. Il semble chercher à me parler, sans pour autant trouver les mots. Je fais pour ma part tout pour esquiver une quelconque conversation en tête à tête, comme d'habitude.

Les révélations de Nabila ont éclipsé tout débrief de notre aventure souterraine, et ce n'est finalement pas plus mal. Me concernant, les conclusions me semblent claires : je n'aimerais pas m'avoir comme coéquipière dans l'espace…

À 17 heures pétantes, nous sommes réunis autour de la piscine. Nabila est là aussi, les traits tirés mais la verve intacte :

— Tu vas voir qu'ils vont me sélectionner pour Cologne, ces fadas, et que je vais être obligée de faire ma starlette et de décliner…

En vérité, nous sommes tous fébriles. Comme pour une nouvelle compétition, nous sommes assis en cercle, smartphone à la main, et Hansen effectue un décompte digne de l'animation de réveillon d'un Patrick Sébastien sous Prozac.

Et puis nous nous plongeons dans nos téléphones.

Tandis que je fais défiler l'espace impersonnel de mes mails, étrangement je ne ressens pas la même chose que pour les résultats d'Hambourg. Comme si être arrivée jusqu'ici était déjà une fin en soi. Une preuve de valeur. Une autorisation à me faire confiance. Le reste n'est que bonus.

Axel est le premier à annoncer que « c'est mort » pour lui… bientôt suivi de Côme, Bérénice, puis Nabila, qui décrète « ces astronautes ne savent décidément pas ce qu'ils ratent ».

Quant à Diego, il scrute son smartphone en silence, le visage grave.

Axel se tourne vers lui :

— Alors ?!

Diego me regarde, il regarde son écran, puis finalement moi de nouveau.

— Alors je continue. Je vais à Cologne.

Explosion de joie autour de la piscine et dans mes tympans.

Chacun le félicite, le serre dans ses bras.

Et puis les regards se tournent vers moi. Moi qui fouille partout depuis tout à l'heure, mais qui ne trouve pas. Diego me suggère de regarder dans les spams et j'ai soudain très honte : dans le feu de l'action et de l'émotion, je n'y avais même pas pensé, quelle cruche ! Le mail est bien là.

Je clique sur « ouvrir », fébrile et tremblante.

Je lis en diagonale, mais j'ai compris.

Même si elle était prévisible, je n'y peux rien, la déception me foudroie.

Je pense à mes enfants. Je pense à Michael.

J'ai fait de mon mieux, mon amour. Tu sais que j'ai fait de mon mieux.

Je suis désolée.

30

DIEGO

Cinq semaines plus tard.

Tenerife a agi comme un catalyseur de sentiments et de décisions.

Depuis, j'ai entrepris de nombreux changements dans ma vie, et pas des moindres.

Le premier n'a l'air de rien, mais pour moi c'est une révolution. Grâce aux encouragements de tous et en particulier d'Anna, j'ai osé montrer mon corps publiquement. Pour fêter le passage à l'année 2022, ma sœur a eu l'idée de mettre en ligne sur les réseaux sociaux de Stronger une vidéo façon Brut dans laquelle je raconte mon parcours, jusqu'à ma passion du kintsugi et la création de la marque. Cette vidéo, c'était comme sauter au-dessus d'un précipice. Je ne m'attendais en aucun cas à ce qu'elle devienne virale et récolte un million de vues en une semaine. L'effet nous a dépassés. On s'est mis à m'inviter sur des plateaux de télévision et à m'aborder dans la rue pour me féliciter ou prendre des selfies, c'est complètement fou. Je ne suis pas certain que toute cette attention me plaise, mais je la prends comme une incitation à continuer, un signal que ce que je fais pour l'image des porteurs de prothèses est utile.

Le deuxième changement, c'est qu'Anna et moi avons décidé de nous revoir. Ce n'était pas facile à organiser avec nos agendas et les fêtes de fin d'année, mais elle m'a rejoint quelques jours à Barcelone après le jour de l'An. J'appréhendais sa venue : j'avais peur qu'une fois confrontés à la vraie vie, le charme retombe, de son côté ou du mien. Alors j'avais préparé un marathon de visites : Sagrada Familia, parc Güell, Casa Battló avec concert nocturne sur le toit, visite guidée du centre historique avec halte au musée Picasso… Au bout de deux jours, elle m'a demandé si me retrouver en tête à tête avec elle m'effrayait tant que ça. J'ai répondu oui, elle m'a embrassé et tout a changé. Nous avons passé les jours suivants au lit, ne nous levant que pour manger ou boire.

Aucun de nous n'a osé prononcer un quelconque mot relatif à un sentiment amoureux, pourtant c'est bien ce qui est en train de se déployer. La distance est un problème bien sûr, mais nous ne voulons pas précipiter les choses. Tout ça va déjà plus vite et plus loin que toutes mes relations passées. Ce que j'éprouve est plus fort, aussi. Alors je ne sais pas ce que demain nous réserve, mais je crois pouvoir dire que nous avons tous les deux très envie que ce début d'histoire ne s'arrête pas là.

Anna a accepté son élimination du processus de sélection. La déception a été grande pour elle, mais elle connaissait les règles du jeu. Elle me dit être heureuse pour moi, et je la pense sincère. Je prépare de mon côté l'étape de Cologne, mais j'ai peu de temps à y consacrer : en plus de mon entreprise et de l'organisation de mes week-ends avec Anna, j'ai enchaîné les ennuis matériels. Une chaudière barcelonaise qui tombe en panne, une fuite à gérer chez ma sœur parce qu'elle est en vacances à l'autre bout du monde, et puis un cambriolage dans ma maison de Tenerife qui m'a obligé à retourner sur place pour réparer les dégâts, déposer plainte et récupérer pour mon assurance les bandes de vidéosurveillance. Autant dire que Cologne est loin de mes préoccupations, malgré une proximité temporelle pour le moins stressante : je suis convoqué dans moins de dix jours.

Ce qui stresse tout le monde lors de cette étape – y compris moi –, c'est l'entretien individuel. C'est l'épreuve où il faut le plus être soi-même, celle où « ça passe ou ça casse ». La présence d'un astronaute dans le jury est essentielle, et les questions qu'il se pose en discutant avec chaque candidat sont à la fois simples et vertigineuses : « Ai-je envie de passer six mois enfermé avec cette personne ? Ai-je suffisamment confiance en elle pour lui confier ma vie ? »

Même si l'image que j'ai de Ted a changé depuis les révélations des trois femmes dans la grotte, j'ai répondu lorsqu'il m'a appelé il y a quelques jours. Il voulait prendre des nouvelles de nous tous, et puis nous avons parlé de Cologne, bien sûr. À la fin de la conversation, Ted m'a dit :

— Ce que l'on cherche avant tout, ce sont des personnes qui connaissent leurs limites, et qui ne se cachent pas derrière des postures. Car en situation critique à des milliers de kilomètres de la Terre, il n'y a plus de posture. Il n'y a que des réactions humaines. Autant s'entourer des individus les plus capables de comprendre, d'écouter, de guider les autres tout en prenant des décisions…

Et puis il a ajouté ces mots qui me portent désormais :

— Diego, si je faisais partie du jury, à la question de savoir si je pourrais me sentir en confiance à tes côtés pendant plusieurs mois, je répondrais oui sans hésiter. Alors si j'ai confiance, aie confiance, toi aussi.

★

Le week-end prochain, ce sera mon tour d'aller passer quelques jours chez Anna. Elle a prévu de me présenter à ses enfants. Ça m'effraie un peu, mais moins que la rencontre planifiée avec sa meilleure amie Bintou, qui est une « Nabila-en-pire » d'après ses propres dires. Ça promet…

Nabila, justement. Son état s'est dégradé ces dernières semaines. Comme si le fait d'avoir révélé sa maladie l'avait en quelque sorte autorisée à lâcher prise. Elle a parfois besoin de morphine pour soulager ses douleurs, et passe désormais le plus clair de son temps chez ses parents. Sa famille l'entoure, la dorlote. Il est prévu que nous allions la voir à Marseille samedi.

Lorsque ce soir mon téléphone affiche « Anna », je m'attends à l'une de ces conversations-fleuves qui n'ont d'intérêt que pour nous.

Mais je perçois tout de suite une fébrilité dans sa voix quand elle me lance sans préambule :

— Je viens d'avoir une idée !

31

ANNA

Ma visite à Nabila a été éprouvante. Elle se bat, plaisante, s'intéresse à nos petits problèmes, mais la maladie est puissante. J'avais revêtu mon masque de positivité, celui que j'ai usé jusqu'à la corde lorsque j'accompagnais mon fils à la fin de sa vie. Nabila n'est pas dupe, mais elle accepte les bonnes ondes. Elle m'a remerciée, a fait une blague sur mon amour des gens mal en point – qui confinerait selon elle à la pathologie perverse – et puis je l'ai serrée fort. Avant de partir, elle m'a gratifiée d'un laïus qui m'a retourné l'âme.

— Tu n'as pas besoin de faire semblant. Tout le monde pleure en sortant de chez moi. Parfois je préférerais qu'on chiale ensemble un bon coup, et puis qu'on reparte du bon pied. Ce n'était pas mon choix, de choper ce putain de cancer généralisé. Mais c'est mon choix de finir ma vie comme ça. Et je suis heureuse qu'il soit respecté. D'ailleurs j'ai un truc à te demander.

Je m'attends à quelque chose de sérieux, mais c'est mal la connaître.

— Promets-moi que tu veilleras à ce que personne ne donne mon prénom à son caniche en guise d'hommage – je me méfie de Bérénice, qui en serait capable. Et puis, j'aimerais que tu passes remonter le moral de mon petit Côme de temps en temps. Il est bien trop sujet aux maladies vénériennes des yeux, en ce moment.

J'ai promis. Mais lorsque je suis sortie de chez elle, j'avais le cœur en miettes. J'ai donc décidé d'accrocher son sourire dans un coin de mon cerveau, et cette image a accompagné ma journée.

Quelques heures plus tard, entre deux patients, le sourire de Nabila a soudain percuté une idée un peu dingue. Une folie qui lui irait comme un gant.

Cette idée ne serait réalisable qu'avec l'aide d'Hansen, alors même si ça ne m'enchantait pas des masses, j'ai décidé de lui téléphoner. Je n'étais plus sûre d'avoir le bon numéro car il n'a pas décroché, et aucun répondeur ne s'est enclenché.

Il a rappelé cinq minutes plus tard depuis un fixe sur mon téléphone du cabinet, m'expliquant avoir des soucis avec son smartphone en ce moment… Peu m'importaient ses histoires de télécoms, je suis allée droit au but. Il a réfléchi un instant et, contre toute attente, il a accepté avec enthousiasme. Je crois que je l'ai peut-être mal jugé, au fond.

C'est donc dans un état de grande excitation que j'appelle Diego et lui lance :

— Je viens d'avoir une idée !

Lui aussi est tout de suite emballé. Mais je lui dois quelques précisions.

— Il y a quand même deux hics : l'argent qu'il faudra réunir… et la date.

— Pour l'argent, on va trouver une solution. Je peux payer pour Nabila, Axel, toi et moi… et je pense que Bérénice et Côme pourront régler leur part, non ?

— Oui, tu as raison. Sauf sur le fait que tu payes pour moi : c'est bien évidemment hors de question. Sinon pour ce qui est de la date… la seule option, c'est dimanche prochain.

Un temps, à l'autre bout du fil.

— Tu sais bien que c'est la veille de mes épreuves à Cologne, j'ai déjà mon billet d'avion au départ de Marseille pour le dimanche matin, après mes deux jours chez toi. Il n'y a pas d'autre possibilité ?

— Le créneau suivant est dans trois mois… mais dans trois mois, Nabila…

Je n'ai pas la force de continuer ma phrase.

Diego réfléchit un long moment, puis il finit par dire :

— Je pourrais sans doute partir d'une autre ville et reporter mon départ au dimanche soir… mais en cas de problème je n'aurais plus de marge de manœuvre.

Diego sait comme moi qu'il s'agira sûrement de l'ultime grande aventure des Extraordinaires au complet. Il est impensable qu'il n'en fasse pas partie, et c'est d'ailleurs sa conclusion, qui me met en joie :

— OK, je prends le risque, on y va. C'est d'accord. Je te laisse prévenir les autres et demander à la famille de Nabila de garder le secret tout en la tenant prête pour dimanche matin. On doit y être à quelle heure ?

— 14 heures.

— Il faudra donc qu'on se rejoigne tous à 4 heures du matin, et qu'on passe chercher Nabila à 5 heures… ça va pas être facile à lui faire avaler…

★

Le voyage a été épique, mais nous voulions le partager tous ensemble, ce dernier trajet. Alors nous avons loué un van – comme à Tenerife – et nous nous sommes relayés au volant. Nabila étant la seule à ne pas connaître la destination, elle n'a pas cessé de râler, de nous lancer toutes sortes d'insultes marseillaises à base de couillons, d'estrasses, de bordilles, de cabestrons et autres culs cousus… mais elle avait un tel sourire sur les lèvres ! Rien que pour son air de gamine émerveillée, cette expédition valait le coup. Et le sourire n'a pas fini de s'accrocher. À chaque fois que je la regarde, je me dis « Attends de voir ce qu'on t'a préparé, ma cocotte »…

Le dimanche à 14 heures, tous les Extraordinaires rejoignent Hansen sur le tarmac de l'aéroport de Bordeaux. Ce n'est qu'en voyant l'avion que Nabila comprend. Elle pousse un grand cri, puis elle se met à pleurer.

— C'est de la folie ! Combien ça coûte, un truc pareil ? Et vous êtes certains que je vais tenir le coup ?

Diego lui répond que le prix ne la regarde pas, qu'elle est notre invitée, que bien sûr elle tiendra le coup, Ted en est garant. Il assure que contrairement aux apparences tout est globalement très doux. La conclusion de Nabila est sans appel :

— Vous êtes des jobastres… mais je vous adore !!

Alors nous formons un cercle autour d'elle et j'en profite pour lui glisser :

— Alors comme ça, toi aussi, tu t'es chopé une maladie vénérienne des yeux ?

Elle me regarde, éclate de rire, et me dit simplement merci.

Ensuite, nous embarquons dans un Airbus A310.

Destination : l'apesanteur.

*

Nous ne partons pas dans l'espace, mais nous allons vivre la seule expérience permettant de recréer l'absence de gravité ressentie par les astronautes : un vol qui suit une trajectoire en forme de cloche, plus communément appelé vol parabolique.

Après avoir enfilé nos combinaisons grises, casquettes et chaussettes jaunes flashy, nous prenons place et l'avion décolle. Jusqu'ici tout est normal, puisqu'il s'agit d'un appareil classique. La différence, c'est qu'une partie de la cabine est débarrassée de tout obstacle, isolée des sièges par un filet, et matelassée du sol au plafond afin d'accueillir les passagers en apesanteur.

Le principe de ce vol nous est expliqué par Hansen en personne :

— Quand l'avion sera arrivé à six mille mètres d'altitude, le pilote effectuera la fameuse manœuvre parabolique : il cabrera l'avion et montera en flèche jusqu'à huit mille cinq cents mètres. Ce que vous ressentirez à ce moment-là se nomme l'hypergravité : vous aurez l'impression que votre corps pèse le double de son poids, vous vous sentirez oppressés, un peu comme dans un « rotor », vous savez, ce manège de fête foraine qui tourne à grande vitesse et vous plaque contre la paroi…

Pas sûr que tout le monde voie de quoi il s'agit, mais peu importe. L'important, c'est cette histoire d'hypergravité qui fait flipper Nabila.

— Mais… on ne risque pas de s'évanouir ?

— La sensation n'est pas très agréable mais elle est supportable, d'autant que vous serez couchés sur le sol pour cette partie-là, qui ne dure qu'une vingtaine de secondes. Certains pourraient avoir le mal des transports, mais rien de plus.

Je regarde autour de moi. Axel et Diego ont un sourire greffé aux lèvres, Bérénice et Côme boivent les paroles d'Hansen, qui continue son exposé.

— Une fois à huit mille cinq cents mètres, le pilote entame la phase « zéro gravité » en réduisant le régime des moteurs et en poussant progressivement le manche jusqu'à ce que l'avion passe en piqué descendant. Pendant cette phase de vingt-cinq secondes environ, nous serons tous en apesanteur.

Hansen laisse passer un instant, afin que nous puissions savourer le mot.

Apesanteur.

Ce mot tant de fois fantasmé.

Je suis certaine que chacun de nous le répète dans sa tête comme un mantra.

Comme un rêve sur le point de se réaliser…

Puis Hansen reprend.

— Ensuite, le pilote rétablira l'appareil à l'horizontale et le stabilisera à six mille mètres. La parabole sera terminée.

Côme lève la main, affichant une mine déçue.

— Mais alors… on n'aura que vingt-cinq secondes d'apesanteur ?

— Non non, pas du tout ! Nous allons enchaîner une quinzaine de paraboles. Vous aurez donc quinze fois vingt-cinq secondes, étalées sur une heure. Ça passe extrêmement vite, mais vous aurez le temps d'en profiter.

★

Hansen poursuit son laïus, expliquant que l'avion sert non seulement à l'entraînement des astronautes, mais aussi à certaines expériences scientifiques visant à mieux comprendre l'effet de la gravité sur les organismes, et que les vols privés comme celui-ci servent à financer lesdites expériences d'intérêt public. Puis il s'embourbe dans tout un tas de détails, et je ne l'écoute plus.

À mesure que l'équipage égrène les altitudes auxquelles nous nous trouvons, je prends conscience de la chance que j'ai d'être ici. Diego, dans le siège à côté du mien, a fermé les yeux et arbore un sourire serein. Je me penche vers lui, dépose un baiser sur sa joue. Et tandis qu'il me prend la main et la serre fort, le pilote indique qu'il est temps de nous diriger vers la zone d'évolution en apesanteur.

Nous nous allongeons sur le sol capitonné, et Ted annonce que nous allons, pour commencer, faire une première parabole « lunaire » :

— Pour commencer en douceur, nous garderons une gravité équivalente à celle de la Lune : vous aurez l'impression de ne peser qu'un sixième de votre poids… et vous constaterez que ça ouvre des perspectives inattendues. Vous vous souvenez des images des premiers pas sur la Lune ? Eh bien vous y serez presque.

La parabole débute. D'abord, l'hypergravité. Ted avait raison, c'est assez désagréable, cette sensation d'être retenu au sol par un poids lourd, mais si on n'essaie pas de bouger la tête, c'est tout à fait supportable.

Et soudain, la légèreté.

Chacun se redresse, émerveillé par le spectacle de son propre corps qui se soulève. Nous nous regardons et éclatons de rire, mais il n'y a pas de temps à perdre. Cet état ne durera qu'une vingtaine de secondes, alors chacun se lance dans ce qui lui vient spontanément. Diego effectue des bonds jusqu'au plafond façon kangourou, Axel démarre une séance hilarante de pompes à une main en portant Côme sur son dos. Et tandis que Bérénice, agitée d'un fou rire extatique, n'arrive à rien d'autre que des mouvements désordonnés, Nabila et moi nous tenons par la main en faisant de grands sauts majestueux, tels des Armstrong et Aldrin un peu bourrés…

Une fois la phase d'hypergravité revenue, allongée contre moi sur le sol, Nabila me dit en se marrant :

— Je me suis cru dans une version spatiale du générique de *La Petite Maison dans la prairie*, tu sais avec ces petites filles qui courent dans l'herbe…

— Et qui se cassent la gueule…

— Exactement.

Je me rends compte que moi aussi, je ris sans cesse. En fait, tout le monde débriefe cette première expérience avec son voisin le plus proche en étant mort de rire. On dirait des gosses déchaînés. Et qu'est-ce que c'est bon !

Nous n'avons pas le temps de nous remettre de nos émotions que Ted annonce la première parabole « zéro G ».

— Vous aurez le temps de vous amuser sur les paraboles suivantes. Pour celle-ci, je vous conseille surtout de ne rien faire d'autre que ressentir ce qui se passe dans votre organisme. Laissez-vous porter, sans bouger, sans tenter de contrôler votre trajectoire. Profitez seulement de cette incroyable sensation… qui est bien difficile à décrire. Alors fermez les yeux, nous commençons.

D'abord, l'hypergravité qui fait râler Nabila, même s'il est visible qu'elle la supporte tout aussi bien que moi.

Et tout à coup, l'impression de ne plus rien sentir, de s'élever comme dans un rêve, de n'être plus qu'une feuille de papier en lévitation.

Dans la cabine, le silence est complet. Comme moi, les autres sont concentrés sur leur propre corps qui flotte. Et l'émotion est immense.

On croit parfois que l'expérience de l'apesanteur est à classer du côté des bouffées d'adrénaline, des activités à sensations fortes tels les sauts en parachute, mais ce n'est pas ça, non. C'est de la douceur pure. De l'émerveillement. Un bouleversement intérieur impossible à exprimer avec des mots. Depuis notre naissance, chaque action, chaque effort que nous faisons implique la notion de gravité, sans que l'on y songe : que nous marchions, portions un objet lourd ou soulevions une simple plume, la sensation de poids est toujours là. L'idée même de sa disparition demeure théorique tant qu'on ne la vit pas. J'ai l'impression étrange d'être vide et pourtant tellement présente… Cet abandon de son propre corps, c'est inoubliable.

Lorsque la parabole s'achève, nous restons de longues secondes sans parler.

Heureux de cet instant de plénitude.

Je me tourne vers Nabila. Ses yeux brillent.

Nous nous redressons, et je la serre dans mes bras. Elle me murmure un « merci » presque inaudible, et je prends sa main dans la mienne. C'est beau, ce moment. Chacune de nous sait bien qu'il s'agit sans doute de son dernier sursaut de vie. Les médecins parlent de quelques semaines, quelques mois tout au plus.

Mais nous n'avons pas le temps de nous émouvoir. Le pilote annonce la prochaine parabole, il est l'heure de jouer avec cette apesanteur mille fois rêvée.

Sur la douzaine de phases « zéro G » suivantes, nous expérimenterons toutes sortes de défis plus jubilatoires les uns que les autres. D'abord, le vol de Superman : poing serré, bras tendu vers l'avant, une minuscule impulsion du pied et nous voilà de l'autre côté de la cabine, dans un soyeux effet de ralenti. Puis les saltos, les roulades aériennes, la prise de photos façon yogi flottant ou dans des positions sexuelles impossibles à tenir dans la vraie vie – il faut voir le regard de Bérénice, lorsque Nabila entraîne Côme dans cette direction scabreuse… Heureusement que les parois sont capitonnées et que les barres pour s'accrocher au plafond ou sur les murs de la cabine sont nombreuses, sinon nous atterririons tous dans des postures pour le moins dangereuses lors du retour de la gravité. Mention spéciale à l'épisode où Axel et Diego se sont servis de Côme comme d'un ballon (le ballon était d'accord). Diego a saisi le corps recroquevillé de Côme, l'a poussé vers Axel, qui a réceptionné la passe juste à temps avant la fin de l'apesanteur.

Pour la plupart d'entre nous, le clou du spectacle a été le comportement des liquides : il faut dire que contempler des sphères d'eau en parfaite lévitation a quelque chose de l'ordre de la magie. Je crois que c'est Axel qui a lancé fort à propos un « *Wingardium Leviosa !* » – cette formule qu'Harry Potter et ses amis utilisent pour soulever des objets dans les airs.

Mais pour moi, la plus grande émotion était ailleurs. Ted avait précisé que nous pouvions emporter avec nous « des objets mous ou des photos ». Alors pour la dernière parabole, j'ai sorti une peluche râpée moche, usée et magnifique. Quand le vieux mouton gris s'est mis à tourbillonner devant mes yeux avec à son cou un médaillon contenant ma photo préférée de son propriétaire, j'ai demandé à Diego de prendre un cliché de moi, tout sourire. L'instant d'après, les larmes ont rempli mes yeux, ou plutôt se sont échappées dans les airs, comme par enchantement. J'ai tournoyé quelques secondes en serrant fort sur mon cœur le doudou de Michael. Et puis j'ai embrassé cette peluche dégoûtante et je lui ai murmuré :

— Ce n'est pas l'espace, mais c'est peut-être encore mieux.

★

C'est un cortège épuisé mais rempli d'images et de bonheur qui s'est ensuite retrouvé autour du pot de l'amitié et de la remise symbolique de médailles, animée par un Hansen visiblement ému, lui aussi. Quand Nabila s'est avancée, il a été bien difficile de contenir l'émotion. Alors tout le monde lui a demandé un discours, espérant qu'elle nous tire de là par une boutade.

— Merci à vous tous, mes amis. Ce que j'ai vécu aujourd'hui, c'est au-delà de tout ce que je m'étais imaginé. Je voulais utiliser le reste de ma vie pour tenter de nouvelles choses, pour vivre chaque jour comme si c'était le dernier. Eh bien avec vous, c'est réussi. En quelques semaines, j'ai grimpé un imposant volcan et un robuste petit jeune, j'ai passé deux jours dans une grotte infestée de blattes sans yeux, j'ai pleuré un peu, mais j'ai ri, beaucoup. Et aujourd'hui… je finis en beauté, comme on dit. Non, ne pleurez pas, s'il vous plaît. Je ne suis pas triste. Je me sens riche. Riche de vous, riche de tout ça. Et cette journée où je me suis échappée de la gravité dans tous les sens du terme, je peux vous dire qu'elle va rester au creux de mon cœur.

Nous avons pris une dernière photo, comme un écho à celle prise par Ted là-haut, dans l'avion. Sur ce cliché joyeux, Bérénice, Côme, Axel, Diego et moi entourons une Nabila hilare, flottant au centre de cette couronne humaine malhabile que nous formons. C'est la photo parfaite pour résumer notre aventure.

« Espaaaace, ton univers impitoyaaaable ! »

— *La lumière du soleil met huit minutes à nous parvenir. Si un jour il s'éteint, vous aurez le temps de vous faire cuire des pâtes, mais pas de les manger.*

— *Les astronautes grandissent de cinq centimètres dans l'espace… puis rapetissent au retour.*

— *L'ISS est visible depuis la Terre. Si vous apercevez une étoile filante un peu mollassonne, c'est elle.*

VII
INTERSTELLAR

32

DIEGO

À l'issue de la remise des médailles, il m'est impossible de rester plus longtemps. J'ai pu changer mon billet afin de partir de Bordeaux, mais mon vol pour Cologne est prévu à 19 heures, il ne faut pas traîner. Après une escale à Francfort, j'arriverai sur place aux alentours de 23 h 30. Ça me paraissait loin d'être idéal, cette longue journée intense la veille des épreuves, mais après le shoot de bonheur que je viens de recevoir je revois mon jugement. C'était probablement la meilleure des préparations mentales : la journée n'était pas seulement heureuse et débordante d'amour, elle était aussi terriblement motivante. Après avoir vécu l'apesanteur, comment ne pas vouloir réitérer l'expérience ? J'ai plus que jamais envie de réussir. Pour moi, mais aussi pour tous les Extraordinaires.

Tandis que je serre chacun dans mes bras, mon téléphone vibre. Je le consulte machinalement, et me fige. Anna me demande si quelque chose ne va pas. On peut le dire comme ça, oui.

— Mon vol est annulé à la suite d'un problème technique. Ils me reportent sur celui de demain, départ 13 h 10.

Nous savons tous que les épreuves débutent là-bas à 10 heures.

C'est un coup dur. Pendant que j'appelle la compagnie aérienne, mes compagnons, conscients que l'absence de marge est due à cette journée passée ensemble, se mettent en bataille. Certains consultent les sites de réservation des autres compagnies, imaginant des trajets plus fous les uns que les autres, mais le compte n'est pas bon. Quelle que soit la ville de départ, soit les vols sont pleins, soit les horaires ne fonctionnent pas.

Le stress commence à me gagner. Il a bien été précisé qu'une fois la date de passage confirmée aucun report n'était possible. L'organisation personnelle et la ponctualité absolue aux rendez-vous importants font partie de la sélection.

Je m'assieds sur le sol de cette salle impersonnelle dans laquelle les médailles nous ont été remises. Anna se pose à mes côtés, m'entoure de ses bras, me dit que nous allons trouver une solution, mais je n'y crois pas.

Et merde ! Alors c'est comme ça que tout finit ? Toute cette aventure, tout cet investissement physique et mental pour que ce rêve de gosse se fracasse sur un putain de problème d'avion ?

— Et si on y allait avec le van ?

La voix d'Anna vient de me tirer de ma colère. C'est gentil d'évaluer toutes les possibilités, mais Bordeaux-Cologne, c'est a minima douze heures de route.

— 11 h 15 très exactement, d'après Google Maps. Disons 13 heures en rajoutant des pauses rapides. On peut le faire.

C'est Côme qui a fait tourner l'application. Tous sont sur la balle. Requinqués par cette nouvelle option. Ils sont dingues.

— Vous n'envisagez quand même pas ça sérieusement ? Je dois être à 9 h 30 sur place… il faudrait…

— Partir à 20 h 30. Il est moins de 18 heures. On est large.

C'est Nabila qui a fini ma phrase. Et c'est Bérénice qui enchaîne.

— Si chacun se relaie pour conduire trois heures et que tu dors tout le trajet, tu seras à l'heure et reposé. Le dos un peu cassé, mais ce ne sera pas pire que dans la grotte…

Je ne peux pas accepter. Ils ont une vie, un boulot pour lequel ils doivent être à l'heure le lendemain, ce périple, c'est de la folie. Je le leur dis. Axel me prend par les épaules, et me regarde droit dans les yeux :

— On est un groupe, on s'est tous donnés à fond, alors le succès de l'un d'entre nous, c'est un peu le nôtre. Personne ne va se faire virer parce qu'il a été absent un jour pour aider un ami à réaliser le rêve de sa vie. Et au pire un médecin nous fera des certificats médicaux, hein Anna ?

— Le médecin approuve toute la démarche. Allez, on y va c'est parti !!

*

Et c'est comme ça que vingt minutes plus tard, je me retrouve dans le van, accompagné d'Anna, Axel, Bérénice et Ted.

Après des débats houleux avec notre Marseillaise préférée, qui voulait être de la partie, il a été convenu qu'il serait plus raisonnable qu'elle reste à Bordeaux avec Côme ce soir, et qu'ils rentrent en avion dès que possible. Elle a fini par accepter à contrecœur, consciente d'avoir suffisamment poussé les limites de son corps.

Ted a proposé de venir avec nous. Il ne fait pas partie du jury de sélection, n'avait prévu de rejoindre Cologne que la semaine suivante, mais « ayant toujours quelque chose à faire là-bas » d'après ses propres termes, il s'est joint au convoi avec joie… et au grand soulagement des autres conducteurs, aussi : une bonne partie du trajet va s'effectuer de nuit, il va falloir une rotation régulière pour éviter toute somnolence.

Entre discussions sur tout et rien, chants et tubes des années quatre-vingt-dix à fond dans les enceintes – sur l'insistance d'Anna, qui ne jure que par « The Rythm of the Night », « What is Love ? » ou « Mr Vain » –, j'ai l'impression d'être plongé dans *Little Miss Sunshine*, ce film où une famille aussi déjantée que touchante se lance dans un road trip délirant afin que la petite fille puisse participer au concours de beauté dont elle rêve.

Ted reste en retrait, mais il faut dire qu'il ne fait vraiment partie ni du groupe, ni de la même génération, alors ça me semble assez logique. Dans les moments plus calmes, je lui pose des questions sur sa sélection par la Nasa en 1975, mais il ne souhaite pas en parler. Il prétend qu'il s'agit de respect de confidentialité des épreuves, mais je sens bien qu'il n'y a pas que ça – et le regard intrigué que me lance Anna m'indique qu'elle pense la même chose. Je note mentalement de me renseigner plus tard.

⋆

Au cours du trajet, je remarque à quel point Bérénice et Axel ont évolué. Chacun s'est libéré de ce qui l'alourdissait. Bérénice est plus calme, plus posée. Elle ne peut toujours pas s'empêcher de commenter tout ce que fait son fils, mais elle fournit des efforts visibles pour se tenir éloignée et ne pas juger. Quant à Axel, sa tendance à s'abriter derrière une façade de macho s'est atténuée. Il a commencé à vraiment prendre confiance en lui, il abandonne progressivement sa carapace. Lorsque ses enfants sont venus le voir à Noël, il leur a parlé de sa reconversion. Ça les a impressionnés, mais les relations sont encore distantes. Quoi qu'il en soit, on voit percer des nuances chez lui, et on sent une vraie sensibilité. Jamais je n'aurais cru que Bérénice et Axel s'entendraient si bien, en les voyant débarquer la première fois. Même si tout le monde est au courant qu'ils sont ensemble, lorsque Côme est dans les parages, Bérénice reste sur la réserve avec Axel. Mais puisque Côme n'est pas là, tous deux s'embrassent à tout bout de champ. À tel point que c'en devient gênant…

En planifiant le trajet, Axel a constaté que nous passerions à proximité immédiate du domicile de ses enfants et de son ex-femme vers 3 heures du matin, heure à laquelle le nouveau mari serait au travail… Axel a eu une idée aussi saugrenue que géniale. Il nous l'a exposée, nous avons ri, et surtout nous avons tous approuvé le détour – qui ne prendra qu'une vingtaine de minutes. Aussi sommes-nous excités comme des gosses lorsque nous nous engageons dans l'allée proprette et bien rangée de ce quartier huppé de Valenciennes.

Il est 3 h 12 lorsque le van s'immobilise. Axel, qui n'est jamais venu jusqu'ici, vérifie que le nom sur la boîte aux lettres correspond. Au moment de sonner, il stoppe son mouvement et revient dans le van. Je pense qu'il abandonne l'idée, mais j'ai tout faux. Il grimpe au volant, et se met à klaxonner. Tandis que des lumières apparaissent aux fenêtres, il nous lance :

— Je veux qu'ils s'en souviennent, de cette nuit où leur père les a réveillés avec l'un des plus grands astronautes de tous les temps !

Et en effet, passé l'instant de surprise et les insultes de son ex-femme, la joie des deux fils d'Axel, eux aussi fans d'espace, n'a d'égale que la lueur de fierté dans leurs yeux lorsqu'Hansen se lance dans une tirade grandiloquente à propos d'Axel, son courage, sa volonté, son intelligence, sa réussite et son amour incommensurable pour ses enfants. Axel n'en attendait pas tant, et Ted semble tout à fait sincère.

Les voisins réveillés en pleine nuit, d'abord passablement agacés, se lancent eux aussi dans une séance de selfies – « c'est quand même pas tous les jours qu'on a un astronaute dans son jardin ! » – et l'étreinte à laquelle Axel a droit de la part de ses ados nous émeut tous profondément.

Au bout du compte, les enfants d'Axel le supplient de rester avec eux, Anna dégaine un certificat médical assorti d'un arrêt de travail de deux jours, et Bérénice et lui décident de passer le reste de la nuit à l'hôtel Formule 1 d'à côté. Cologne n'étant plus qu'à quatre heures de là, nous pouvons finir le trajet sans eux.

*

Lorsque nous reprenons la route, c'est au tour de Ted de conduire.

Je m'installe à côté d'Anna à l'arrière du van, mais aucun de nous n'a sommeil.

Anna me sourit, et me montre son téléphone. Je constate qu'elle vient de se lancer dans des recherches sur la sélection de Ted en 1975. J'aimerais faire la même chose à vrai dire, mais j'ai reçu une demande urgente de ma compagnie d'assurances concernant le cambriolage de ma maison de Tenerife. La police étant sur la piste de récidivistes, il m'est demandé de consulter la vidéosurveillance installée devant chez moi, afin d'identifier des visiteurs inconnus sur l'ensemble du mois de décembre, « puisqu'il est probable que les individus aient effectué des repérages ».

La compagnie d'assurances – qui fait preuve d'un zèle me laissant à penser que lesdits récidivistes ont dû lui coûter un paquet d'argent – a effectué le plus gros du travail, à savoir des captures d'écran de chaque visite reçue au mois de décembre : des dizaines donc, puisque j'étais présent deux semaines sur place, dont une avec les Extraordinaires. Je n'ai aucune envie de me farcir ces photos floues, mais je n'ai pas le choix. Autant me connecter à leur serveur maintenant, et si je m'endors… eh bien ces quelques instants de sommeil seront toujours ça de pris.

Les premières images montrent le facteur, un livreur de matériel de piscine que je connais bien, puis mes invités du mois, qui apparaissent par ordre d'arrivée : Ted, Bérénice, Côme, Axel, et enfin Nabila et Anna. Ensuite, nos allées et venues s'enchaînent. Je fais défiler à grande vitesse ces images dénuées d'intérêt, quand l'une d'elles attire mon attention. On y voit Ted en compagnie d'une femme aux longs cheveux gris que je ne connais pas. Je pense d'abord à une erreur, ou à quelqu'un qui aurait sonné pour demander son chemin, mais l'horodatage des clichés indique que cette femme a débarqué quelques minutes seulement après le départ de notre groupe, le jour où Ted était seul chez moi… et qu'elle n'est repartie que vingt minutes plus tard. C'est trop long pour une simple erreur, pas assez pour une rencontre amoureuse – sans vouloir présager de l'endurance de Ted.

Je m'apprête à montrer l'image à Anna, mais lorsque je me tourne vers elle je constate qu'elle est livide.

33

ANNA

Je lance mollement quelques requêtes Google sur Hansen. Je ne sais pas ce que je cherche exactement, mais sa réaction aux questions de Diego il y a quelques instants a fait écho avec l'étrangeté de son attitude à notre sortie de la grotte : mélange de fureur, d'émotion palpable, et d'évocation floue de souvenirs de sa propre sélection. Depuis le début de cette aventure, un parfum de danger émane de Ted, à cause de ces accusations de harcèlement sexuel dans les années quatre-vingt. Alors je ne peux m'empêcher de penser que les racines sont peut-être à aller chercher autour de cette sélection : Ted a-t-il agressé d'autres femmes, quelques années plus tôt ?

Après un bon quart d'heure, je n'ai rien trouvé de bien intéressant et je m'endors à moitié – il faut dire que nous sommes au beau milieu d'une nuit glaciale, sur une autoroute allemande déserte, bercés par le ronronnement régulier du moteur et par le chauffage.

C'est tout de même incroyable à quel point ce mec est une star : le web est truffé de photos de Ted en combinaison spatiale, Ted dans l'espace, Ted avec plusieurs présidents des États-Unis, Ted invité des Emmy Awards, Ted avec Oprah Winfrey. La requête « Ted Hansen selection 1975 » ne donne rien d'autre que des pages type Wikipédia, son portrait officiel sur le site de la Nasa, et d'innombrables articles de presse reprenant toujours les mêmes informations minimalistes. Je m'apprête à renoncer lorsque à la septième page de résultats Google m'oriente vers une archive de journal local – le *Houston Post*. Dans cet article, une photo où figurent les douze derniers candidats astronautes de la promotion Nasa 1975. La chevelure touffue et frisée d'Hansen – qui est aujourd'hui complètement chauve – m'amuse, alors je zoome.

Mon cœur manque un battement.

L'espace d'un instant, je crois devenir folle.

Je prends une grande inspiration, puis je zoome encore.

Pas sur Hansen, non. Sur cette jeune femme qui se tient debout juste à côté de Ted, sur ce cliché noir et blanc sobrement légendé « Les candidats arrivent au siège de la Nasa, le 23 janvier 1975 ». Cette jeune femme qui me ressemble furieusement.

Ma respiration s'accélère, j'ai du mal à reprendre mon souffle.

Mon Dieu, c'est impossible !

Et pourtant…

Je lis l'article, et elle est là.

Julie Smith-Devillers.

Ma mère.

★

J'ai l'impression que mon cœur va sortir de ma poitrine.

Tout se mélange dans ma tête. La présence de Ted à Hambourg le jour de ma convocation. Et maintenant, ma mère à ses côtés sur une photo de 1975. Il n'y a pas de hasard. Tout est lié, forcément.

Notre ressemblance est si forte… Ted ne peut pas ignorer que je suis sa fille. Alors pourquoi n'a-t-il jamais évoqué le souvenir de Julie ?

Ce n'est pas normal. Pas normal du tout.

J'éteins mon téléphone, essayant de réfléchir à ce que je viens de découvrir, mais je sens un malaise indescriptible monter en moi.

J'ai besoin de sortir de cette voiture.

Tout ce que je pensais savoir sur ma mère vient de s'effondrer tel un château de cartes. J'ai besoin d'appeler mon père pour lui crier ma colère, comprendre pourquoi il m'a menti toutes ces années. Férue d'astrologie, tu parles ! Pour être sur cette photo, ma mère était forcément une grande scientifique, pas une simple passionnée d'ésotérisme.

J'ai besoin de parler de ma découverte à Diego.

J'ai besoin de m'éloigner d'Hansen, ou bien de lui serrer la gorge, de le priver d'air jusqu'à ce qu'il m'explique sa présence à côté de ma mère sur cette photo d'archive, et toutes ces coïncidences qui n'en sont pas.

Et soudain, la peur qui tord le bide.

Le mail d'avertissement. Les accusations contre Ted.

Ted est-il dangereux ? Que cherche-t-il exactement ? Si je me mets à hurler dans ce van qu'il conduit, qui me dit qu'il ne va pas nous balancer dans le décor ?

Respire, Anna. Calme-toi. Essaie de ne rien laisser paraître.

Et fuis aussi vite, aussi loin que tu peux.

— Ted, s'il vous plaît je ne me sens pas bien, je crois que je vais vomir. Est-ce qu'on peut s'arrêter à la prochaine aire ? J'ai besoin de respirer et de marcher un peu…

CE JOUR-LÀ

Je suis épuisé, mais fier du chemin parcouru.

Pour l'heure, je dois rester concentré. L'épreuve dite « de sang-froid », est particulièrement difficile. Nous allons devoir gérer une situation critique dont nous ignorons tout, et la gérer deux par deux. À l'issue de cette épreuve, 50 % des candidats seront sélectionnés pour le dernier entretien, celui avec le directeur général. La fin n'a jamais été aussi proche.

Le destin m'a joué un tour particulièrement cruel : la candidate à laquelle je fais face dans cette épreuve, c'est toi, Julie.

Toi que j'avais repérée dès le début.

Toi dont je suis tombé amoureux, au fil des semaines.

Je sais bien que ce n'est pas réciproque. Mais je ne perds pas espoir.

Pour autant, tu sais comme moi que je ne laisserai pas mes sentiments m'envahir. C'est terrible à dire, mais je ferai tout pour gagner. Nous devrons collaborer, trouver la meilleure solution pour sortir de l'ornière, mais en théorie un seul de nous deux continuera l'aventure à l'issue de l'épreuve. Ceci dit, étant donné la qualité des candidats encore en lice, si l'une des paires imposées montre des aptitudes exceptionnelles, nous sommes tous convaincus que les deux candidats pourraient être sauvés. Ce ne serait pas la première fois que les règles énoncées sont modifiées en cours de jeu, cela fait également partie de la sélection : s'adapter à des règles mouvantes, ou bien inciter à les changer par son comportement.

C'est comme cela que toi et moi abordons l'épreuve. En collaborateurs bien décidés à faire en sorte que chacun tire son épingle du jeu.

Au fil des étapes, j'ai passé de plus en plus de temps avec toi. Appris à te connaître, même si tu restes très discrète, très secrète. Tout ce que je sais de toi, ce sont tes études, ta situation familiale – qui me rend la tâche de séduction bien plus complexe que je ne le pensais –, et le quotidien que nous partageons entre candidats finalistes, depuis plusieurs mois. Suffisamment pour être dingue de toi, de ta douceur, de la poésie de tes gestes, de ton esprit aussi vif que pragmatique. De ta fantaisie, aussi : tu es capable de te mettre à chanter à tue-tête, d'éclater de rire toute seule ou au contraire de t'extraire du monde qui s'agite autour et de paraître ailleurs. Je pense que dans un autre contexte, dans une autre époque, on te qualifierait sans doute de dérangée. Je te crois simplement d'une intelligence particulière, différente. Et c'est sans doute cette différence qui m'attire.

Tu ne m'as rien promis, et chaque fois que j'ai tenté de t'approcher physiquement, tu t'es dérobée. Tu as d'ailleurs été très claire : tu m'as dit aimer ta famille – ta petite Anna et ton Frenchie dont je suis jaloux à crever –, et tu affirmes qu'il en sera toujours ainsi. Mais je ne peux pas m'empêcher de garder espoir. La vie d'un astronaute est une vie en vase clos, au sein de laquelle les proches sont relégués à l'arrière-plan – du moins au cours des années intensives d'entraînement, celles qui précèdent le premier vol. Dans ce vase clos, qui sait, j'aurai peut-être un jour une carte à jouer. J'attends mon heure.

Aujourd'hui, mes sentiments pour toi ne doivent en aucun cas interférer. J'ai travaillé trop dur pour échouer si près du but. J'ai bien dormi cette nuit, et au réveil je suis allé courir cinq kilomètres, avant de prendre une longue douche suivie d'une séance de relaxation profonde. Je suis calme, serein. Je me sens prêt.

Toi et moi avançons, dans nos combinaisons d'entraînement. Tu me salues, me souris, mais tu es aussi concentrée que moi, alors je ne dis rien. Nous écoutons les consignes avec toute l'attention nécessaire.

L'épreuve s'annonce coriace. Et nous sommes les premiers à passer.

L'exercice est baptisé « la fuite », et a pour but de simuler une fuite d'oxygène à bord d'une navette spatiale. Le scénario est le suivant : d'ici quelques instants, nous allons être installés et sanglés dans une capsule qui sera plongée dans une piscine. La capsule va soudain prendre l'eau, et se remplir rapidement. Nous devrons identifier la source de la fuite et réparer ce qui doit l'être à l'aide des outils à notre disposition, tout en appliquant les consignes d'évacuation. Si nous n'y parvenons pas avant que l'eau ne nous engloutisse, nous devrons suivre ladite procédure d'évacuation à la lettre, et nous extirper de la cabine. Évidemment, nous n'aurons ni masque, ni oxygène, et nous porterons notre encombrante combinaison. En cas de problème majeur ou d'urgence vitale, une équipe de plongeurs est là pour nous porter assistance : il faudra, pour réclamer leur intervention, appuyer sur le bouton rouge du tableau de bord. Par ailleurs, le moindre de nos gestes sera filmé, scruté, décortiqué.

Tu me regardes, me souris, et me lances un « Good luck, partner ! » qui me trouble. Ce mot anglais, « partner », signifie « coéquipier » – et c'est forcément le sens que tu lui as donné –, mais aussi « compagnon » ou « époux ». Dois-je y voir un signe ? Ton intention n'était sûrement pas de me déconcentrer, mais c'est loupé.

Je te laisse entrer en premier, tu t'installes dans le siège de gauche, et moi dans l'autre. Nous suivons les consignes, nous attachant solidement avec les harnais de sécurité, vérifiant que tous les voyants sont au vert. Pendant les quatre minutes que dure notre descente sous l'eau, nous tentons de mémoriser la complexe procédure d'évacuation. Le tout est rendu plus difficile encore par le fait que le manuel soit écrit en anglais, tandis que tous les boutons du tableau de bord sont en russe, langue qu'aucun de nous ne parle couramment.

Une fois la capsule stabilisée à quatre mètres de profondeur, la fuite d'eau fait son apparition, bientôt suivie d'une deuxième, puis d'une troisième. Un compte à rebours se met en marche, et nous indique que d'ici trois minutes l'habitacle sera entièrement rempli. C'est beaucoup plus rapide que ce que j'avais imaginé, nos mollets sont déjà dans l'eau. Il me semble qu'effectuer la réparation va prendre au moins deux minutes, et la procédure... plus de trois minutes. C'est toi qui prends la parole la première :

— On n'a pas le temps de tout faire à deux. Tu t'occupes de la procédure d'évacuation et je colmate, OK ?

— OK.

Tandis que tu t'actives avec les outils qui nous ont été fournis, trois nouvelles brèches s'ouvrent, et le débit augmente d'un coup. L'eau est désormais au niveau de nos ventres, et le chronomètre est ajusté à cette nouvelle donne : il ne reste que une minute.

Je repasse mentalement les gestes à effectuer, sous l'eau désormais. Je jette un œil sur ma gauche, je constate que tu effectues maintenant ta tâche en apnée, et je comprends que tu n'as pas vu le nouveau décompte. Je veux te le signaler, mais un jet manque de m'étouffer, et je me mets à tousser. L'eau est déjà au niveau de nos épaules.

Trente secondes.

L'eau atteint le bas de mon visage. Il reste quatre étapes sur les dix de la procédure d'évacuation. Alors la vérité me percute. Je prends conscience qu'il nous sera impossible de mener à bien cette mission – et c'était d'ailleurs sans doute prévu ainsi : quels risques vont prendre ces futurs astronautes avant de constater la vacuité de l'application des règles ? Quand vont-ils comprendre qu'il leur faut prioriser leur sécurité et s'extraire de la capsule le plus vite possible, avec ou sans procédure ?

Vingt secondes.

Nous prenons une dernière grande inspiration, et nous sommes entièrement immergés. Je te fais signe qu'il est temps de sortir coûte que coûte, tu acquiesces. Il y a une porte de chaque côté, chacun de nous actionne les leviers d'urgence, j'attends de constater que tu as bien ouvert ta porte avant de me détacher de mes sangles et de me diriger vers le haut. Je ne suis pas très performant en matière d'apnée, je sais qu'en plein effort je ne tiens pas plus d'une minute, alors je nage vite. Lorsque j'atteins la surface, mon cœur est au bord de l'explosion et mes poumons en feu. Je regarde autour de moi, les quelques personnes au bord du bassin applaudissent, j'imagine que nous avons réussi, finalement. Je me retourne, prêt à partager cette joie avec toi, mais tu n'es pas là.

Alors je vois ces mêmes personnes s'agiter, et deux d'entre elles sauter dans l'eau avec leur masque. Il y a un problème. Je demande un masque moi aussi, et replonge.

Ce que je vois au fond du bassin me fige sur place.

Autour de la capsule, trois plongeurs s'activent.

Je sens un haut-le-cœur me soulever la poitrine, mais ce n'est pas le moment de flancher. Être astronaute, c'est aussi garder son calme en toutes circonstances. Soudain, je me souviens que l'épreuve s'appelle « de sang-froid » et je comprends ce qui est en train de se passer : peut-être suis-je le seul testé aujourd'hui ? Peut-être que tu es de mèche pour simuler un problème, et que ma réaction à cette simulation sera scrutée sous tous les angles ? Oui, c'est forcément ça.

Je remonte pour reprendre ma respiration, et j'exige avec la plus grande fermeté que l'on m'équipe immédiatement en oxygène. Cela prend une trentaine de secondes, et puis je plonge de nouveau.

Lorsque je parviens au niveau de la capsule, je comprends qu'il ne s'agit en aucun cas d'une simulation. Car je te vois, toi.

Toi, que deux plongeurs tentent d'oxygéner tandis que le troisième s'active sur les sangles. Ces sangles qui t'ont retenue prisonnière.

Alors je m'approche, je te regarde mieux, et soudain un détail me frappe, me vrille le bide, me broie le cœur.

Les bulles. Il n'y en a pas.

L'un des plongeurs maintient l'oxygène dans ta bouche, mais aucune putain de bulle ne sort.

Je commence à suffoquer. J'ai besoin de remonter mais je ne peux pas. Je reste là, à fixer sur ma rétine cette image qui ne partira plus jamais. Cette image qui, je le sais, me hantera jusqu'à la fin de mes jours.

La femme dont je suis fou, la seule femme pour qui j'aie jamais éprouvé quoi que ce soit de comparable, gît au fond de cette piscine d'entraînement.

Les tentatives de réanimation n'y changeront rien. À l'instant où je t'observe, suffoquant de tristesse dans mon masque de plongée, je sais déjà que tu es morte.

J'ai l'impression de me noyer, moi aussi.

Alors je me raccroche à ce qui aurait pu être. À cette autre vie dans laquelle tu serais encore là, ton sourire lumineux éclairant mes jours.

Et si je ne t'avais pas laissé prendre l'autre siège ? Et si j'avais été plus attentif à toi, dans cet instant de panique ? Et si j'étais resté à tes côtés jusqu'à m'assurer que tu t'étais bien détachée ? Et si je n'avais pas été si troublé au début de l'expérience, aurais-je pris conscience bien plus tôt qu'il nous fallait sortir ?

Des « si » à l'infini.

Et mon cœur en mille éclats.

*

Les images insoutenables prises sous l'eau montreront que tes sangles étaient, à cet instant, impossibles à détacher. Sur la vidéo, on te voit, en apnée, tenter de t'en dégager à plusieurs reprises, puis mettre tes deux mains sur la porte pour te hisser, te faufiler entre les sangles. C'est à ce moment-là que la porte se referme, t'assommant d'un grand coup sur la tête. C'est à ce moment-là que tu perds connaissance, et que ton corps tente soudain de respirer, dans un réflexe de survie qui te sera fatal.

Ayant assisté au drame, j'étais parfaitement conscient que si responsabilité il y avait, elle était du côté d'une défaillance technique, ou d'un problème de contrôle du matériel avant l'exercice.

Mes supérieurs de la Nasa auraient pu, auraient dû assumer. Mais la CIA et le contexte géopolitique en ont décidé autrement.

En 1975, l'image de l'armée américaine dans le monde était désastreuse, l'enlisement de la guerre du Vietnam et les atrocités commises là-bas par ses soldats l'ayant sérieusement endommagée. A contrario, la conquête de la Lune avait permis à la Nasa de conserver un important capital de sympathie dans l'opinion publique internationale. Les astronautes étaient le visage de l'Amérique, l'Agence spatiale, sa vitrine éclatante de réussite, et nous étions en pleine guerre froide : il était hors de question de donner du grain à moudre au bloc de l'Est et de mettre en péril l'aura de la Nasa en admettant un quelconque dysfonctionnement. Face à l'image de l'Amérique, la vérité sur le décès d'une anonyme n'a jamais fait le poids.

Alors en quelques heures seulement, pendant que nous autres, témoins de la scène – plongeurs, techniciens, candidats, militaires – étions maintenus à l'isolement, un dossier de suicide par noyade a été mis au point. D'après le médecin et les officiers t'ayant côtoyée, Julie, tu étais fragile psychologiquement. Une lettre manuscrite – reconstituée à partir de courriers écrits de ta main – évoque d'ailleurs ta détresse face à la pression d'un processus de sélection particulièrement exigeant. Détresse qui t'a finalement poussée à mettre fin à tes jours.

Sur les douze témoins tenus au secret-défense, seuls Sharon, James et moi sommes encore en vie, quarante-six ans plus tard.

Je suis devenu astronaute, James a rejoint les rangs de la CIA, et Sharon – qui à son grand dam a été écartée des missions en orbite pour raisons médicales – occupe aujourd'hui l'un des plus hauts postes de la hiérarchie spatiale mondiale.

En 1986, après l'accident de la navette Challenger, *qui a coûté la vie à sept de mes collègues, j'ai eu le malheur d'évoquer en interview l'existence de problèmes de sécurité au sein de la Nasa remontant aux années soixante-dix. Trois mois plus tard, deux femmes que je ne connaissais pas me traînaient devant les tribunaux avec un solide dossier à charge, m'accusant de harcèlement sexuel.*

C'était un avertissement on ne peut plus clair. Le moins que l'on puisse dire, c'est que l'Amérique n'a jamais apprécié les traîtres.

34

DIEGO

Tandis que Ted fait le plein d'essence dans la nuit noire d'une autoroute allemande, j'accompagne et soutiens la marche hésitante d'Anna vers les toilettes de cette station-service perdue au milieu de nulle part. L'ambiance est lugubre, il n'y a rien d'autre que des champs autour de nous. Nous sommes à deux heures de Cologne et j'espère que cet arrêt inattendu ne va pas mettre en péril notre horaire d'arrivée, mais Anna semble vraiment mal alors nous n'avons pas le choix. Tandis que nous avançons dans le froid, elle grelotte, sa respiration est irrégulière, j'ai l'impression qu'elle va s'évanouir.

Lorsque nous pénétrons dans l'enceinte surchauffée, Anna me prend par la main, et m'entraîne avec elle dans les toilettes des femmes.

Soudain, elle change complètement d'attitude. Ses tremblements cessent, elle ferme la porte à clé, pose un doigt sur sa bouche afin d'exiger mon silence, puis elle me tend son téléphone et se met à m'expliquer. Je ne suis pas sûr de tout saisir – et elle non plus d'ailleurs –, mais je comprends de ses chuchotements paniqués qu'elle craint pour sa vie. Je tente de garder mon calme, d'analyser le plus froidement possible la situation, tout en sachant bien que nous n'avons que quelques minutes pour prendre une décision, sans quoi Hansen se doutera que quelque chose cloche.

Quelles conclusions tirer de ces minutes fébriles de discussion dans cette cabine de toilettes étroite et sale ?

Le scénario qu'Anna a imaginé, c'est que Ted ait réellement agressé ces femmes dans les années quatre-vingt… mais que ses agissements aient commencé bien plus tôt. Peut-être a-t-il agressé la mère d'Anna, peut-être cette agression a-t-elle été étouffée afin de ne pas porter préjudice à la réputation de la Nasa, peut-être cette non-reconnaissance de son trauma a-t-elle poussé Julie à se suicider ?

Je suis d'accord, cette hypothèse se tient, mais elle implique de nombreuses questions sans réponse, au premier rang desquelles : pourquoi Ted est-il entré en contact avec Anna, fille de l'une de ses victimes ? S'il s'agit d'une sorte de fascination perverse, dans ce cas Ted est un fou dangereux… Bien sûr, les psychopathes savent parfaitement cacher leur véritable nature, mais j'ai beau tenter de me convaincre, rien de tout ça ne colle à la personnalité de l'homme que nous côtoyons maintenant depuis plusieurs semaines.

Puisque nous en sommes aux découvertes, à mon tour je montre à Anna la photo extraite des images de vidéosurveillance, celle où une femme parle avec Ted. Je ne sais pas s'il y a un quelconque lien, mais sait-on jamais.

Lorsqu'elle découvre le cliché, Anna se décompose.

— C'est Sarah Miller, la thésarde qui est venue me voir. Que fait-elle à Tenerife, en pleine discussion avec Ted… contre lequel elle m'a elle-même mise en garde ? *Fuck fuck fuck fuck!!* je ne comprends plus rien ! Mais le problème c'est qu'on n'a pas le temps de réfléchir, ça fait presque dix minutes qu'on est enfermés dans ces chiottes… En tout cas pour moi une chose est certaine : il est hors de question de continuer la route avec Hansen.

Je suis d'accord avec elle, et lui propose même d'appeler la police, mais elle refuse.

— Nous n'avons rien d'autre que des présomptions d'intentions malveillantes d'un astronaute mondialement célèbre, nous sommes des citoyens français et espagnol, nous n'avons pas été agressés, la police allemande ne fera rien. En revanche… Diego il faut que toi tu sois à Cologne dans deux heures, tu ne vas pas louper ta chance à cause de toute cette histoire.

— Ça n'a aucune espèce d'importance. La priorité, c'est ta sécurité.

Anna réfléchit quelques instants, et soudain son visage s'éclaire.

Elle saisit mes mains, plante ses yeux dans les miens et murmure :

— Je sais ce qu'on va faire.

35

TED

Ils sont partis.

Ils sont partis et moi je n'ai rien vu venir.

Après toutes les précautions prises ces dernières semaines, je n'ai pas perçu l'arrivée du grain de sable. Sharon m'a souvent répété que ma naïveté et ma confiance en l'être humain me perdraient : ce qui vient de se produire lui donne raison.

Lorsque tous deux sont revenus dans le van, Diego m'a expliqué qu'Anna venait de passer les dix dernières minutes à vomir. Elle avait les yeux fermés, le visage crispé, la respiration lourde. Nous étions sur le point de redémarrer quand Anna s'est sentie mal de nouveau. Elle a poussé quelques gémissements, demandé à boire d'une voix blanche, mais nous n'avions rien. Diego m'a demandé si « j'aurais la gentillesse d'aller acheter une bouteille d'eau pour Anna »... et moi je les ai sous-estimés. Ils ont tous deux très bien joué leur scène lorsqu'ils m'ont supplié de laisser tourner le chauffage : Anna grelottait, et la température étant proche de zéro, la requête m'a paru légitime. Je n'étais pas encore passé en caisse que le van s'éloignait à toute vitesse.

Au fond, je pourrais continuer sans me soucier d'Anna. Mais cela fait des semaines que je prends des risques pour elle. La machine est désormais enclenchée. Alors il est hors de question de renoncer.

J'aurais pu finir ma vie comme tous les autres, sans rien révéler à quiconque des événements de 1975 – et surtout pas à Anna. Mais voilà il y a une gigantesque différence entre les autres et moi : je n'ai jamais réussi à oublier ce jour où se sont côtoyés, en l'espace de quelques heures, la mort de celle dont j'étais tombé éperdument amoureux, et le tournant le plus significatif de mon destin.

Tout au long de ma carrière d'astronaute, l'image de Julie est revenue me hanter. Parce que je l'aimais. Parce que j'ai protégé le secret-défense entourant les circonstances de son décès. Parce que sa mémoire a été salie auprès de sa fille. Mais aussi parce que j'ai toujours pensé que si elle n'était pas morte ce jour-là, elle aurait été nommée à ma place. Que s'il n'y avait pas eu cette version officielle à garantir, la Nasa ne m'aurait sans doute pas sélectionné. Je sais bien que j'avais les qualités nécessaires – comme tous les candidats, à ce stade du recrutement. Mais Julie était solaire, brillante, d'une intelligence rare. Elle aurait fait une parfaite « première Américaine dans l'espace ». Alors depuis toutes ces années, je ne cesse de me répéter que je suis un usurpateur.

J'ai eu quarante-six ans pour prouver ma valeur, quarante-six ans au cours desquels j'ai enchaîné avec succès les missions, obtenu les plus grandes reconnaissances. S'il y avait eu le moindre doute sur mes capacités, on m'aurait trouvé un poste confortable afin de me garder sous contrôle, mais on ne m'aurait pas envoyé dans l'espace. Je sais cela, et malgré tout, j'ai toujours chevillé au corps ce syndrome de l'imposteur. Cette ombre qui plane au-dessus de moi. L'ombre de Julie.

*

Je suis un éternel célibataire et j'ai une affection particulière pour l'Europe, aussi depuis que je ne fais plus partie des astronautes « qui volent encore », j'apprécie les missions détachées au sein de l'agence européenne. Lorsqu'il y a quelques mois l'ESA m'a demandé de me prêter au jeu des discussions informelles avec leurs apprentis astronautes, j'ai accepté de participer à cinq journées sur site à Hambourg.

J'aurais pu choisir cinq jours au hasard, mais voilà j'aime les équipes multiculturelles, alors j'ai souhaité choisir des journées présentant une grande diversité d'origine des postulants. C'est dans cette optique que j'ai consulté la liste des candidats.

Lorsque j'ai vu ton nom, Anna, j'ai cru à un homonyme, mais j'ai tout de même voulu en avoir le cœur net. Trois femmes sont apparues dans le moteur de recherche. La première était morte en 2012 à l'âge de 84 ans, la deuxième se prénommait en réalité Anne-Marie, et la troisième... était médecin, à l'Isle-sur-la-Sorgue. Sur le site de prise de rendez-vous, je suis tombé sur ta photo.

L'émotion m'a submergé.

Anna, ma chère Anna, si tu savais comme tu ressembles à ta mère !

Si tu savais comme ta mère m'a parlé de toi ! Comme je vous ai enviés, ton père et toi, d'avoir su si bien conquérir le cœur de cette femme extraordinaire, cette Américaine installée dans le sud de la France par amour, mais qui n'avait pas pu résister à l'appel de l'espace. Encouragée et soutenue par ton père, elle était partie tenter sa chance à Houston pour la session 1975 de recrutement de la Nasa. Elle me racontait ton père, sa petite Anna qui lui manquait, tandis que mon âme se brisait, moi qui brûlais d'amour pour elle.

Jamais je n'ai cherché à savoir ce que tu étais devenue, toi, l'enfant de Julie. J'avais trop peur d'avoir mal, trop peur de ne pas savoir mentir à cette petite fille.

J'avais raison d'avoir peur.

Une fois passé le choc de te découvrir dans cette liste de candidats, une question fondamentale a déferlé : pourquoi étais-tu là ?

Je n'ai pas cru à une simple coïncidence.

Pour moi, il n'y avait que deux possibilités.

La première : l'un des témoins du décès de ta mère t'avait parlé, avant de passer lui-même l'arme à gauche. Dans ce cas, ta démarche avait pour but de te rapprocher de nous, pas à pas, afin de faire toute la lumière sur la mort de ta mère, de la réhabiliter sans doute, et peut-être de trouver le moyen de te venger. Sans te connaître, j'ai imaginé une sorte de *Kill Bill* version astronautes qui m'aurait mis en danger.

La seconde : personne n'avait parlé, tu ne savais rien des circonstances réelles du décès de ta mère, mais tu étais là pour aller au bout de son parcours, terminer ce qu'elle n'avait pas pu terminer, boucler la boucle. Dans ce cas, c'était toi qui courais un grave danger : il aurait suffi que James ou Sharon te remarque à une quelconque étape du processus. Sharon surtout, qui serait présente à Hambourg et Cologne, je le savais. Sharon, qui avait, elle aussi, rejoint l'Europe récemment pour enfin prendre le poste dont elle rêvait depuis toujours, et James, dont la carrière au sein de la CIA s'était construite sur sa capacité à étouffer les scandales avant qu'ils n'éclatent.

Voilà pourquoi j'ai tenté de t'empêcher de venir à Hambourg. Je ne pouvais évidemment pas te contacter directement, j'ai donc dû avancer masqué. Mais mon mail anonyme n'a pas eu l'effet escompté, et tu es venue quand même.

Au fond, c'était ce que j'espérais, je crois.

Te rencontrer. Revoir Julie à travers toi.

Alors tant pis. Ou tant mieux.

*

C'est au matin de mon quatrième jour à Hambourg que tu apparais.

Mon cœur se met à battre si fort que j'ai envie de t'approcher dès le premier *coffee break*. Sharon est en déplacement, la voie est libre. Mais tu es masquée et concentrée, te déranger serait cavalier, et probablement assez étrange. Je dois patienter jusqu'à la pause déjeuner.

Pendant l'heure qui suit, alors que j'attends la fin de l'épreuve afin d'emmener les candidats au self comme je m'y suis engagé, tu ne quittes pas mes pensées. Dans la file d'attente, je me débrouille pour me retrouver à côté de toi, et j'engage la conversation.

Tandis que j'ôte mon masque et que tu fais de même, je ne trouve plus mes mots. Je crois défaillir.

En une seconde, je me retrouve transporté des décennies en arrière.

Les images affleurent. Celles de l'accident. Et puis les autres. Celles du sourire de ta mère, de ses yeux si bleus, de sa chevelure blonde ramenée en chignon négligé. Comme toi.

Puis tu te mets à parler, et je peine à contenir mon émotion.

Je détourne le regard, fais semblant de m'intéresser au menu, mais je n'entends que tes intonations, ton timbre. Ta voix, si proche de la sienne.

Je voudrais te dire tellement de choses, Anna. Mais je me contente de balbutier un bonjour maladroit qui doit détonner avec mon assurance habituelle.

*

À Hambourg, j'ai acquis la certitude que tu n'avais pas d'intention malveillante à mon égard.

Après Hambourg, je n'ai pas réussi à passer à autre chose.

Alors j'ai cherché un moyen de te revoir.

Je n'y pouvais rien. Julie était réapparue dans ma vie sous les traits de sa fille, c'était un signe. Je ne crois pas en Dieu, mais je crois à l'idée que si les chemins se rejoignent, c'est qu'il y a une bonne raison.

Je savais que je prenais des risques, mais ces risques me semblaient mesurés. Il serait toujours temps de m'éloigner si tu étais sélectionnée pour l'étape suivante.

Dès le déjeuner d'Hambourg, Nabila a évoqué le groupe des Extraordinaires, et j'ai compris que cette jeune Marseillaise à l'enthousiasme fédérateur serait ma clé. Aussi ai-je gardé contact avec elle, et réagi très vite en appelant Diego lorsqu'elle m'a parlé de votre projet de séjour d'entraînement à Tenerife. Bien sûr, si tu n'avais pas fait partie de l'aventure, je n'aurais sans doute pas proposé cette participation. Mais ensuite… eh bien je dois dire que je me suis sacrément pris au jeu. Je suis un passionné, j'aime transmettre, et il faut avouer que votre groupe est formidablement attachant.

Plus les jours avançaient, plus j'en apprenais sur toi, plus je comprenais que je m'étais trompé sur toute la ligne. Aucun de mes deux scénarios n'était le bon. Tu n'étais là ni pour te venger, ni pour terminer ce que ta mère avait commencé, puisque tu n'avais aucune idée du parcours de ta mère au sein de la Nasa. Lors de l'ascension du Teide, lorsque Bérénice te demandait comment tu en étais arrivée à te lancer dans la course à l'espace, tu as raconté. La découverte de la photo de ta mère « férue d'astrologie » dans ce *Grand Atlas des étoiles* bien planqué au fond de la bibliothèque paternelle, et cette fascination qui a grandi au fil du temps. En posant quelques questions innocentes, j'ai sondé l'étendue des zones d'ombre, et compris qu'il n'y en avait pas, pour toi : ta mère, que tu as très peu connue, était une originale éprise d'ésotérisme qui s'est suicidée lors d'un voyage dans son pays natal, a été incinérée, cendres dispersées, pas de sépulture, rien. Fin de l'histoire.

Ton père ne connaît pas les circonstances véritables du décès de Julie. La Nasa lui a transmis la fausse lettre évoquant une trop forte pression lors du processus de sélection, il a eu accès à l'autopsie parlant de suicide par noyade, au compte rendu officiel d'enquête affirmant qu'aucun doute n'était permis. Je ne sais pas pour quelle raison il t'a caché le parcours scientifique de ta mère, il te faudra sans doute le lui demander, mais je suis bien placé pour savoir que les chemins du deuil sont parfois imprévisibles.

*

Et maintenant ?

Cela fait plusieurs semaines que je me prépare.

J'ai hésité longtemps. Ce qui a finalement emporté ma décision, c'est cette affirmation sortie de ta bouche, qui m'a tordu le ventre. Cette affirmation selon laquelle ta mère ne t'aimait pas – en tout cas pas suffisamment pour rester en vie, à tes côtés. Au début j'ai cru qu'il s'agissait d'une posture, mais quand Nabila t'a charriée et a insisté, l'affirmation est restée. Dure. Terrible. Et tellement fausse. Rien ne pourrait être plus faux. À cet instant, j'ai compris que l'image de Julie était brisée dans ton esprit – et probablement dans celui de ton père. Or l'idée que personne d'autre que moi ne se souvienne de la jeune femme merveilleuse qu'elle était, que personne ne puisse témoigner qu'elle avait tout pour devenir la première astronaute américaine… tout cela résonne aujourd'hui comme une injustice insupportable.

Depuis que je t'ai rencontrée, je ne cesse de me dire que je dois trouver un moyen de réparer. Réparer ce dont je ne suis pas responsable, mais dont je me suis rendu complice.

Aujourd'hui j'ai soixante-douze ans, je n'ai plus grand-chose à perdre, je pourrais faire fi du secret-défense, assumer des conséquences qui pourraient aller jusqu'à la case prison ou pire, je n'ai pas peur.

Mais je ne veux prendre aucun risque te concernant, Anna.

Depuis que Sharon est venue à Tenerife, je nous sais surveillés. Alors j'avance mes pions avec précaution. Certains étaient en place depuis des années, je ne suis pas né de la dernière pluie.

J'ai eu une conversation avec Sharon il y a quelques jours, au cours de laquelle je lui ai assuré que je ne ferais jamais rien de compromettant, que j'avais cessé tout contact avec toi – j'ai d'ailleurs pris grand soin de n'utiliser que des lignes fixes de lieux anonymes pour te contacter ces dernières semaines. Je ne sais pas si Sharon m'a cru, mais j'ai compris qu'elle n'avait encore rien dit à James.

Lorsque tu m'as appelé il y a quelques jours pour me parler de ton idée d'expérience de l'apesanteur, je savais qu'une telle escapade déclencherait une réaction. Mais je savais aussi que Sharon et James auraient besoin de plus de vingt-quatre heures pour organiser quoi que ce soit, d'autant que nous ne sommes pas sur le sol américain, ce qui complique les choses pour eux. J'avais donc prévu d'enclencher la phase finale de mon plan tout de suite après ce vol zéro G qui constituerait une formidable conclusion. Notre expédition allemande a différé le tout de quelques heures… et puis soudain tu t'es enfuie. Pourquoi ? Sharon t'a-t-elle envoyé un message t'intimant de te méfier de moi ? As-tu découvert quelque chose sur moi qui t'a effrayée ? Peu importe, au fond. L'essentiel est d'agir.

Car nous n'avons plus beaucoup de temps avant que les mécanismes de protection du secret-défense ne se mettent en branle.

Alors dans cette nuit noire allemande, je me dirige vers la caissière de la station-service, lui tends 20 euros afin qu'elle me laisse passer un coup de fil depuis son téléphone portable, ce qu'elle accepte avec joie.

Je ne peux pas t'appeler, toi : ton téléphone est surveillé.

Diego ne répond pas, je m'y attendais.

J'envoie un SMS.

« Si Anna veut connaître la vérité sur sa mère, RDV sous l'horloge de la gare centrale de Cologne à 11 heures. Ensuite, il sera trop tard. »

36

ANNA

Nous arrivons à Cologne un peu après 9 heures.

Diego a tout juste le temps de prendre une douche à l'hôtel qui lui a été réservé par l'ESA, et puis il est déjà l'heure de filer au DLR – le siège de l'Agence spatiale allemande, où ont lieu les épreuves. Je le serre longuement dans mes bras, lui souhaite bonne chance, et surtout je lui ordonne de ne pas penser à moi, de se focaliser sur ce qu'il a à faire aujourd'hui et qui est la chance d'une vie. S'il échouait par ma faute, ce serait tellement injuste… je ne pourrais pas le supporter.

Les minutes précédant son départ sont intenses. Diego m'embrasse, me regarde dans les yeux et me dit :

— Je suis inquiet pour toi, je ne peux pas dire le contraire. Mais je sais aussi qu'il y aura beaucoup de monde autour de vous dans la gare, et que si Ted avait vraiment voulu te faire du mal il aurait eu des dizaines d'occasions… Sois prudente, et si tu as le moindre doute n'hésite pas à pousser ton meilleur hurlement pour attirer l'attention – pense à Nabila face à la blatte sans yeux, c'est un exemple.

Lui me fait rire et moi, je joue les dures, ça nous rassure tous les deux.

Mais la vérité nue, c'est que je suis terrifiée.

Avant d'aller à ce rendez-vous avec Hansen, j'ai besoin d'entendre mon père. Qu'il m'explique pour quelle raison il ne m'a jamais parlé du parcours de ma mère à la Nasa.

La conversation est difficile. Il nie, commence par refuser de livrer ce mensonge gardé si longtemps enfoui. Puis je lui envoie la photo trouvée dans le journal de 1975, et il se met à pleurer. Après quelques minutes, il se décide enfin à parler.

— Quand ta mère est morte, je me suis écroulé. Littéralement. Tu ne t'en souviens pas, tu étais si petite… mais la douleur était si forte… Tu étais tout ce que j'avais. Tout ce qu'il me restait d'elle. L'espace m'avait pris la femme que j'aimais, je voulais à tout prix éviter qu'il m'enlève ma fille. Alors je ne sais pas… j'ai cru qu'en te cachant cette aventure qui avait coûté la vie à ta mère je tiendrais l'espace à distance, je t'éviterais de suivre le même chemin. Mais j'ai fait une erreur. Je n'ai pas réussi à me débarrasser de ce *Grand Atlas des étoiles* qu'elle chérissait comme un talisman, un objet précieux. Ce jour de kermesse, ce jour où tu as affirmé haut et fort ton rêve devant ce parterre d'adultes… j'ai compris que tu avais trouvé le livre. Ce que j'ai ressenti est indescriptible. La douleur s'est mêlée à la fierté de te voir si forte, si volontaire, si courageuse. Je n'ai pas pu me résoudre à ne pas te soutenir. Alors j'ai applaudi ma petite fille. Parce que mon amour pour toi a toujours été plus grand que ma peur de te perdre.

Il marque une pause, ravale ses larmes, avant de reprendre.

— Je t'aime, Anna. J'espère que tu me pardonneras.

Je ne réponds pas. Je ne peux pas.

Les informations sont trop denses. Les questions trop brutales.

Et les mots restent bloqués dans ma gorge.

Je finis par raccrocher sans savoir quoi penser.

Qu'aurais-je fait à la place de mon père ?

Aurais-je pu agir de la même façon ? Aurais-je agi à l'opposé ?

Je sais que chacun gère sa douleur comme il le peut, surtout en cas de deuil. Et que la raison passe souvent au second plan. Il m'a fallu trois ans pour sortir du gouffre où la mort de Michael m'a plongée. Alors, bien sûr, le mensonge de mon père est condamnable. Mais peut-être était-ce la seule façon pour lui de tenir, et de m'élever sans sombrer. Sans ce mensonge, serais-je une meilleure ou une pire version de moi-même ?

Impossible de répondre à ces interrogations, c'est bien trop vertigineux.

Bien trop tôt, aussi. Il va me falloir du temps pour comprendre. Pour digérer ce qui vient d'être dit. Et peut-être un jour, pouvoir pardonner. Aujourd'hui c'est inenvisageable. La blessure est profonde, la plaie à vif.

Une chose est en tout cas certaine : maintenant que les vannes sont ouvertes, j'ai besoin de connaître toute la vérité. Si je ne vais pas à ce rendez-vous avec Ted, les regrets me hanteront pour le restant de mes jours.

*

En chemin vers la gare, je passe acheter un long couteau de cuisine, que je planque dans la doublure du manteau d'hiver que Diego m'a prêté. En plongeant la main dans la poche droite, j'y ai un accès direct, c'est toujours ça de pris.

La gare de Cologne est bondée en ce froid lundi de janvier.

Je me dirige tout droit vers l'horloge.

Hansen est déjà là.

Il me fait signe de ne pas parler, et me tend un papier sur lequel il est écrit :

« Ne dis rien, et donne-moi ton téléphone. Tu es peut-être tracée et écoutée. »

J'hésite, j'ai peur qu'il me piège, mais je comprends que c'est une condition *sine qua non*. Alors au point où j'en suis…

Je lui tends mon téléphone, et sous mes yeux ébahis, Ted l'offre à une femme sans-abri qui passait par là – et qui n'en finit plus de le remercier.

Puis il revient vers moi.

Il est ému, c'est visible.

Il se tient debout, baisse d'abord la tête, puis plante son regard humide dans le mien, et me lance :

— J'ai beaucoup de choses à t'expliquer… Mais avant tout, je voudrais te donner ça.

Il me tend une fine boîte de métal portant le nom de ma mère, et ma tête se met à tourner. Mon cœur est sur le point de bondir hors de ma poitrine.

— Cette boîte, c'est ce que l'on appelle « la boîte à souvenirs ». Elle contient les quelques objets personnels que chaque astronaute a le droit d'emporter avec lui dans l'espace afin de garder le lien avec sa vie terrestre une fois là-haut. Le contenu de cette boîte, c'est du sentiment pur, ce qu'il reste quand il n'y a plus rien d'autre. J'ai pensé qu'elle devait te revenir.

J'ouvre la boîte délicatement.

Mon Dieu !

À l'intérieur, je découvre une cassette audio, et une photo de moi que je ne connaissais pas. Sur ce cliché jauni, je suis assise dans une chaise haute et je souris de mes trois dents de bébé, tout en tenant une pancarte sur laquelle il est écrit :

« *Happy birthday, mommy. We miss you.* »

J'ai l'impression que mon corps vient de se vider de son sang.

Hansen tente de me prendre dans ses bras, mais je le repousse fermement.

Je ne parviens pas à comprendre les tenants et aboutissants de tout ça, mais j'en ai assez de tourner autour du pot. J'ai besoin d'explications, pas d'une accolade larmoyante.

Je recule d'un pas, et lui demande sèchement :

— Que s'est-il passé ? Je veux tout savoir, maintenant.

Alors nous nous asseyons sur un banc à l'écart de la foule, et Ted me raconte. Longuement.

L'accident, sa douleur immense, la guerre froide et le Vietnam, le besoin de cacher les failles d'un système tout entier, le silence imposé, le maquillage du décès en suicide, la peur au ventre, la culpabilité qui ronge, une carrière en apparence heureuse, en réalité construite sur les remords. Et puis mon apparition sur les listes, son message d'avertissement, notre rencontre à Hambourg, mon incroyable ressemblance avec celle qu'il a tant aimée, les risques qu'il encourt, son intention floue de s'immiscer dans ma vie afin de réparer, et enfin sa volonté de tout me révéler – au point d'être allé jusqu'à dérober, il y a quelques semaines, cette boîte de métal.

Lorsqu'il finit, je me dis qu'il a bien mérité ses remords. Que c'est bien la moindre des choses pour un mensonge qui m'a empoisonné la vie. Qui m'a empêchée de l'aimer, elle. Je sens monter en moi une colère sourde. Envers les dirigeants politiques de l'époque, envers Hansen et tous ses collègues qui ont protégé ce secret si longtemps, envers l'Agence spatiale américaine en laquelle j'avais confiance. Ted tient à nuancer les responsabilités, à préciser que c'est bien la CIA et non la Nasa qui a décidé d'imposer le secret sur cette histoire, mais pour moi peu importe : le résultat reste le même.

Soudain, au milieu de ce chaos, un éclair de lucidité me traverse et ébranle mon estime personnelle : ma sélection à Hambourg est-elle le fruit de mes compétences, ou bien est-ce là aussi une vaste mascarade ?

— Jamais, tu m'entends, jamais je ne suis intervenu. Je te le jure, tu ne dois cette aventure qu'à toi-même. En revanche, ton élimination après Hambourg est sans doute due à une… interférence extérieure.

Il marque une pause. Puis il m'explique.

Sharon *alias* Sarah Miller, les risques pour lui, pour moi. Et ce qui va se passer maintenant.

J'ai envie de lui hurler de ne plus en jeter, que c'est trop pour une seule femme dont la vie vient de voler en éclats en une poignée de secondes. Il y a quelques heures, j'étais juste moi. Désormais je suis moi, ensevelie sous des dizaines d'années de mensonges.

Mais Ted n'a pas terminé de vider son sac.

Je le regarde intensément. Tentant de sonder ses yeux acier.

— Si je t'ai donné rendez-vous aujourd'hui dans cette gare, c'est parce que tu ne m'aurais jamais rejoint en tête à tête dans un lieu clos bien sûr... mais aussi parce que dans quelques minutes je vais partir. C'est la dernière fois que nous nous voyons. Je vais prendre un train, puis un autre, puis encore un autre, changer d'apparence et reprendre des trains dans différents pays. Jusqu'à disparaître pour de bon. J'ai bien conscience qu'en connaissant la vérité tu deviens une cible à ton tour...

Un frisson me parcourt le dos, et ce n'est pas dû qu'aux températures glaciales.

Il a raison. Je suis désormais une cible pour la CIA. Tout va décidément de mieux en mieux dans ma vie. Il reprend.

— Ne t'inquiète pas, en parlant aujourd'hui devant les caméras de surveillance d'un espace public, tu es protégée également, d'une certaine façon. Dans ce genre d'affaire, la meilleure protection, c'est la visibilité.

— Je ne suis pas sûre de comprendre...

— À l'heure où je te parle, mon témoignage et le dossier secret-défense relatant les événements de 1975 sont entre les mains expertes de journaux internationaux depuis plusieurs semaines. Je leur ai donné le signal de publication, et tout sera en ligne d'ici ce soir. La mémoire de Julie va enfin exister, être réhabilitée. Notre rencontre dans cette gare permet de prouver que nous nous sommes parlé. S'il t'arrivait quoi que ce soit, les yeux se tourneraient immédiatement vers les personnes et organisations mises en cause…

J'ai du mal à intégrer tout ce qu'il vient de me raconter, mais j'ai le sentiment étrange d'une sorte de sacrifice de sa part. Si ce qu'il dit est vrai, les risques sont désormais minimes pour moi, mais immenses pour lui.

— Pourquoi ? Pourquoi faites-vous cela ?

Ses yeux brillent à nouveau.

— Parce que je l'aimais. Elle n'était pas amoureuse de moi, non. Elle aimait ton père, je ne pouvais rien y faire. Et puis elle t'aimait, toi. Ce qui a finalement emporté mon choix de tout révéler, ce n'est pas la raison, non. La raison aurait voulu que je me taise, comme tous les autres. Mais lorsque je t'ai entendue affirmer que ta mère ne t'aimait pas, lorsque j'ai compris que ta vie s'était construite ainsi, j'ai aussi compris que je ne pourrais pas continuer à me regarder dans une glace si je ne te confiais pas la vérité. Tu sais tout, maintenant. Alors je voudrais… J'aimerais que tu écoutes la bande de cette cassette audio qui est dans la boîte en fer. Même si ça n'annulera pas le mal qui t'a été fait, j'espère que tu y trouveras un peu de réconfort.

Ted se lève, me tend un vieux walkman et des écouteurs. L'émotion lui serre la gorge lorsqu'il se penche et me murmure enfin :

— Anna, ta mère aurait été fière de toi. N'en doute jamais.

L'instant d'après, il est parti.

Évanoui dans le tumulte de cette gare impersonnelle.

Je suis tellement sidérée que je n'ai même pas la force de le suivre.

À ce moment précis, tout mon corps est tendu vers la cassette audio et son contenu. Mes mains tremblent tellement… je suis obligée de demander à une jeune femme de m'aider à l'insérer dans le walkman. Elle rit, me demande de quelle époque je viens pour écouter ma musique sur un tel appareil, et mon cœur s'allège quelque peu.

Lorsque j'enclenche la touche lecture, il me semble que le monde s'arrête de tourner. La rage, la colère, la tristesse, la peur, tout s'envole d'un seul coup.

Je n'ai aucun souvenir de ces instants avec ma mère, mais ils sont là, sur une bande magnétique qui a bien failli ne jamais me parvenir.

Ce que j'entends, c'est ma mère qui entonne une comptine anodine. Une chanson à base d'escargot qui provoque des rires en cascade. Alors elle reprend de plus belle et je m'esclaffe. Et puis je prononce quelques syllabes qui ressemblent à « encore, maman ». Ma mère m'embrasse, me dit en anglais que je suis la plus merveilleuse petite fille de la Terre.

La petite fille ne sait pas qu'elle devra graver les paroles de sa mère quelque part dans son inconscient, afin de ne jamais les oublier. J'ai envie de revenir en arrière, de demander à ma mère de ne pas partir, de rester près de moi, de lui dire que si elle s'en va alors jamais elle ne reviendra. Et jamais je ne la reverrai. Mais la petite fille est insouciante, elle réclame à sa jolie maman la comptine, de nouveau.

Et ma mère rit, me répond que décidément cette histoire d'escargot me plaît beaucoup, et puis elle me murmure, cette fois-ci en français :

— Moi, c'est toi qui me plais beaucoup, mon petit cœur en sucre.

Et ces mots que mon père n'a jamais utilisés, ces mots que j'ai si souvent prononcés en m'adressant à Michael, je me demande s'ils viennent de là. Sont-ils une réminiscence de l'amour de ma mère ?

Tandis qu'elle reprend la comptine une ultime fois, je suis bouleversée.

Ma mère termine par des mots qui agissent comme une déferlante de bonheur sur mon cœur écorché, et puis la bande s'arrête.

Aujourd'hui, la petite fille a quarante-huit ans. Elle vient d'entendre la voix de sa mère pour la première fois depuis quarante-six longues années, et pourtant elle n'a aucun doute : c'est bien elle. C'est bien sa mère.

Aujourd'hui, je viens d'entendre en guise de conclusion la phrase qui m'a tant manqué, tout au long de mon existence. Une petite phrase qui n'a l'air de rien mais qui change tout. Alors je rembobine la cassette. Quelques secondes, pas plus.

Je bascule en arrière sur le banc inconfortable de cette gare qui vient de devenir, en quelques minutes, l'un des lieux les plus importants de ma vie.

Je ferme les yeux.

Je serre fort les écouteurs contre mes oreilles.

Il n'y a plus que nous deux, maman.

Et ta voix comme une réparation. Un soleil apaisant qui me répète en boucle :

— *I love you, my beautiful Anna. To the moon and back.*

ÉPILOGUE
VERS L'INFINI ET AU-DELÀ

ANNA
CINQ ANS PLUS TARD

Val et Neil m'ont envoyé un SMS.

Mon père m'a envoyé un SMS.

Bérénice, Côme et Axel m'ont envoyé un SMS.

Bintou m'a envoyé douze SMS. Ou plutôt onze captures d'écran de SMS de copines qui n'avaient pas mon numéro et un SMS de sa part – et de celle d'Ali-le-coach-beau-gosse qui partage désormais bien plus que ses nuits. Sacrée Bintou, qui ne fera donc jamais les choses à moitié... et c'est aussi ce qui fait son charme.

Voilà les pensées qui me traversent, tandis que je tente de garder le stress et la pression à distance. Je tente d'appliquer toutes les techniques de relaxation apprises ces derniers mois, mais c'est difficile.

Alors j'essaie la méthode la plus basique : je me concentre sur ma respiration et sur les battements de mon cœur.

Au bout de quelques instants, je parviens à ne plus rien entendre d'autre.

Et tandis qu'autour de moi le monde s'agite, je m'accorde le droit de replonger dans les cinq folles années qui viennent de s'écouler.

★

Ma première pensée est pour mon père.

Après les révélations de Ted, et juste avant la déferlante médiatique, nous avons eu un long face-à-face. Je pensais prononcer des mots tranchants, des mots qui blessent mais, dès l'instant où je l'ai eu devant moi, ma colère est retombée. J'ai compris la peur viscérale de me perdre qui l'avait conduit au mensonge. Et puis j'ai compris qu'il ne m'avait jamais menti sur le point le plus important : ma mère m'aimait.

Alors je lui ai pardonné.

Comme j'ai pardonné à Ted, je crois.

Ted, qui a disparu de la surface de la Terre depuis cinq ans.

Officiellement, personne ne sait où il se trouve. Un astronaute américain disposant d'informations secret-défense – car j'imagine que le décès de ma mère n'est pas le seul dossier en sa possession –, ça peut se trouver à bien des endroits du globe, pour qui voudrait y mettre un peu du sien en matière de protection. J'ai reçu il y a quelques semaines une carte postale énigmatique provenant de Nouvelle-Zélande, mais ayant curieusement transité par le Pérou, à en juger par les deux oblitérations. Sur cette carte postale, aucune adresse, aucune signature : un simple « *Good luck, A.* », accompagné d'un dessin maladroit d'escargot. Je suis certaine que c'était lui.

Comme Ted l'avait prévu, ses révélations ont fait grand bruit.

Même si les médias ne se sont intéressés à notre histoire qu'une petite dizaine de jours, cela a suffi pour déclencher des déclarations de responsables actuels de la Nasa, du type : « Toutes les personnes identifiées dans le rapport devront rendre des comptes. »

Je ne suis pas dupe. Je sais bien que les excuses officielles ne sont pas pour demain. Des avocats américains nous ont contactés, mon père et moi, afin de nous assister dans nos démarches pour obtenir des aveux, ou du moins une réhabilitation officielle de ma mère. Mais pour moi, l'essentiel est déjà en grande partie acquis, car désormais cette histoire est connue des universitaires et des passionnés d'espace, et ma mère est citée dès lors qu'il s'agit d'évoquer la place des femmes dans ce milieu.

⋆

Dans les gradins, j'ai aperçu Bérénice, accompagnée d'Axel et ses deux fils désormais jeunes adultes. Depuis que Bérénice a lâché les rênes du domaine viticole pour s'installer à Marseille avec Axel, tous deux rayonnent. Ils ont prévu de se marier l'été prochain, et je suis en charge de « l'enterrement de vie de jeune fille » de Bérénice. Je n'ai rien eu le temps de préparer et je ne suis pas la meilleure en matière de festivités, alors j'ai chargé Bintou d'y réfléchir. Elle ne connaît pas Bérénice, mais elle s'y connaît en matière d'expériences gênantes à connotation sexuelle, et c'est bien l'essentiel dans ce genre d'événement, non ?

Côme n'a pas pu venir. Trop de boulot sur l'exploitation. Mais dans son SMS de tout à l'heure, il me disait m'avoir fait parvenir une caisse entière de sa cuvée spéciale, celle qu'il réalise chaque année en pensant à nous et qu'il a baptisée « Les Extraordinaires ». Moi qui suis nulle en dégustation, j'avoue ne pas très bien comprendre ce qu'elle a de particulier, mais pour Côme c'est extrêmement clair : d'après lui, le caractère de ce vin reflète chacun de nous. Il y a une note douce-amère pour Bérénice – Freud doit se régaler –, de la force pour Diego, des notes persistantes censées évoquer la ténacité d'Axel, une couleur profonde et brillante en mon honneur – c'est bête mais ça m'a touchée –, quelques notes qui disparaissent « aussi vite que Ted » – ça m'a bien fait rire –, une modernité dans l'assemblage qui reflète sa personnalité – ben voyons ! –… et puis une note inattendue, un grain de folie qui fait toute la différence et qu'il a nommé « la note Nabila ». Il paraît que le cru 2027 des Extraordinaires est excellent. J'ai hâte de le goûter.

Nabila… ma chère Nabila.

Après la journée incroyable que nous avons passée à Bordeaux, Nabila a probablement décidé qu'elle en avait suffisamment fait, suffisamment vu. Qu'il était temps de cesser cette lutte inégale contre une maladie qui ne lui laisserait aucune chance à la fin. Quarante-cinq petits jours après notre vol zéro G, la lumière de Nabila s'est éteinte. Après son enterrement, nous autres, les Extraordinaires, nous sommes réunis dans un van loué pour l'occasion, et nous avons jusqu'à plus soif entonné dans un mélange de rires et de larmes des « youkaïdi aïdi aïda » d'anthologie. Et nous avons tous pensé : « Elle nous aurait traités de sinistrés de la cabucelle, mais elle aurait adoré sa fête d'adieu. »

★

Pour l'heure, je ne dois surtout pas pleurer.

Alors je chasse les images de mon esprit, et je reviens à l'instant présent.

Les techniciens ont terminé les branchements, testé une dernière fois l'étanchéité de ma combinaison, rempli mes poches avec les accessoires réglementaires : le talkie-walkie, les fumigènes, la montre, le miroir de réflexion solaire et, autour de la cuisse, la plaquette et le crayon.

À huit minutes du lancement, les générateurs de puissance hydraulique démarrent. Le bruit de fond de leurs pulsations résonne jusque dans la cabine.

Tandis que la passerelle d'évacuation est écartée du vaisseau, je me souviens de la déception qui m'a envahie lorsque j'ai appris la fin du processus de sélection de l'ESA. Après les révélations de Ted sur le trucage de mes résultats d'Hambourg, j'ai été repêchée pour l'étape suivante. Mais à l'issue de Cologne, l'aventure s'est arrêtée pour moi définitivement – et cette fois, je pense avoir été jugée équitablement. C'était dur, bien sûr, mais la règle était claire depuis le début.

Ce qui m'a consolée – ce qui nous a tous consolés –, c'est que Diego soit allé jusqu'au bout. Après Cologne, son corps a subi tous les tests médicaux possibles et imaginables : électrocardiogrammes, phonocardiogrammes, échocardiogrammes sous l'effet de drogues qui accélèrent, ralentissent ou font scintiller le cœur, tests de centrifugeuse, j'en passe et des meilleures. Et puisque rien ne s'est avéré éliminatoire, Diego a été reçu pour la phase finale, celle des entretiens individuels avec des directeurs de l'ESA… dont le directeur général, qui l'a appelé en personne un mois plus tard pour le féliciter.

Mon Diego, mon homme. Quelle fierté qu'il fasse partie des quatre parastronautes de réserve de l'ESA. Réserve, ça signifie qu'il n'a pas encore volé et qu'il n'est pas certain de partir un jour en mission, mais qu'il ne peut pas être mieux placé pour rejoindre l'ISS lorsque le moment sera venu. Je suis confiante.

Le moment viendra, et ce jour-là il pourra compter sur mon soutien sans faille.

Je tourne la tête, et Diego est là. À côté de moi. Lui aussi a fermé sa visière et allumé son alimentation en oxygène, sur ordre du commandant. Je le trouve beau, dans la lumière artificielle. À quoi pense-t-il ? Est-il concentré sur le décollage ? Pense-t-il lui aussi au chemin parcouru ? Pense-t-il à notre nouvelle vie, à mon installation à Barcelone, à nos voyages extrêmes ? Le dernier, sur une base d'exploration au beau milieu de la banquise, était plus qu'épique… Ou bien pense-t-il à la manière dont nous avons atterri dans ces sièges, et qui relève du petit miracle ?

Lorsque les visages des nouveaux astronautes de l'ESA ont été dévoilés, Diego est devenu une star. Instantanément. Ses comptes Instagram et Twitter ont atteint plusieurs millions de followers en l'espace de quelques jours. C'était dingue. Son histoire, son statut de survivant, sa reconstruction, son combat pour la visibilité positive des amputés, tout a reçu un écho phénoménal. Et les plus grands noms de ce monde l'ont sollicité pour des opérations de communication, des expériences, des engagements bénévoles, sa seule présence suffisant à booster désormais n'importe quelle initiative. J'ai eu peur de le perdre, qu'il s'éloigne de moi, prenne la grosse tête, que sais-je. Mais il n'en a rien été. Diego a refusé en bloc tout ce qui n'était pas sincère, tout ce qui ne le touchait pas.

Et les actions qu'il a conservées n'en ont eu que plus de force. Je suis très fière d'avancer à ses côtés.

Notre présence ici aurait donc pu résulter de l'une de ces sollicitations, mais il n'en est rien. Si nous sommes assis dans ces sièges aujourd'hui, c'est grâce à moi. Ou plutôt, grâce à celle que j'ai longtemps désignée comme ma mère et que je parviens désormais à appeler maman : il y a deux ans, un milliardaire américain engagé dans la construction de fusées m'a contactée pour me proposer de « boucler la boucle ».

— Puisque votre mère aurait dû devenir la première Américaine dans l'espace et qu'elle a de toute évidence été effacée de l'histoire de la conquête spatiale, j'aimerais lui rendre hommage et baptiser notre première fusée de son nom. Et nous serions par ailleurs très honorés si vous acceptiez de monter à bord du premier vol.

J'ai tenté tant bien que mal de dissimuler mon excitation, j'ai demandé à réfléchir… et j'ai posé des conditions. J'ai exigé que les fonds récoltés par l'entreprise à la suite de la médiatisation de ce vol soient entièrement reversés à des associations œuvrant pour la visibilité des femmes dans les sciences, qu'il ne s'agisse pas d'un vol commercial mais bien d'un vol destiné à abriter des expériences scientifiques d'intérêt public, et que les passagers soient représentatifs de notre société. Autant dire que mon lien avec Diego-la-désormais-superstar-de-l'espace a accéléré la prise de décision quant à la présence – pionnière – d'un parastronaute à bord.

Je suis bardée de capteurs en tous genres, supposés vérifier mon état physiologique lors des différentes phases du vol. À part ça, je n'ai pas grand-chose à faire d'autre que de profiter de l'expérience.

En résumé, ma vie est totalement surréaliste. J'adore.

★

C'est ironique, de me trouver actuellement dans un appareil de conception américaine. J'aurais pu refuser, mais je préfère le prendre comme une revanche. Au-delà de l'aventure extraordinaire, je suis heureuse d'aller au bout de ce rêve afin qu'il cesse de hanter mon arbre généalogique – même si pour le côté obsession familiale, c'est loin d'être gagné : depuis deux mois, ma Valentina est maman d'une merveille de petit garçon qu'elle a décidé d'appeler Youri. Je ne suis pas certaine que mon gendre ait bien compris ce que cette transmission atavique allait impliquer…

Neil va très bien, lui aussi. Il a terminé ses études de médecine, et a pris ma succession au cabinet, puisque je vis désormais à Barcelone la plupart du temps. Il rayonne. Mon père, qui est devenu hypocondriaque au cours des années de pandémie, est content de l'avoir dans les parages pour le renseigner sur toutes sortes de maladies imaginaires – Covid 34 et variole du pangolin en tête.

À cet instant précis, Valentina et Neil doivent être dans le jardin de Bintou, pour ce qu'elle a appelé « la garden-party des gens qui le lui avaient bien dit, qu'elle partirait dans l'espace ». Je les imagine tous les deux, la tête levée vers le ciel… et sûrement un peu fiers de leur vieille daronne.

⋆

À quelques secondes du décollage, les moteurs cryogéniques de la navette sont allumés. La fusée bascule légèrement vers l'avant, puis lorsque les moteurs atteignent leur pleine poussée, lorsqu'un énorme nuage de vapeur d'eau s'en échappe, elle revient à la verticale. Les deux boosters à poudre s'allument, les huit écrous géants qui la maintenaient arrimée à la plateforme de tir explosent, libérant les deux mille tonnes du vaisseau spatial.

Je suis secouée comme dans un manège à sensations fortes, et plus nous montons, plus l'hypergravité me comprime le thorax. Après une minute, notre vitesse dépasse celle du son, et les vibrations diminuent. Mes bras deviennent lourds, mon corps semble s'enfoncer de plus en plus dans mon siège, je dois me concentrer pour respirer – nous avons été entraînés à supporter cela, mais tout de même la réalité n'est pas si simple. Je demande à Diego si tout va bien et me rends compte que ma voix aussi est légèrement déformée.

Moins de trois minutes après le décollage, les boosters se détachent de la navette dans une détonation sèche, et toute vibration disparaît. Nous avançons toujours à une vitesse vertigineuse, mais le silence est presque total. C'est étonnamment beau, cette douceur après le fracas de l'envol.

Lorsque les moteurs s'éteignent, la sensation arrive, grisante.

Je suis toujours attachée, mais je perçois parfaitement que mon corps est désormais en apesanteur.

La différence avec la dernière fois, c'est qu'elle est présente en continu.

Et c'est tout simplement magique.

Soudain ma gorge se noue, car l'espace d'un instant, j'en suis certaine, je le vois, je le sens : Michael se tient là, à mes côtés.

Il est là, mon petit garçon de l'espace.

Je distingue ses yeux, son visage parfait, ses traits d'enfant qui s'animent. Il rit de me voir dans cet accoutrement, et son rire résonne dans mon âme écorchée.

Il s'approche, me murmure qu'il est fier de moi. Qu'il est heureux que j'aie tenu ma promesse. Heureux de me voir sourire, enfin. Et puis il prononce ces quelques mots qui font briller mes yeux :

— Je suis bien ici, maman. Je n'ai plus mal. Et toi tu es en vie. Alors vis.

J'aimerais le retenir, le serrer dans mes bras, lui dire que je l'aime si fort et qu'il me manque tellement ! Mais il s'éloigne déjà, dans l'horizon étoilé.

L'émotion me submerge mais je ne craque pas.

Parce que je sais qu'il a raison.

Je suis en vie, oui. Et ce que je vis aujourd'hui est trop extraordinaire pour ne pas être vécu pleinement.

Je tourne la tête et Diego est là. En chair, en os, en cœur immense.

Diego, qui remarque que je l'observe, et qui me sourit.

Alors j'ouvre grand les yeux.

Et je plonge dans la beauté infinie de la Terre.

QUELQUES MOTS POUR FINIR…

Pour construire le parcours de mes aspirants astronautes et les ancrer dans la réalité scientifique et historique, je me suis appuyé sur de nombreux documents, récits et témoignages. Je souhaitais être le plus précis possible dans mon évocation du domaine spatial, mais aussi dans celle des mécanismes d'invisibilisation des femmes – sujet qui me tient particulièrement à cœur. Ce roman est cependant une pure fiction : les personnages et leurs aventures sont entièrement issus de mon imagination, et toute ressemblance avec des personnes ou faits existants serait fortuite.

REMERCIEMENTS

Je voudrais remercier chaleureusement toutes les personnes qui m'ont consacré quelques heures de leur temps, notamment tous les candidats astronautes de l'Agence spatiale européenne qui ont accueilli à bras ouverts mon « infiltration » dans leur groupe de discussion ou dans la vraie vie. Ma reconnaissance va en particulier à la team parisienne qui a fait de moi l'espace d'une après-midi un membre de jury de Cologne ☺ : Anaëlle, Louise-Laure, Florie, Leïla, Adrien, Maxime, Max, Timothée… vos parcours inspirants et vos photos avec des « morceaux de lune » ont rythmé l'écriture de ce roman, un immense merci pour votre aide. Merci également aux candidats Clara, Florence, Maria Elena, Audrey, Assia, Lucy, Simon, Jérémie-Luc, Xavier, Yacine, Yann et Leo d'avoir répondu à mes questions les plus indiscrètes et les plus farfelues : tout ce que vous avez accepté de me livrer a permis de nourrir les personnalités, les rêves et les destinées de mes personnages.

À Jean-François Clervoy, merci infiniment de m'avoir ouvert avec une telle simplicité les portes de votre incroyable parcours d'astronaute, j'en ai été honoré et il va sans dire que les longues heures de discussion que nous avons eues ont constitué une aide inestimable. Enfin, merci à l'astrophysicienne Simonetta di Pippo, qui nous a mis en contact lorsqu'elle dirigeait le Bureau des affaires spatiales des Nations Unies, et merci à Denis Lépée d'avoir initié la dynamique ;)

⋆

Après les remerciements à rallonge de mon précédent roman, *Merci, Grazie, Thank you* – qui s'y prêtait à merveille, vous en conviendrez –, j'avais promis d'être plus bref cette fois-ci… j'ai menti ! ☺

Merci en tout premier lieu à ma formidable éditrice, Caroline Lépée. Encore une fois, tes commentaires sans concession m'ont permis d'aller chercher le meilleur. C'est plus que jamais un grand bonheur et une grande chance de travailler avec toi, merci pour tout – et oui d'accord, un jour je viendrai en Bretagne !!

Merci à Philippe Robinet d'accompagner avec passion mes romans, à Camille Lucet de les défendre bec et ongles (même lorsqu'ils parlent de gravier), à Valérie

Taillefer de les porter plus haut, à Patricia Roussel de les emmener ailleurs (2023 devrait être assez sympathique !)… et puis à toute la team Calmann-Lévy bien sûr, avec en première ligne Anne Sitruk, Virginie Ebat, Adeline Vanot, Solène Marivain, Antoine de la Burgade, Sarah Chamard, Adélaïde Sorel, Lisa Parrod, Doriane Auvray, Charlotte Varlet, Mélanie Rousset et Charlotte Lefèvre.

Merci aux équipes commerciales Hachette et à toute l'équipe du Livre de Poche : Béatrice Duval et Audrey Petit évidemment, mais aussi Sylvie Navellou, Zoé Niewdanski, Florence Mas, Anne Bouissy et William Koenig.

Toute ma gratitude à vous les libraires, journalistes et blogueurs qui défendez mes livres chaque jour : votre soutien est précieux, et indispensable. Merci de permettre à mes histoires d'exister auprès du public, je vous en suis infiniment reconnaissant.

Merci à tous ceux qui œuvrent pour donner plusieurs vies à Thelma et Louis : la folle aventure de *La Chambre des merveilles* poursuit sa route grâce à vous. Je pense à Philippe Pelaez, Patricio Delpeche, Hervé Richez et la famille Grand Angle pour la bande dessinée, à Jean-Philippe Daguerre, Fleur et Thibaud Houdinière, tous les merveilleux acteurs et équipes d'Atelier Théâtre Actuel pour la pièce, et puis à Éric Jehelmann, Philippe Rousselet, Juliette Sales, Fabien Suarez, Lisa Azuelos, Alexandra Lamy et Muriel Robin – entre autres – pour le film, bien sûr.

★

Merci à ma famille, mes piliers, mes indispensables.

Mathilde, en plus de supporter au quotidien ce que l'on nomme par un doux euphémisme « les affres de la création », tu es également une grande chercheuse qui contribue résolument à la visibilité des femmes dans les sciences. Je suis très fier d'avancer à tes côtés, depuis toutes ces années. Merci pour nous, merci pour tout.

Éléonore et Alessandro, ce roman parle de rêves, de rencontres, de voyages, de tournants inattendus, de familles qui s'aiment et se soutiennent, de beauté et d'amour. Je vous souhaite tous ces ingrédients dans vos trajectoires de vie, mes amours, vous les méritez.

À mes parents, Muriel et Serge, et mes frères, Alexandre et Andréa… que dire que vous ne savez pas déjà ? Merci d'être là, toujours, tout simplement.

Merci à toute ma team : Floriane, Garance, Jules, Fanny, Juliette (un magnifique 7 juillet, cette année !), Noé, André, Raphaèle, Pierre, Coralie, Anne-Marie… et tout le reste de ma famille. Quel plaisir que ces moments partagés : ne changeons rien, s'il vous plaît !

★

Last but not least… Merci à vous, chères lectrices et chers lecteurs, de me suivre dans toutes mes histoires, si différentes soient-elles.

Il y a cinq ans, lorsque cette aventure littéraire a débuté, je n'imaginais pas que vous seriez aussi nombreux à me lire, mais aussi à partager mes romans autour de vous avec enthousiasme et passion. Merci pour toutes les bonnes ondes que vous m'envoyez, par message ou lors de nos rencontres « dans la vraie vie », c'est toujours un grand bonheur de les recevoir et je mesure la chance qui est la mienne. Tous vos témoignages sont autant d'encouragements à continuer. Alors je continue ☺

À très bientôt.

Julien

Photocomposition PCA

Achevé d'imprimer en février 2023
par CPI BRODARD & TAUPIN (72200 La Flèche)
pour le compte des Éditions Calmann-Lévy
21, rue du Montparnasse, 75006 Paris

Pour l'éditeur, le principe est d'utiliser des papiers composés de fibres naturelles, renouvelables, recyclables et fabriquées à partir de bois issus de forêts qui adoptent un système d'aménagement durable. En outre, l'éditeur attend de ses fournisseurs de papier qu'ils s'inscrivent dans une démarche de certification environnementale reconnue.

N° d'éditeur : 4853488/01
N° d'imprimeur : 3051709
Dépôt légal : février 2023
Imprimé en France.